見え始めた終末

——「文明盲信」のゆくえ

川村晃生

KAWAMURA *Teruo*

はしがき

文学の研究は、時代や社会とどのような接点を持ち得るのだろうか。一九九〇年頃、故郷に戻って環境問題などの市民運動に関わり始めていた私は、このような疑問を抱き、悩み始めていた。原発問題と取り組む物理学者、環境法を生かそうとする法学者、資本主義の枠内で環境破壊への規制を思考する経済学者、かれらに比して文学に携わる私のできることは何か。また時代や社会と接点を持ち得ない学問とは何か。

そんなことを考える中で、とりあえず日本の文学作品から日本人の自然観を取り出して考えてみようというのが、私の出発点となった。文学の中の自然というと、古典と近代とを問わず、美意識という観点がすぐさま想起される。もちろんそれは否定できないが、それをより深く辿っていくと、その根底に日本人の暮らしや農業などの第一次産業の問題が横たわっていることが分ってきた。そんなことを、思い付く素材の中で論じたのが、旧著『日本文学から「自然」を読む』（勉誠出版、二〇〇四）だった。本書の第一章「「自然」と生きる—古典文学に学ぶこと—」は、その流れを汲むものであるが、第一章は研究論文的色彩も帯びており、一般の方には専門的すぎて取り付き難い部分があろうかと恐れている。

一方自然と美意識の関わりだが、それを掘り下げようと思ったのが景観の問題だった。私の脳裏には、日本の数々の文学作品の間から、歌枕をはじめとする美しい日本の景観が刻まれていた。しかし学生諸兄と毎夏出かけた歌枕旅行でも、個人的な調査旅行や観光旅行でも、現代の日本の景観は主にコンクリートによって、破壊の一途を辿っていた。そして時に醜悪でさえあった。それはそれぞれの当該地を、古典の文学作品に立ち現われる風景と比較すると、実に分り易い。そんな思いから、浅見和彦さんと二人で、『壊れゆく景観—消えてゆく日本の名所』（慶應義塾大学出版会、二〇〇六）及び『失われた日本の景観—「まほろぼの国」の終焉』（緑風出版、二〇一五）の二著を上梓した。本書の第二章「壊れゆく景観」は、それらの問題と深く結びついている。

さてこうした景観破壊の問題でもそうだが、私の最終的な関心はこのような状況を作り出した近代とは何か、という問題であった。とりわけ近代を突き動かして来た〈文明〉とは何か、という問題が私の中で大きな比重を占めるようになった。その時、文明の負の部分を考える上で大きなヒントを与えてくれたのは、夏目漱石であった。漱石の講演「現代日本の開化」における「生活の程度」と「生存の苦痛」という問題提起は、私の文明論の蒙を啓いてくれ、力強い下支えとなっていった。そしてこうした視点で文明を考え、文明を批判的に論じることが、なおいまだ〈科学技術立国〉を熱望するこの国のありように、警鐘を鳴らし、その路線の修正に有効であろうと深く思うようになった。またここにこそ、文学と時代や社会の接点があり、文学を研究する社会的意義もあると信じるようにもなった。本書の第三章「〈文学〉から〈近代〉を問う」は、そうした思いで書かれたものであり、序章「見え始めた終末」はいちおうの私なりのまとめでもある。またこれを以て書名としたゆえんもそこにある。

そして最後に、未来社会をどう構想するかという観点から、現代社会を批判的に捉えつつ、あるべき理想社会を描こうとした終章「三つのユートピア—安藤昌益の夢」もくわえて、一書とした。

ご批正いただければ幸いである。

二〇一六年一二月二〇日

序章

見え始めた終末

近代という時代は、ひたすら技術の革新、文明の進歩を追い求めてきた。おかげで生活は便利になったが、一方それによって人間はどうなったのだろうか。環境破壊もさることながら、文明の発達による人間の変化は、早急に問われねばならない喫緊の課題である。生活の便利さと引き換えに、人間は何を失い、その結果としてどうなっていくのかという問題こそ、いま人間が共有して考えねばならない最大のテーマである。時機を逸すると、取り返しのつかない事態を招くことになる恐れがある。

見え始めた終末――「文明盲信」のゆくえ――

『草枕』（一九〇六）は、次の有名な冒頭の一文で始まる。

山路を登りながら、こう考えた。
智に働けば角《かど》が立つ。情に棹させば流される。意地を通せば窮屈だ。兎角《とかく》に人の世は住みにくい。

智は知で、理知のことである。漱石は人間の日常が、智と情と意地の相互作用の中で営まれ、その相関関係の中に人間が定位されると考えている。そしてこのことは、ほぼ同時期に行われた東京美術学校での講演「文芸の哲学的基礎」（一九〇七）において、詳細に述べられているのだが、つづめて言えば次のようなことになる。

「心の作用は、知・情・意の三つを含んでいる場合が多く、知を働かすというのは物の関係を明らかにすること、情を働かすというのは物の関係を味わうこと、意を働かすというのは物の関係を改造することで、それを人に直すと、それぞれ哲学者・科学者／文学者・芸術家／政治家・大工ということになる。とくに文学に携わる場合には情の人でなければならないが、その時、情の人はかねて、知意の人でなくてはならない。」

というのである。ここではずいぶんと高尚なレベルの知・情・意の説明となっているが、そもそも人間は誰でもこの三つの作用が複合的に働き合うことによって、人間の精神が釣り合いをもって保たれるということだけは、合意されてよいであろう。

さてそういう理解から二一世紀に入って以後の現在の社会を眺めると、ずいぶんいびつな精神の集合体として、社会ができ上っているように思えてならない。それは端的に言うと、知が退化し、情が突出したような印象を受けるということなのだが、それは言い変えれば、理知的ではなく情動的な人間が多数を占め始めたと言ってもよいだろう。そして、ではなぜこんな状況になったのかと言えば、私から見れば根深いところで文明の問題に繋がっているということにならざるを得ないのである。そこで本章ではそのことを少し論じてみたい。

一　劣化という問題

近時、劣化という言葉をあちこちで耳にし目にする。最も顕著な例は、香山リカ『劣化する日本人』（二〇一四、ＫＫベストセラーズ）の書名に窺えるが、他に例を求めれば、たとえば本多勝一は、

『週刊金曜日』（14・7・11）のコラムで、朝日新聞（6、30付）の集団的自衛権の閣議決定直前の記事に、「政治劣化、『派兵』への危うさ」というタイトルが付されていることを指摘した上で、〝定向進化〟によって滅びていった古生物たちのあとを人類史もまた追って消えてゆくのかと危惧するのだが、この文章に本多は、朝日のタイトルを捩《もじ》って、「政治劣化、「人類」の危うさ」というタイトルを冠している。

あるいは大河原雅子の対談集『市民の力で民主主義をつくる』（二〇一六）の中の中野晃一との対談においても、

〈以前の自民党は派閥間で競ってきましたが、今は党も議員も劣化しています。〉

という大河原の発言や、

〈そこは、財界も劣化している。もはや新自由主義でさえなく、半ば重商主義というか、安倍さんの外遊について行って、原発や武器でもうけたい。〉

という中野の発言などが見出される。

ここには、政界や財界の劣化という問題が語られている。だが劣化しているのは政界や財界だけであるはずがない。なぜなら大事なことは、劣化しているのは政界や財界という一つの職業社会なのではなく、それを構成している人間なのだから。人間が劣化しているから社会が劣化するのである。とすれば政治家や財界人だけが劣化しているはずがないのである。つまり人間の劣化は社会のすみずみにまで浸透し、したがって社会のあちらこちらに劣化した世界が生まれ始めているのである。

ではなぜこんな変化が起きたのだろうか。これも劣化と並んでよく言われることだが、「想像力」の欠如という問題もかなり深刻である。大河原雅子は右の対談集の中で、杉田敦との議論において戦争のありように触れ、補給活動や後方支援を安全とする政府の発言をそのまま鵜呑みにする人がいることを語った上で、ニュースの現場と自分との距離がバーチャルになっていて、想像力が欠けているのではないかと言っている。このバーチャル性と想像力の問題は、さまざまな局面でよく指摘されることで、現代社会や現代人の際立った特徴であることは言を俟たないが、おそらくそのことと劣化の問題は深い所で密に繋がっていると見ねばならないだろう。そしてこの劣化と想像力の欠如という状況が、いまものすごいスピードで進んでいることを重く受け止めなければならない。

二　なぜ劣化は始まったのか――TVとIT化――

マスコミが電化元年と呼んだ一九五三年（昭28）以降、日本人の家庭には三種の神器と呼ばれたテレビ、電気洗濯機、電気冷蔵庫をはじめとするさまざまな電化製品が流れ込んで、ライフスタイルの革命が起こり始めた。それらの電化製品は、一つに家庭内労働の省力化という形で主に主婦層の肉体労働を軽減させることに大いに役立ったが、一方テレビは娯楽生活の激変という点で、まったく異なった性格を帯びていた。しかもそれは、単に娯楽という点のみにとどまらず、実は人間の精神構造や精神作用に大きな影響を及ぼすという点において、きわめて重大な意味を持っていたのだが、そのことに気付く人はほとんどいなかった。ただその中で、評論家大宅壮一はこのテレビ化現象を指して〈一億総白痴化〉と呼んだのだが、日本人はそれを「子供が勉強しなくなる」程度の総白痴化と受け止めていたように思われる。しかしことはそう単純ではなくこの大宅の〈一億総白痴化〉には、もっと深い意味が籠められていたと考えねばならない。

ＮＨＫの連続ＴＶドラマ「鳩子の海」やＴＢＳの「七人の刑事」などの作品を手がけた林秀彦の傑作に、『おテレビ様と日本人』（成甲書房、二〇〇九）という本がある。その本の帯に刷り込まれるテレビについての言葉の数々。

　コトバを殺す機械／知性の退化、良心の麻痺／幼児化するテレビ市民／盗まれていく脳／欲望の非人間化、購買欲のロボット化／万人に対する洗脳装置／人類総白痴化の陰謀　等々。

そして、こうある。

　おテレビ様は一億の人口を白痴化しただけではない。日本という社会を白痴化し、その構造を破壊した。国民が白痴化すれば国家も白痴化するのは、当然の成り行きに違いない。おテレビ様、その罪は重い。

ちなみにこれらの文言を具体的によく示す件を、本文の中から一ヶ所だけ引用しておこう。テレビのＣＭをめぐって、人間の思考力駆除による利潤追求について述べた部分である。

少しでも頭を使って考えてみればいい。金儲けをする最善の道は、その取引相手がバカであることだ。こんなことは誰にだってわかる。あらゆる「勧誘」は「だまし」のテクニックだ。ただこれまでは、相手を完全にバカにする方法がこれほどうまく見つからなかっただけだ。子供のときからテレビに汚染させて育てるという方法である。

その目的と結果は何か？

考える力と、感じる力を殺すのだ。

考えることと感じることを過度に強制・強要することによって、それを麻痺させる。つまりＣＭ（洗脳術の基本）の効果である。「あなたがどうしてもこの商品を手に入れなければならない理由」。しかし最後にその商品に金を払っている瞬間、誰も何も考えもせず、感じてもいない。購買欲のロボット化であり、欲望の非人間化である。

ここにはテレビによる思考力や感受性の衰退が語られ、その上でＣＭによる洗脳の問題が指摘される。この指摘に異論はさしはさめまい。すでに日本人は、六〇年余もの間テレビ漬けにされ、徐々にじわりとテレビ脳化してきた。そして恐ろしいことに、日本人のほとんどがそのことに気付いていないのだ。しかも気付かないまま、状況は最終局面とも言うべき次のステージに入ってしまったのである。すなわちＩＴ化の段階である。

正高信男（比較行動学専攻）は、テレビに汚染された人間が、時を置かずＩＴに汚染され始めた危険性に気付き、警告を発した人として注目に値する。彼は四六時中ケータイを弄ぶ、とりわけ若い世代の人々を観察して、こう述べる。

結論を先取りして書くと、現代日本人は年を追って、人間らしさを捨てサル化しつつある。もっとも、人間の「人間らしさ」の遺伝的資質が変容しているわけではない。ただ、人間というのは、放っておいても「人間らしく」発達を遂げるのではなく、生来の資質に加えて、社会文化的になかば涙ぐましい努力を経て「人間らしく」なっていく、サルの一種なのである。

いや、「そうであった」と書くべきかもしれない。というのも、今や社会のなかに「人間らしく」なっていくように仕向ける要因が消滅しようとしているからである。それが何で、どうしてなのかが、この本のテーマでもある。

もっとも、私の世代とて、「近ごろの若者は……」と嘆いてばかりいることは許されない。「近ごろの若者」は、決して彼らだけで「嘆かわしい」存在になったわけではない。上の世代が「そう」育てたから、「そう」発達したのだ。だから根は深い。今の世代の問題の萌芽《ほうが》は、前世代にあることも指摘してある。ケータイ世代に集約されるサル化は、二十世紀一〇〇年間の日本の社会変化の帰結であると私は考えて、最終章にまとめてみた。

これは正高信男『ケータイを持ったサル』（中央公論社、二〇〇三）の「はしがき」の一節である。サル学者として著名な著者が、ケータイ世代の行動をサルの行動と比較しながら、ITによって人間的資質が失われていくことへの危惧を述べているのである。具体的な事象については本書に直接拠られたいが、彼はその続編として、時を接して『考えないヒト』（中央公論社、二〇〇五）を書く。この本の書名には、「ケータイ依存で退化した日本人」というサブタイトルが付され、カバーの裏には次のような本書の要旨が語られている。

通話、通信からデータの記憶、検索、イベントの予約まで、今や日常の煩わしい知的作業はケータイに委ねられている。IT化の極致ケータイこそ、進歩と快適さを追求してきた文明の象徴、ヒトはついに脳の外部化に成功したのだ。しかしそれによって実現したのは、思考力の衰退、家族の崩壊などの退化現象だった。出あるき人間、キレるヒトは、次世代人類ではないのか。霊長類研究の蓄積から生まれた画期的文明・文化論。

ここで大事なことは、テレビは情報を受身的に受け止めるレベルで、ともかくもとどまっていたのに対し、ＩＴは明確に「脳の外部化」というレベルに変化したことを指摘している点であり、そのことによって思考力が衰退し、家族も崩壊していくといった問題を明確にしていることである。

ＩＴによる脳の外部化、この事態は人間の歴史の中でまったく新しい頁を開いた。しかもそれは暗黒の頁であると言わねばならない。いったい人間にとって、ＩＴ化とは何なのか、それによって人間はどうなっていくのかという問題を、このひたすらにＩＴが時代の先端としてもて囃されるいまこそ、真剣に考えてみねばならないだろう。

三　ＩＴ化への警告㈠

高度なＩＴとしてのコンピューターは、人工頭脳として右に述べた脳の外部化の典型を示すものだが、そのコンピューターの人間にとっての特異な意味に早く気付き、先んじて警告を発した人がいた。イバン・イリイチである。

彼は一九九二年に出版された対話集『生きる意味』（高島和哉訳、藤原書店、二〇〇五）の中でコンピューターの持つ深刻な問題を明らかにしようとする。もっとも彼は、文字の文化とコンピューター（人工頭脳）のどちらを選ぶかという二者択一的な問題を提示しているわけではない。彼は「人びとを、重量をもたない情報システムの世界において標識も羅針盤ももたない状態にとどめおく」ことが問題なのであり、従って重要なことは「眼を覚まし続けること」つまり人工頭脳を人工頭脳として区別し認識し続けることだと指摘する。

そして続く二〇〇二年の死のやや前に刊行を承諾した、それまでの対話集『生きる希望』（臼井隆一郎訳、藤原書店、二〇〇六）の中でも次のように述べている。

わたしの聴衆の中には、片足を道具の時代においていない人は一人もいません。そして彼らは自分たちが、今わたしが述べた、そこではもはや道具について語ることのできないシステムの時代に移行しているのだということにほとんど気付いていません。いまこのテーブルの上にあるコンピュータは道具ではありません。それは十二世紀に道具に特殊なものとみなされたあの基本的性格、つまり使用者と道具との間の遠位性を欠いています。ハンマーは握ったり、放したりできます。わたしはハンマーの一部にはなりません。ハンマーは人間の道具のままです。システムは違います。システムの中では、一人のユーザーはオペレーターでもあり、これはシステム論理によって、システムの一部となります。

ここでは問題を、道具とシステムの違いによって説明しようとする。道具なら人間の意志のよって手に取ることも手放すことも可能である。だがシステムなら人間がその中に一体化する形で取り込まれなければならない。人工頭脳が人間の頭脳の一部を肩代わりすることになるために、人間とコンピューターは、システムとして協同作業をしなければならなくなるのである。つまり人間が自らの頭脳でモノを考え、判断し、行動に移すということができなくなり、常にコンピューターを伴いながらコトを行う、或いはコンピューターがなければコトが行えないということになるのである。そしてそれは、現実において進行している事態なのであって、いま人々はあらゆる事態のさまざまな局面において、コンピューターの力を借りなければ前に進めない状況に陥りつつある。

そしてこうしたコンピューター依存が、人間の精神や内面に変化を生じさせることに危惧を抱く人がいる。辺見庸は、それを早くに指摘した一人だ。彼は佐高信との対談『絶望という抵抗』（株式会社金曜日、二〇一四）の中で、自身が会社を辞めた頃のことに触れ次のように述べている。

辺見　ぼくの場合はもともと、極端に集団が嫌いでしてね。

それとは別に、あの時期はちょうど全面コンピューター化に至る過渡期なんです。それに生理的にまったく馴染めなかった。あのへんからすべてが変わってくるんです。IT（情報技術）がテクニカルに変わっていくだけじゃない。じつはそこで人間の内面が変わってくる。きょう佐高さんとお話しできればなあと思っているのは、そのこととも関連してきます。いまは人間が侮辱される時代になっている。人間が、お互い、無意識に侮辱しあっている。そういう世界ができてしまった。それなのに、侮辱と屈辱の時代になっているのだという自覚が持てていない。

佐高　人間から手触りや軋《きし》みが失われているということでしょうか。ぎりぎりと互いの感触を確かめ合うように接し、ときには揉《も》めたり争ったり。私は人間同士のやりとりの感触が変わったと痛切に感じています。

辺見　世界規模のコンピューター化と人間の内面、あるいは人間身体というものの問題を、真面目に取り上げて考える人はいません。ですが、ぼくはそのことがいま大きなテーマになっていると思うんです。

イリイチの言う人間とコンピューターとのシステム化によって、辺見ははっきりと人間の内面や身体にどのような事態が発生するのかを真剣に考えねばならないと言い、それをテーマとして考えたいと言うのである。

こうした人間の内面の変化という問題は、おそらく人間の大脳という生理的な問題と無関係ではないであろう。人間の精神は大脳の働きと深く関わっているからである。

四　ＩＴ化への警告(二)

人間の大脳が、こうしたＩＴをはじめとする科学技術によってどのような影響を蒙るのかは、早くにテレビからの影響が問題視されていた。すでに柳田邦男は、『壊れる日本人』（新潮社、二〇〇五）の中で、次のように指摘している。

つまり、子どもに対するテレビの影響は、暴力や性行動などの内容によるものと、親などとのじかの接触を奪ってしまう電気的映像が脳に与える刺激によるものの二つの面から考えなければならないというわけだ。後者は、テレビゲームに毎日熱中している子どもは前頭葉の発達がゆがめられ、正常な人格形成が阻害されるという、いわゆる「ゲーム脳」の問題だ。

脳がダイナミックに成長する幼児期に、毎日テレビゲームにひたっていたら、反射的な運動神経やカッとなったりする感情的反応の神経ばかりが発達して、人間として大事な、感情をコントロールする自制心や事態の全体をとらえようとじっくりと考える判断力や創造性につながる思考力は発達しないという「ゲーム脳」説について、私はそのとおりだと思う。

アメリカ小児科学会の勧告については、アメリカでも日本でも、専門家からの批判がある。二歳未満の子どもの脳の発達とテレビ視聴の関係についていまだ科学的な実証性に乏しいのに、テレビを見せるなとまで言うのは疑問だというのだ。確かに科学的な実証性となると、アメリカ小児科学会の勧告には弱いところがある。

ここには科学的実証性の必要性を認めるという点で、いささか抑制的でありながらも、テレビやゲームが子どもの大脳（前頭葉）にいかなる影響を及ぼすのかについて明言されている。テレビやゲームが、子供の人格形成を阻害し、自制心や判断力、思考力を奪っていくというのだ。私たちは、著者がそれを認定するように、うすうすそうした状況が現実に起っていることに気付き始めているのではないだろうか。

斎藤貴男『私がケータイを持たない理由』（祥伝社、二〇一二）は、自身がケータイを持たないわけを説明しながら、ケータイの持つ問題点を明らかにしようとした、興味深い一書である。一読をすすめるが、同書の最終章に「休ケータイ日のすすめ」が設けられ、そこに「働く人間のほとんどは、ＩＴ中毒状態なのだ」という項目があり、現代人がいかにＩＴ依存症であるかがつぶさに語られている。

さて同書も、森昭雄『ＩＴに殺される子どもたち』（講談社、二〇〇四）から、次の一節を引いて大脳への影響を警告している。

脳波計では、リラックスしているときに出るα波と、もうひとつβ波を計測しました。β波は、精神活動をしたり、計算をしたり、考えたりといった脳の働きで、局所的に出現します。β波の数値が高ければ、その脳の部位がひじょうに活動していて、逆に低ければ、その部位の働きが機能的に落ちているわけです。（中略）

私は、子どもたちが夢中になっているＩＴ、つまりテレビゲームを使用しているときの脳波が気になり、計測実験を重ねてみたところ、テレビゲームをしているときにも痴呆の方と同じようにβ波が低下していることがわかりました。さらに、ゲームをしていないときでも、β波が元にもどらない子どももいたのです。たいへんショックでした。

斎藤は森を〈テレビゲームに熱中する子どもたちは、「高度な精神活動を司っている前頭前野の働きが落ちる」とした「ゲーム脳」の提唱者である〉と紹介しつつ、新たに「メール脳」なるものが生まれて、子どもの「考えない化」が深刻化していることを指摘している。しかも柳田が必要を認めた科学的実証性という点で言えば、β波という論拠を示しながら。

「ゲーム脳」について言えば、草薙厚子『子どもが壊れる家』（文藝春秋、二〇〇五）は、澤口俊之（北海道大学医学部教授）の次のような指摘を紹介する。


問題意識がない、指示を待っているだけ、計画性がない、というような学生が増えました。あきらかに前頭前野の働きが鈍っているような学生が多く、研究どころではないという状況です。これは、各大学の教授の集まりでみんなが一致する現場の意見です。だから、今の大学院生は、入ってきて二年くらいは前頭前野の働きを高めるような教育から始めます。いろんなプログラムを各学生にあわせて毎日行い、研究者としての土台を作るのに二年かかるんです。〝最近の学生の様子がどうもおかしいぞ。これは前頭前野の働きが鈍っているのではないだろうか〟という仮説から、ゲームと脳に関係性があるのではないか、という研究が始まったのです。

前頭前野が鈍ると一般的なＩＱ（知能指数）が落ちてきて、仕事ができない、あるいは長く続かないとか、結婚しても離婚するとか、犯罪を犯すとか、社会に適応できずにマイナス方向へどんどん進んでいく。前向きなクリエイティブな生き方ができなくなるんです。そういう人たちが増えているように見えるし、その証拠も出てきている。どうしてそうなったのかもようやくわかってきたというのが現在の状況です。

これは澤口が接した大学院生についての所見だが、同様なことはおそらく社会のあちこちで生じているのだ。よく耳にする〈使いものにならない新入社員〉のサラリーマン社会も、ほぼ同様な状況なのであろう。そして、再教育される大学院生はまだ救われるが、多くの若者は再教育の機会も与えられないまま社会を漂流することになる。

五　言葉の喪失とポケモン

高度な精神作用を司るとされる大脳の前頭葉が壊れ始めると、当然のことながら高度な精神作用を維持し養うための言葉が空洞化していくと考えていい。人間は言葉によって考え、論理を組み立てていく。それが高度な精神作用ということだ。しかし前頭葉が働かなくなれば、それは起こり得ない。言葉によってモノを考えようとしなくなり、活字に接しようとしなくなる。前に正高信男『考えないヒト』を引用したが、問題は「考えないヒト」ではなくて「考えられないヒト」という状況に立ち至っているということだろう。

すでに活字に対するアレルギー的状況が始まっている。出版文化の衰退はそれをよく示すが、人にモノを伝える時、文字の中に絵を入れないと伝わらなくなったり、漫画や動画が一番分かり易いと言って、市民運動などでも絵や写真満載のチラシや動画作りに力を注ぐ。そうしないと、意図や情報が相手に伝わらないのだ。

冒頭に引いた香山リカ『劣化する日本人』は、二〇一四年に発表された全国大学生協連の調査を引いて、大学生の四〇・五%が一日の読書時間がゼロであることを紹介している。本を読むことが仕事のような大学生にしてからがこの有様なのである。推して考えれば、社会がどのような状況であるのか分るというものであろう。

続いて香山は、近時佐藤優が唱え、警鐘を鳴らす「反知性主義」に触れる。反知性主義とは、「実証性や客観性を軽んじ、自分が理解したいように世界を理解する態度」であり、従って情報も自分にとって都合のよい情報にだけ接するようになるというのだ。つまり他者への想像力などはまったく働かない。だから二〇一四年の東京都知事選で、原発といった子孫の世代にまで影響を及ぼすような時間的に長いスパンの問題よりも、明日の福祉、今日の雇用をどうするかといった直接的、現実的な問題を訴えた候補が票を集めたのだという。思えば二〇一六年七月の参議院選挙でも、高知新聞の調査によれば、憲法改正の発議に必要な三分の二の議席の意味を理解していた有権者が一七%であったという驚くべき数字を伝えるが、こうした事実もそれに連動するものであろう。

想像力が格段に落ちてきている。一〇年後、五〇年後がどのような社会になるのかということは、言葉によってモノを理解し考える力がなければ明確にし得ないことである。そこでは絶対的に言葉が必要なのだ。即物的、即時的にのみモノを捉える人からは、そういう想像力は生まれ得ない。そうした言葉の喪失に関して、辺見庸はそれを最も危惧して悲観的な眼ざしで透視する。『瓦礫の中から言葉を』（ＮＨＫ出版、二〇一二）の中で、辺見はこう述べている。

「人間と言葉への無関心」

「日本はどうなると思うか」「日本はどのように再生すべきか」と問われたときの苛立ちと空しさ、脱力感――あれはいったいなんだったのでしょうか。いまもときどきふりかえります。記者たちはそんなことを毫《ごう》も思っていなかったでしょうが、わたしのほうはなんだかデキレースにくわわってくれと求められたように感じたのです。

「この際いっそ滅びてみてもよいのではないか」という答えは、口をついてでた〝不謹慎な〟まぜかえしではあるものの、よくよく思えば、あながち嘘でも一時の衝動でもなかったのです。これほど言葉が空洞化した社会なら、思い切りシャッフルされて、いったん消えてしまっても惜しくはない――という気分は、余人はいざ知らず、わたしには近年一貫してあるのです。

一身の百分の一も賭しているわけでもない、皆が問う問いをわれも問い、聞く前からできている記事のパターンに合う、手垢のついた言葉のみをひろって、他は聞かなかったことにするような言葉のやりとりの、はてさて、どこにやりがいがあるのでしょうか。

彼は〈言葉が空洞化した社会〉なら、それに見切りをつけてもかまわないと言っているのである。言葉が空洞化し、完全に無力化してしまったら、それは人間の社会ではない、と言っているように私には読める。いまこの社会は、そこまで来ているのだが、当然のことながらその認識は薄い。

そして近時、それを裏付けるような現象が起った。二〇一六年七月に起こったポケモン現象である。二二日に配信が始まった「ポケモンGO」は、配信と同時に、昼夜を問わず、また子供のみならずいい年をした大人までが、スマホを片手に全国各地で探索が始まった。熱狂ぶりは、一ヶ月が経っても変わらない。公園といい神社といい、いそうな所を求めて人々の徘徊が目につく。あろうことかポケモンは原発立地にまで表われ、探す方は探す方で交通事故に遭ったり起こしたり、山登りのさ中にも探すのだから危険きわまりない。あきれたことに、「運転しながらポケモン探しはやめましょう」とか、「ポケモンを探しに富士山に向かう皆様へ」といった注意書きでの呼びかけが出たりして、その幼児的行動には空いた口が塞がらない。そしてついに、車の運転中、ポケモンに熱中するあまり、人を轢き殺すという事故まで起きてしまった。新聞の投書欄を見れば、「ポケモン白痴化が心配」といったまっとうな意見が見られる一方、「ポケモンGOで勉強になった」という二五歳の若者の意見も出る。何が勉強になったのかと読んでみれば、近所の公園や記念碑を見つけたからだという。レベルもここまで来れば相当なものだ。しかしいまはそれが主流になりつつある。こうした状況に鑑みれば、ＩＴ化の罪は重い。そして人類の歩みもそろそろ終末に近づいているように感じるのだが、困ったことにそれもだんだんと確信になりつつあるのである。

六　絶望する力

すでに終末を予測する人が表れている。野坂昭如『終末の思想』（ＮＨＫ出版、二〇一三）は、その代表的な著書である。野坂は右の言葉の問題にも触れる。

便利で豊かな生活は、一方で大切なものを失わせる。例えば言葉。ネットやメールを否定はしない。だが、どうしても一方通行になりがち。こっちの気持を言葉の限りを尽くして伝えるというより、記号を並べてよしとする。それで社会とつながっていると信じる。現実の人間関係に費やす時間は失われ、面と向かって喋るのも記号めいてくる。

家庭ではどうか。物の溢れる中で、子供とのコミュニケーションであるはずの会話がないがしろにされ、何か物を与えることでよしとしてしまう。

自国語としての日本語をしっかり身につければ、他者とのコミュニケーションも成り立つ。これは相手が日本人であろうと外国人であろうと通用する。物を考える基盤が出来る。日本語には、きめ細やかなニュアンスが秘められている。物事を多方面からとらえ、対象物との間隔の大小によって表現が異なる。また美しい言葉が多い。これは、やさしい日本の四季に培われた独特の風情である。

自国の言葉を子供のうちに身につけておけば、人づき合いの土台となり、物事のとらえ方が幅広くなる。そして終生忘れない。

だが、その日本語の豊かさを伝えるはずの身近かな大人の言葉が貧しくなった。

日本語の貧困化がどのような事態を招くのか、野坂はそれをみごとに言い当てている。そしてこうした言葉の問題をふくめて、日本の現状から終末を予言するのである。少し長いが、同書の末尾の部分を引用する。どれもこれも当たっていないか、一つ一つを噛みしめて読んでいただきたい。

朝に起こった出来事が夕方には忘れられ、物にはすぐ飽きる。食べものを汚なく食べ散らかす。何とも向き合うことなく、人間同士の付き合い方も同様。無関心のまま時間が過ぎていく。薄っぺらでお手軽な世の中に、幾重にも正体不明の闇が広がっている。

闇は視界を妨げ、若者の心に入り込み、足をからめとる。この闇はぼくらの生き写しである。

金や物を崇め、合理化とやらをすすめてきた日本。無駄だと省かれたものの中にこそ、日本の誇りがあった。風土や気質、歴史に支えられ培ってきた独自の文化。うわべ豊かとなった時、今度は内容を豊かにしなければならない。少しゆとりが出来たところで文化を深め、伝統を生かす分野に心を注ぐべきところ、抹殺することで成就しようとした。文化を壊したというよりも弊履の如く捨てた。そして日本人は醜くなった。街は便利で清潔、全体に美々《びひ》しくなり、人もまた見てくれきれい。醜くなったのはその生き方、消費文化の行きつく果て。

結局、何が豊かなのか判らぬまま、日本は滅びようとしている。

戦後、その都度決着をつけてこなかったこの国、当然の報い。

『火垂るの墓』に見る厳しい戦後を生きてきた、野坂ならではの眼ざしと言えよう。

また辺見庸『瓦礫の中から言葉を』（前出）は、その中でかつての串田孫一との対談での、次の串田の発言を採録する。

前からの癖かもしれないけれども、これもそれこそ書くことは控えていることの一つだけれども、人間が全部滅亡してしまったときのあとの風景というのを時々思い描けるわけです。それがとてもきれいな風景なんです。何かのかげんで猛烈な風が吹いていて、地上にあるものはみんな海の中へ吹き飛ばされてしまい、そのあとの、荒涼としているのか、さばさばとしているのかわからないけれども、きれいになくなったような世界というのが時々見える気がするんです。どうしてなのか、と自己診断すると、この二、三年の間に感じるようになった、そういう恐れのようなもの、まさか願望ではないにしても、諦めのようなものがその風景を僕に組み立てさせているかもしれないと思うんですね。

串田は人類滅亡後の美しい風景を想像する。そして近年それが時々見えるようになったのは、そういう予感があるからだという。

さらに鶴見俊輔は、予測としては、進歩よりも人類絶滅の方が確かであるとして次のように言う。

倫理を、二つの方向から見ることが必要と思う。

ひとつは、かなり遠くまで未来を見とおしてそのあいだに適用するであろう原則を考えることだ。遠い未来のことはわからないが、それは、二〇世紀にソ連、中国、日本の諸国家も考えたような進歩のつみかさねであるよりも、人類絶滅であるほうが、予測としてはたしかであろう。絶滅への長い道のりをたどる人類がその途上でおたがいに助けあい、そのときなりの幸福を実現するのにはどのようにしたらよいか。そして最後にどのようにして人類の消滅をむかえることができるか。それを考えることが倫理学の課題である。

（『日本人は状況から何を学ぶか』（編集グループSURE、二〇一二））

また石牟礼道子も「無へ――『石牟礼道子全集』完結に寄せて」と題する詩の中で、

「わたしたちは遠い夢を　うつろに　しんけんに　掻き寄せているに違いないが
人類は滅亡するのだろうか　滅亡するのだったら
末期のうるわしさをつくりたいものだ」

という一節を書く。鶴見は絶望への道のりの中での幸福を、石牟礼は末期のうるわしさを語り、人類最期のありように思いを馳せる。

こうした野坂や串田、鶴見や石牟礼の予感の背後には、ITや、最近はＡＩ（人工知能）にまで辿り着こうとする行き過ぎた科学技術や文明があると考えて誤つことはあるまい。またそうしたいわゆる〈進歩〉とパラレルな関係にある、人間の退化や劣化の問題とも重なっていよう。文明が発達すれば、歩かなければならない所を車で行き、覚え考えねばならないことをＩＴやＡＩにやってもらうのだから、人間が退化するのは当たり前のことだ。そしてその車でさえも、ＡＩの運転に任せようというのだから、常軌を逸している。

さらに、二〇一六年一一月一三日放送のＮＨＫスペシャル「終わらない人　宮崎駿」において、次のような宮崎の発言が目に止まった。ＩＴ企業でＣＧを開発している人たちが宮崎のもとを訪れ、人工知能できわめて気味の悪い動きをする映像を宮崎に見せる。それを見て宮崎は、ハイタッチさえ難しい身体障害の知人を引き合いに出しながら、「僕はこれを面白いと思って見ることはできない」、「これを作る人は痛みとか何も考えないでやっている。極めて不愉快だ」ということを述べ、さらに「なにか生命に対する侮辱を感じる」とも言う。それを受けて隣席のプロデューサー氏が「どこへたどり着きたいんですか」と尋ねると、開発業者は「人間が描くのと同じように絵を描く機械」と答える。こうしたやりとりの上で、宮崎は「地球最後の日が近いって感じがするね」と、一言つぶやくのである。そして「人間の方が自信がなくなっているからだよ」とも言う。いったい人間が描くのと同じように絵を描く機械をつくった時、人間は何をするのだろう。

さて以上のような状況に向い合う時、次の二人の言葉は耳を傾けるに値する。

他方、東日本大震災も科学技術への絶対的信仰を相対化する衝撃がありましたが、川端の小説のように明快に言いきるむきは多くはありません。人間が絶対化してきたことがらは、科学技術にせよ市場経済にせよ、３・11で一時的に価値観が揺らいだにせよ、すぐまたそれらへの帰依が復活してきているかにみえます。これはどういうことでしょうか。

歴史観、宇宙観、人間観は、時代の進行とともに深まっているのではなく、むしろ退行しているようにさえ感じます。マイカーもテレビもパソコンも携帯電話も原発もなかった昔のほうが、一部の人びとは、いまよりも心の視力にすぐれ、表現が自由闊達であった可能性があります。

（辺見庸『瓦礫の中から言葉を』）

時代おくれ

車がない
ワープロがない
ビデオデッキがない
ファックスがない
パソコン　インターネット　見たこともない
けれど格別支障もない
　そんなに情報集めてどうするの
　そんなに急いで何をするの
　頭はからっぽのまま
すぐに古びるがらくたは
我が山門に入《い》るを許さず

（山門だって　木戸しかないのに）
はたから見れば嘲笑の時代おくれ
けれど進んで選びとった時代おくれ
　　　　もっともっと遅れたい

電話ひとつだって
おそるべき文明の利器で
ありがたがっているうちに
盗聴も自由とか
便利なものはたいてい不快な副作用をともなう
川のまんなかに小船を浮かべ
江戸時代のように密談しなければならない日がくるのかも

旧式の黒いダイアルを
ゆっくり廻していると
相手は出ない

むなしく呼び出し音の鳴るあいだ
ふっと
行ったこともない
シッキムやブータンの子らの
襟足の匂いが風に乗って漂ってくる
どてらのような民族衣装
陽なたくさい枯草の匂い

何が起ろうと生き残れるのはあなたたち
まっとうとも思わずに
まっとうに生きているひとびとよ

（茨木のり子『倚りかからず』筑摩書房、一九九九）

これらには、文明の未発達段階の人間の方が、人間として格段にすぐれた力を持っていることが明示されている。辺見は〈心の視力〉を言い、茨木は生き残る力を言う。

では、もし私たちがこうした力の復権を願うなら、どうしたらよいのだろうか。よく言われるように、江戸時代に戻るのかという単細胞的で稚拙な指摘に、私たちはどう向かい合ったらよいのだろうか。そうした問題に対する時、まず最も大事なことは、私たちがいま置かれている絶望的状況を正しく認識することだ。そして正しく絶望することだ。その絶望を心の中に定着できるかどうかが、私にはすべての鍵のように思われる。絶望することができれば、希望が見えてくる。しかし絶望のない安易な希望は、確固たる希望として根を張らない。希望とは方法論を確立することによって、はじめて希望となる。私たちにはたして絶望する力があるのだろうか。

白井聡は、「山梨日日新聞」（二〇一五、一〇、一八付）で次のように言っている。

今は、社会が劣化し過ぎて、極めて危険な状態にあります。空気を読んで多数派に従っていれば安全とは限らない。一人一人が自分で考えて行動しなければ本当に危うい。毒薬に似た、インチキな希望にすがるよりも、厳しい現実を正面から受け止めて、正しく絶望した方がいい。正しく絶望する人たちが増えていけば、社会は変わるでしょう。

また辺見庸と佐高信の対談『絶望という抵抗』（前出）にも、次のようなやりとりがある。

佐高　その凶のしるしを、どれだけ生々しく感じ取り、どのように身に引きつけて抵抗できるか、それこそ絶望という抵抗ですね。

辺見　そうですね。現状はまったく絶望的ではありますが、絶望と希望の境をどこに見つけるか。「絶望之為虚妄、正与希望相同！」（絶望の虚妄なることは正に希望と相同じい！）……。簡単なようで、これは簡単ではない。魯迅が一九二五年元旦に記したこの言葉の底にあるものを、たぶん、ぼくはまだよくわかっていないようです。

さらに森達也は、「絶望からの再生を」（『生活と自治』二〇一六、一）において、ドイツが憲法（基本法）の改正に際してなぜ国民投票をしないのかと言えば、ドイツ国民はワイマール憲法がありながらナチスを選んでしまったことに関して「自分たちに絶望したからだ」と言い、集団の熱狂は時に間違えるのであり、多数決を信じてはいけないと言っていると述べる。そしてドイツは自分たちに絶望したからこそ、同じ過ちを繰り返さないのだとした上で、日本人は戦後の水俣病や原発事故を経験しているのに、とことん絶望していないと述べている。

これらの発言には、絶望の持つ力への期待がある。絶望することによって生まれてくるものを、私たちが見出し創り出していくことができるのかどうか、いま私たちは試されている。絶望できるかどうかは、いまのこの絶望的な状況を正しく認識できるかどうかに関わっているのだ。はたして日本人に、その余力は残っているのだろうか。
野坂が言うように、終末を迎えるのは「戦後、その都度決着をつけてこなかったこの国、当然の報い」なのだ。実際あれだけの惨禍を招き、アジア諸国にも大罪を犯した先の戦争についても、この国は、七〇年を経た今でさえ真の意味での結着をつけていないのである。いったい誰が戦争の責任を引き受けたというのだ。一九四六年四月、『新潮』に「堕落論」を書いた坂口安吾は、その末尾を次のように閉じている。

戦争に負けたから堕ちるのではないのだ。人間だから堕ちるのであり、生きているから堕ちるだけだ。だが人間は永遠に堕ちぬくことはできないだろう。なぜなら人間の心は苦難に対して鋼鉄の如くではあり得ない。人間は可憐であり脆弱であり、それ故愚かなものであるが、堕ちぬくためには弱すぎる。人間は結局処女を刺殺せずにはいられず、武士道をあみださずにはいられず、天皇を担ぎださずにはいられなくなるであろう。だが他人の処女でなしに自分自身の処女を刺殺し、自分自身の武士道、自分自身の天皇をあみだすためには、人は正しく堕ちる道を堕ちきることが必要なのだ。そして人の如くに日本も亦堕ちることが必要であろう。堕ちる道を堕ちきることによって、自分自身を発見し、救わなければならない。政治による救いなどは上皮だけの愚にもつかない物である。

ここに言う「正しく堕ちる」こと、「堕ちる道を堕ちきる」ことは、まさに正《ただ》しく絶望するということのように私には読める。だが日本人は、ついに堕ちきることなく、ここまでやってきた。堕ちきることがなかったから、戦後の日本を「発展」などという上っ面の言葉でしか括れなかったのである。あるいは福島の原発事故の責任さえ、今もって明らかにし得ないのである。

知を失った人間がいかに救いがないか、右に綴ってきた。また知の劣化した人間がいかに目先の情で動くか、記してもきた。冒頭の漱石に戻ろう。漱石は言う。「情の人はかねて、知意の人でなくてはならない」と。私たちははたして知に向かって歩き始めることができるのだろうか。

第一章

「自然」と生きる——古典文学に学ぶこと

古人は自然に対して、きわめて優しい眼ざしと細やかな配慮を持っていた。それは自然が単に観賞の対象であっただけではなく、自然が人々の生きる上での必須の要件であったからだ。農業は言うまでもないことだが、生活のサイクルの基盤として、また精神の糧として、常に自然が基底に据えられていた。それは文明に過度に傾きすぎた近代と好対照をなしている。いま私たちがそうした古人の自然観に接することは、近代を見直す絶好の機会となるであろう。

一 「自然」と生きる

はじめに

「歴史に学ぶ」という言葉がある。それは「歴史を学ぶ」こととはイコールにならない。「歴史を学ぶ」ことは、文献上、民俗上において発見された歴史的事実を知識として習得することだ。しかし「歴史に学ぶ」ということは、歴史的な事実を現在の社会や生活また人生に活かすことである。或いはそれを工夫して現在に取り込むことである。

同様に「古典文学に学ぶ」ということもある。別段古典に限らないが、「文学に学ぶ」ことは、「(古典)文学を学ぶ」こととは違うのである。高校生をはじめとして若い人たちの古典離れが叫ばれて久しいが、ひょっとすると教える側が古典文学を教えることに終始しているからかもしれない。古典文学に学ぶことの有益性をもっと多く語ることができたら、若い人たちだって古典を見る眼が大きく変るのではなかろうか。

過日Eテレで放送していたが、『方丈記』を災害文学として読み、そこで鴨長明が語っている災害観や、災害に対する人生観を読み取ることは、東日本大震災の被害に直面している私たちに、社会を構想する上でも人生を生き抜く上でも、大きな示唆を与えてくれるのではあるまいか。大事なことは、古典文学には先人たちの生きる知恵が詰め込まれていることを認識することであり、また先人たちが発信するメッセージに耳を傾けることであろう。

ではそのために何が必要なのかと言えば、それはまず私たちがどういう社会に生き、どういう人生を送っているのか、という現実や現場を私たちが冷静に分析し、正確に把握することであろう。おそらくそれがなければ、古典文学がいまに息づくことはあり得ない。そこでそうした観点から、自然をテーマに据えて古典文学を読み解き、そこから現代社会にいかなる問題が投げかけられるのかを、思い付くままに書いてみたい。

一　自然を見る眼

わが国の最初の勅撰集である『古今和歌集』は、かつて日本人がどういう視線で自然を見ていたかを知る上で、きわめて重要な作品である。もとより『古今集』以前、『万葉集』もまた自然に満ち満ちた歌集であり、日本人と自然との関係がさまざまな意味において文学化していく上での骨格を造り上げたことは言うまでもない。そして『古今集』の自然観が万葉の時代以来のそれの影響下に成立していったことは、まずまちがいのない事実であろう。だが『万葉集』と『古今集』との最も大きな違いは、『古今集』が時間意識に支えられているという点である。『古今集』は冒頭を四季部で飾り、時間は春から夏、夏から秋、そして冬へと移っていく。恋の部もまた、恋の始まりから恋の終局に向かって進行していく。『万葉集』においても、四季の歌はあり、恋の歌もあるが、『古今集』に見られるような明確な時間意識はない。『古今集』は、いわば文学における時間の発見であったと言っていいだろう。

それではいったい彼らにとって、時間とは何であったのか。或いは何をもって彼らに、時間の重要性を認識させたのであろうか。それについてはさまざまな考え方があろうが、私はその原点となるものは、生命の盛衰或いは生死という問題であったろうと思っている。人は生きて死んでいき、他の生物も植物をふくめて同様である。季節は春から冬へと推移し、移ろっていく。つまり生命や宇宙はすべて時間というものに包摂されており、そういう宿命の中にあるものであることを、彼らは必然として認めていたにちがいない。そしてそこに人が生きることの原理や原点を見出したと思われる。だからその点では、人も自然も同じであり、いやそうではなく、人は自然の中にそれを構成する一つの要素として存在しているにすぎないことを、厳しくかつ謙虚に認めていたのであろう。時間意識は、そうした自己の存在を見つめることから始まっていたと考えてよいのではあるまいか。

そうした思想や感情が人間の基盤に据えられた時、人の自然を見る眼はそれに応じて自然と横並びの水平的な視線となり、優しく細やかなものになっていったと考えていい。『古今集』の冒頭を飾る「仮名序」の中に、「花に鳴く鶯、水に住む蛙《かはづ》の声を聞けば、生きとし生けるもの、いづれか歌を詠まざりける」という、いささか高揚感のある和歌観は、鶯や蛙を人間と同じ地平に生きるものとして見なす眼ざしから発していると言って過言ではない。そしてそうした自然を見る眼は、当然のことながらきわめて精緻なものになっていった。

ここでは一つの例だけを挙げておこう。冬が去り春が来る、そのサインを彼らはさまざまな自然物や自然現象の中に見つけ出し作品化していった。その中の一つに解氷という、氷が解ける現象があった。もともと中国の詩文の中にうたわれていたものが、日本の文学に影響を与えたと考えられているが、一方日本人もまた解氷に春の到来を確信したからこそ、それを作品化することに同意したということもできよう。その解氷という現象が、『古今集』の春の部の冒頭において、次のように表われてくる。（和歌の上の数字は歌番号）

2　袖ひちてむすびし水のこほれるを春立つ今日の風や解くらむ

4　雪のうちに春は来にけり鶯の凍れる涙今や解くらむ

12　谷風に解くる氷のひまごとにうち出づる浪や春の初花

このように解氷は、2、4、12の三首に登場する。この前後に、雪が歌われ鶯が歌われる。鶯は春のものだが、雪は冬のものである。いや雪は春にも降るから春のものでもあるのだが、それは冬の名残りとしての春のものである。つまり春の始まりは、冬と春が混在するところから出発するのである。そうした中で、しかし春は確実に進行していくということを、時間的推移の中にはっきりと跡付ける役割を解氷が担うのである。

右の三首の歌をご覧願いたい。2、4と12の間には、一つの大きな違いがある。さて何だろうか。注意深く読んでいただきたい。2と4は最後の結句を「解くらむ」で閉じている。「らむ」は現在推量だから、ここでは「解けているだろうか」と推量し、想像しているにすぎない。だが12の歌には、推量を示す語はない。谷風で氷が解け、水が白浪を立て始めたという現実を詠んでいるわけだ。つまり解氷という現象が、想像から現実へと移っていく時間的進行が、ここに意図的な歌の配列によって示されているのである。『古今集』の撰者たちのこうした細やかな配慮は、行きつ戻りつしながら、しかし確実に春は進行していくという日常的実感によって可能となったと言ってよいであろう。それは日々自然を見つめる眼ざしがなければ、作品化されなかったにちがいない。

こうした自然を見つめる細やかな眼ざしのもう一つの例を、わが国の代表的な古典随筆である『徒然草』から引いてみたい。吉田兼好の筆になるこの『徒然草』には、「折節の移り変るこそ、ものごとにあはれなれ」で始まる一九段のように、自然を論じた章段が少なくないが、ここでは一五五段の四季論を引いてみよう。少し長いが重要な章段なので、全文を引くことをお許し願いたい。

世に従はん人、まづ機嫌を知るべし。ついで悪しきことは、人の耳にも逆ひ、心にも違ひて、そのことならず。さ様の折節を心得べきなり。ただし、病をうけ、子を産み、死ぬることのみ、機嫌をはからず。ついであしとてやむことなし。生・住・異・滅の移り変る真の大事は、たけき河のみなぎり流るるがごとし。しばしもとどこほらず、ただちにおこなひゆくものなり。されば真俗につけて、かならずはたしとげんと思はんことは、機嫌をいふべからず。とかくの用意なく、足をふみとどむまじきなり。

春暮れて後夏になり、夏はてて秋の来るにはあらず。春はやがて夏の気を催し、夏よりすでに秋は通ひ、秋はすなはち寒くなり、十月は小春の天気、草も青くなり、梅もつぼみぬ。木の葉の落つるも、まづ落ちてめぐむにはあらず。下よりきざしつはるにたへずして落つるなり。迎ふる気、下にまうけたる故に、待ちとるついではなはだ早し。生老病死の移りきたること、またこれに過ぎたり。四季はなほ定まれるついであり、死期はついでを待たず。死は前よりしもきたらず、かねて後にせまる。人みな死あることを知りて、待つことしかも急ならざるに、おぼえずしてきたる。沖の干潟遥なれども、磯より潮の満つがごとし。

四季論は、後半の「春暮れて後～」のあたりから始まる。この四季論で注目される点は、四季が春夏秋冬に区分けできるものではないという考え方が明示されているところにある。つまり春のうちにだんだんと夏めいていくのであり、夏の間にすでに秋気は通い始めているのであって、春が終って夏になり、夏が終って秋が来るというわけではないことを述べているのである。それは前に述べた『古今集』の春の到来を構成する和歌の配列の部分に共通する。暦の上で春が来ても、依然として雪は降って冬の気は残っているのであり、その春と冬が混在する中で、解氷が想像から現実に向うことで春は進んでいく、というのと同じだと言っていい。時間は途切れたり分断されることなく、連続しているのである。そしてそれは植物の消長も同じだと、兼好は続けて言う。つまり木の葉が落ちることについても、木の葉が落ちて芽を吹くのではなく、下から芽ぐんで生命活動が始まるからこそ、木の葉は落ちるのだと言うのである。ここでも落葉と芽吹きは、別ものではない。ちょうど春と冬が混じるように、芽吹きと落葉という生命活動の消長が混在し連続しているのである。何という自然への微細なそして正確な観察であり、認識であろうか。私たちはこうした古人の観察眼に触れるたびに、自然から切り離されていく現代社会や現代人のありようを痛感せずにはいられない。

ところで兼好の論は、そこにとどまらないのである。その自然の問題が人間の問題に転化されていく。後続の文章をご覧いただきたい。兼好はこう述べている。

人間の生老病死の変化は、これ以上である。四季は決った順序があるが、死期は順序を守ってくれない。死は前から来るのではない。いつも人の背後に迫っているのだ。

ここでは季節という時の推移が、人間の生死の問題に移されて論じられている。それはこの章段の冒頭で、次のように述べていることに呼応している。

病気になったり、子供を産んだり、また死ぬこと等は、時機を考慮することなどできない。生成し、存続し、変化し、滅んでいく生住異滅の変相の原理は、大河の漲る流れに等しく、決してとどまることなくどんどんとすすんでいくのである。

兼好は時が人間を変え、ついには死に至らしめる、しかもそれはあらかじめ予測できるものではないことを力説する。そしてそれが四季の変化よりも、いっそう厳しく人間に迫って来るものであると説いているのである。

さきに私は『古今集』の時間意識について述べた際、それが人間や生物の生命の盛衰とか生死の問題と関わっているのではないかと書いたのは、こうした兼好の自然観などに触発されてのことである。日本人は古くから、自然や四季を人が生きることに重ね合わせながら、観察し観想していたものと思われる。とすれば彼らの自然への眼ざしが、ますます細やかなものになっていったのは、必然と言ってよいであろう。

二　自然との交感

こうした日本人と自然との深い関係性の中で、それが最も典型的にまた特徴的に表われたものとして、たとえば西行のような山野に庵を構えて常住し、また旅に日々を送った歌人を指摘することができる。しばらく西行の作品に即しながら、西行にとって自然とはいったい何であったのかを考えてみよう。

西行の歌集には、たとえば次のような作品が見出される。

山深み岩にしだるる水ためんかつがつ落つる栃拾ふほど

（山家集、一二〇二）

西行が高野山に住んでいた時、大原に住んでいた知友の寂然《じゃくねん》に遣した一〇首の中に見出される歌である。ここには栃が詠まれている。和歌史において、栃が詠まれる例はきわめて珍しく、少なくとも雅なる和歌的世界には馴染まぬ素材であった。それが西行の作品の中に、突然登場する。歌の意味はこうだ。

山深いので、岩を滴り落ちてくる水をためよう。ようよう僅かに落ちる栃の実を拾っている間に。

西行はこの時、栃を拾っていたのである。いったい西行はなぜ栃拾いなどに興じていたのだろうか。いやおそらく彼は興じていたのではなかった。たぶん食料の確保のために、栃を拾っていたのだ。日本人が栃を常食していたことは、野本寛一『栃と餅』（岩波書店、二〇〇五）に詳しいが、私度僧であった西行は、高野山に住みながらも安定した食事の給付が保証されるような修行生活が送れたわけではなかったのであろう。場合によっては食料は自前で調達しなければならなかったのだとすれば、栃拾いは命を繋ぐための日々の大事な日課だったことになる。山中で水も乏しい。水は岩を滴り落ちてくる僅かなものを貯めて使わねばならない。栃を食べるためには水を使ってアクを抜く必要がある。かくして栃は西行にとって、命を保つための重要な食材であった。ここに貴族社会における自然とは別の、直接に人間と繫がる自然の形がある。和歌史上きわめて珍しい栃が西行の歌に登場するのには、こうした訳があったのである。

旅の歌に目を転じよう。「五　西行と芭蕉」でも触れることだが、仁安年間（一一六六〜九）、西行は西国への旅に立った。西行が五〇歳頃のことである。山中を主な居住地としていた西行は、この旅で瀬戸内海を渡りつぶさに海の光景に接することになる。そして備前国小島（現岡山県児島）一帯で海士の漁労を眼のあたりにするのである。そこでくり広げられる彼らの生活風景は、西行にとって新しい自然との関係を考えさせるものであった。彼らの漁労から得られるものは、あみ（あみざこ）、つみ（つび・つぶ）、蛤、鮑、小鯛など貝や魚の他に、ひじきその他の海草類など夥しい種類の海産物であったが、それらの多くは枥と同様にそれまで和歌の中に取り込まれて詠まれるものは、数少なかった。西行はそれらを大胆に彼の歌の中に詠み込み、従来の和歌世界とは全く異なる詠風を創り上げたが、大事なことはそういうことではない。彼にとって重要なことは海士たちが殺生によって手に入れる魚や貝が、人間の命を育むものであるという事実であった。いや逆の言い方をした方がよいだろう。人間の生命は、こうした殺生によって手にする無数の生命によって支えられているという事実であった。

西行は仏者である。従って殺生は戒律である。その殺生戒を犯さなければ成り立たない海士の暮しがそこにあった。しかもその殺生戒を犯すことによって、人間の生命は維持されていくのである。食物連鎖の頂点に立つ人間が抱え込まねばならない宿命的な業に、西行は直面する。

あみざこを捕獲する袋を長い竿に付けて、海士は一の竿、二の竿と竿を立てていく。海士はその時「立つる」と声をかけるが、その声を聞いて、西行は思わず涙をこぼす。そしてこう歌うのである。

立て初むるあみ採る浦の初竿は罪のなかにもすぐれたるかな　（山家集、一三七二）

続いて近くの日比のあたりで、幼童たちがつみを拾っているのを見て、

下り立ちて浦田に拾ふ海士の子はつみより罪を習ふなりけり　（同上、一三七三）

とも歌うのである。後者はつぶの「つみ」に、仏教上の罪障としての「つみ」を懸けた歌だが、このきわめてよく類似した趣きの歌を二首続けて詠んでいるところに、西行の深い苦悩が示されている。人は生きねばならないがゆえに、他の生命を殺さねばならないというどうにもできない矛盾を抱え込んで、西行は瀬戸内の海辺に立ち尽したのであった。自然はまた西行に、人が生きる意味をいっそう深く考えることを迫っていったにちがいない。

こうした西行にとっての生の源泉としての自然と、もう一つそれとは違う存在として自然は西行のすぐ身近なところにあった。それは山中に一人住み、一人で旅を行く西行の生の孤独と深く関わ

る形で存在した。

実は西行の歌の中には、自然を友と見做す歌がきわめて多い。いくつかの例を引いておこう。

水の音は寂しき庵の友なれや峰の嵐のたえまたえまに　（山家集、九四四）

ひとりすむ庵に月のさし来ずは何か山べの友にならまし　（同上、九四八）

音はせで岩にたばしる霰こそ蓬の窓の友となりけれ　（同上、九六三）

これらの歌においては、水の音が友であり、月の光が友であり、或いは霰が友である。

また、

谷の間にひとりぞ松も立てりける我のみ友はなきかと思へば　（同上、九四一）

という歌では、一本で立っている松に我身の孤独を通わせ、さらに

古畑のそはの立つ木にゐる鳩の友呼ぶ声のすごき夕暮　（同上、九九七）

という歌では、木に止まって鳴く鳩の鳴声を「友呼ぶ声」と聞きなしている。いずれも西行の孤独の深みから歌われたものだと言っていい。実際、ひとりで庵に住む西行は、訪れてくる友人を常に待ち続けていた。できることなら隣に庵を構えて住んでくれる友人を欲しもした。西行は、

寂しさに堪へたる人のまたもあれな庵ならべん冬の山里 （同上、五一三）

とも詠んでいる。しかしそんな人はいなかった。訪れてくる友もきわめて稀であった。西行は孤独に堪えながら、いきおいその眼は周りの鳥獣や草木に向っていったのである。

山深み霞こめたる柴の庵にこととふものは鶯の声 （同上、九九一）

この歌に見るように、春の到来とともにやって来たのは、人ではなく鶯であった。西行の中で自ずと自然が友になり、自然との間に精神的交流が生まれる。西行は鳥獣と、草木と、天象と言葉を交わし始めている。そして西行はそれらにそれら以上のものを見出し始め、それらと同じ地平に生きるようになっていった。もはや西行は、自然なしには生きられないようになっていたのである。

自らの生命を育む自然と、精神的な交流を持つ自然と、自然は西行が生きる上でかけがえのない

存在となっていったのである。西行にとって自然は肉体的にも精神的にも、自らが生きる上で欠かせぬ存在であった。しかし、それは何も西行に限ったことではなかった。西行ほどに深く意味づけられていたかどうかは別として、古人は誰しもそうした自然の意味や有用性を感受していたのである。その例を『源氏物語』で見てみよう。

「若紫」巻は、「わらは病み」（おこり）に罹患した光源氏が、北山の寺に入山する場面から始まる。その病気療養中に、のちの紫の上となる女児と邂逅するという点で、『源氏物語』の筋立ての上ではきわめて重要な意味を持つのだが、ここで論じたいのはそのことではない。光源氏が加療のために北山に行ったのは、もちろん北山の（大雲寺と思しき）寺に法力にすぐれた有名な僧がいたので、その僧の祈禱の力で病気を治すことが目的であった。しかし私はそれだけではなかったと思うのである。私はその背後に、この時代の人々が病気に対する森林の持つ効力を知っていたからではなかったか、と思うのである。神山恵三『森の不思議』（岩波書店、一九八三）は、森林が人間の健康に及ぼす良い影響を、科学的な解明を加えながら解説しているが、同書の中に次のような一節がある。

むかしから、修験道、山伏、講、あるいはお遍路、巡礼などにみられるように、特に山岳宗教と結びついて森林環境の中での諸行事が民間の中に深く広まっており、現在まで受け継がれている。これらは単なる宗教的な行事にとどまってはいない。やはり、その行事を行なったあとに、心身に一定の健康状態がもたらされたということがあったので、かくも連綿と続いているのだと考えられる。

光源氏は僧の法力にだけ頼ったのではなかったのではあるまいか。彼は、また当時の人々は、森の中にいると人間の健康が回復することを、経験知として知っていたにちがいない。それらが森林から発せられるテルペン系物質の効用であることなどを知らなくても、彼らは森の持つ力を知っていたのである。そしてこの森の力は自然の力の一つであった。彼らは自然と交り合うことが、人間にとっていかに有用であるかを知っていたのである。

西行と言い、光源氏と言い、古人は自然の力を尊び、常にそれとの交流をはかっていたのである。

三　自然の思想化

『平家物語』（巻十二）の「六代」には、六代の生死をめぐって緊迫した場面が描かれている。平維盛の子六代は、北条時政らに捕えられ、鎌倉に移送される途中で斬首されるはずであった。しかし余りにも幼く、また高雄の文覚が助命嘆願を鎌倉方に申し出ていたので、日延ばしにして東海道を下っていたのであった。しかし足柄山を越えてまで生かして連れていくわけにはいかないというので、千本松原（静岡県沼津市）の浜辺で斬首することになった。だがいたいけな六代の首を落すことに斬り手が逡巡し、なかなか斬首に至らない時に、文覚の功なって、早馬の使者が頼朝の御教書を携えて到着し、六代は命拾いをしたという筋立てになっている。

さてこの話で私が指摘したいのは、斬首の場所として選ばれたのが千本松原であったという点である。実は千本松原の浜辺は、東海道筋の名所の中でも、屈指の美景を誇る場所であった。一三世紀前半に成立した『海道記』や『東関紀行』といった紀行文学の中にも、千本松原の緑の松と白い波の美景は取り上げられ、後者には「眺望いづくにもすぐれたり」と記されている。つまり当時、千本松原は東海道を往還する人々にとって、足を止めて美景を堪能する場所だったのであり、そこは景観において特別な意味を持った場所だったのである。

六代の斬首の場が、そうした美しい景観を誇る場であったことは注意してよいであろう。人が死を迎え、浄土に旅立つ時、それが美景に包まれる場での往生だとしたら、それは何にもまさることではなかったろうか。『奥の細道』の旅の途次、北陸道の山中温泉のあたりで腹痛のために芭蕉と別れて伊勢の長嶋に向かう曾良が、「行き行きて倒れ伏すとも萩の原」と詠んだのは、彼が美しい萩の花に囲まれて死ぬのなら本望だと思ったからであろう。美しい場所は、死出の旅に立つ門出の場にふさわしい。そしてこのことから、私たちは自然が美という点において人間にとって大きな意味を持っているという事実に気付かされるのである。古来歌人たちが和歌の中に好んで詠み上げた名所、すなわち「桜の吉野」のような歌枕もその美の問題と密接に関わっていようし、また美しい自然や景観は、人のいまわの際だけでなく人生全般において人々にさまざまな意味を投げかけ、多くの歌人や作家たちがそれを作品化していったのである。

そうした形で自然や景観と向き合い、それを作品化することに苦吟し、さらにはそれを思想にまで高めようとしたのが、松尾芭蕉ではなかったかと思われる。日本人と自然との関係を考える上で、芭蕉はその精神性や思想性において到達した一つの最高峰であろう。芭蕉は自らの俳諧が、「たどりなき風雲に身をせめ、花鳥に情を労して、暫く生涯のはかり事」(『幻住庵記』)となったことを述べている。つまり彼の俳諧は自然の諸相に対して身を粉にし、心を砕いたがゆえに成ったものに他ならないと言っているのである。いわば自然とは、彼にとって俳諧そのものであった。「乾坤の変は風雅のたねなり」(天地自然の変化は、俳諧の基となる種である)(『三冊子』)と述べるのもそれと同じである。

そしてそうした思想から、「松の事は松に習へ、竹の事は竹に習へ」(『三冊子』)という態度が生まれる。ここで「習へ」というのは、「物に入ってその微の顕れて情感ずるや、句と成る所也」(自然に投入してその微かなるものを見定めて情が動いた時、句が出来るのだ)という意味だが、この確言には、西行が頼朝に和歌の詠みようを尋ねられた時、花や月に対して心が感動を覚えた折、僅かに三十一文字を作るのだと答えたという伝説(『吾妻鏡』)に窺われる西行の心境に通じるものがあるように思われる。芭蕉はそれをより子細に確定して述べていると言っていい。

従って彼は、「心花にあらざる時は鳥獣に類す」（月や）花を感じられない時は、鳥獣に等しい）（『笈の小文』）と言い、「造化にしたがひて、四時を友とす」（自然に随って四季を友とする）（同上）とも言うのである。そして「造化にしたがひ、造化にかへれ」（自然に随って、自然に帰一せよ）（同上）という言挙に行き着く。それはつまり、彼自身が自然と一体になることであったと言っていい。それは句作の時だけにそうせよと言っているわけではない。そもそも句作の時だけに、そんなふうになれるわけがないのである。日常の平生の時からそうあれと言っているのである。すなわち自然との一体化は、芭蕉自身の一生を貫いた俳諧観であり人生観であった。ここには日本人と自然との関係の長い歴史を経て、終に到達した究極の自然観が見出される。そしてその自然観はぴったりと人生観に重なっているのである。

そうした自然観の基となっているのは、いくつかの要素が考えられるが、その中でも最大のものは、千本松原において見たように自然の持つ美の問題であろう。神亀元年（七二四）一〇月、和歌の浦に行幸した聖武天皇が海中に浮ぶ島々を眺め、この地が荒廃せぬよう管理させる詔を下したのも、そこが余りにも美しい風景をくり広げていたからであった。美しい風景は人間の魂を揺さぶるものである。そしてそのことは、逆に言えば人間の側が美しいものに動かされる魂を持っており、その美しさは他の何物にも変え難いものであることをしかと確信する力を持っていなければならないということを示してもいる。

さて私たちに、その自信と覚悟はあるのだろうか。

おわりに

このような古人と自然との関係を前にして、いま私たちは自然とどのような関係を築いているのだろうか。私たちははたして、『古今集』時代の人々や兼好のように自然を細やかに見る眼を持っているのだろうか。或いは西行のように自然と交わる時間を日常の中で持っているのだろうか。はたまた芭蕉のように人生に自然を重ねて考えることがどれほどあるのだろうか。そう考える時、一部にはそうだと断言できる人もいるかもしれないが、多くの人々はまた社会全体としては、多分に否定的にならざるを得ないにちがいあるまい。社会のほとんどの人は、かりに休日に自然に親しむことなどはあっても、日常においては自然は頭や体から切り離されて、意識の中に入っていることはまずないであろう。

しかしそれも無理からぬことだ。なぜなら社会の仕組みそのものが、自然について考えることなど許さないように作られているからだ。いやそういう受け身的な物言いはやめよう。そういう思考方法をしている限り、社会は変らないのだから。はっきり言えば、自然を無視しても仕方がないような社会を私たちが作っているということなのである。或いはそういう生き方をしているということでもある。「私」は作っていないという人がいるかもしれないが、少なくとも「私たち」は作っているのである。それは責任という点で言えば、個人的責任はないという人にも、社会的責任はあるということだ。

ではそういう社会の仕組みとは何か。それについては、第二章及び第三章を参照されたいが、一言で言えば、私たちが産業化社会（主に工業を軸として成立する社会）を進展せしめていく中で、賃労働のために時間を奪われて忙しくなり、また農業をはじめとする第一次産業を捨てて工業その他の産業に従事するようになり、最終的にはお金や利便性に最大の価値を見出すような社会の仕組みということである。明治以降の歴史を省れば、そのことはすぐに理解されることだ。そこには兼好も西行も芭蕉も息ずく暇《いとま》はない。

第一次産業を捨てることで、人は自然と接する機会を失った。工業化は都市化を推し進め、都市化は人間を自然から切り離した。自然から離れた人間に、自然を考えろと言ってもできない相談である。都市に居れば、自然はなくとも金があれば生活は成り立つのだから。

本来自然がなければ人は生きていけないのに、自然がなくとも金さえあれば人は生きていけると仮想されてしまっていることが問題なのだ。この文章のタイトルに「古典文学に学ぶこと」という副題を付けたのは、古典文学から自然の大切さを学ぶというだけの意図ではない。自然の大切さを忘れて、或いは放擲して生きるということの意味を考え直してみるということなのである。そういう社会に住み、そういう人生を生き続けると、食糧自給率など落ちても、工業がその代りを果してくれるという思考方法が当たり前になってくる。TPP問題は、その隙間を突いて出て来ているのである。TPP問題は、単に政治の問題なのではない。人間の問題であり、生き方の問題なのだ。さらに言えば、3・11の原発事故はそれが最悪の形で露呈したにすぎない。原発事故は、政治や経済やエネルギーの問題だけを問うているのではない。それは究極においては、私たちの生き方の問題を問うているのだ。放射能で自然が失われることを埒外として生きてきた生き方が問われているのである。

私には、古典文学に見出される右の先人たちの思想や言葉が、私たちが終局に向って進んでいることを示唆しているように思えてならないのだが、皆さんはどう思われるだろうか。

二 焼畑のうた

今やわが国ではほとんど見られなくなった焼畑農業も、昭和三〇年（一九五五）頃、すなわち約半世紀前頃までは、日本の各地で行われており、少し山間《やまあい》の村に入れば誰もが日にすることができた。

たとえば詩人田中冬二は、昭和一一年（一九三六）七月に山梨県早川町の西山温泉に浸かり、奈良田を訪ねて次の詩を詠んだ。

山 郷

夕暮れは雨となり雨にまじり
山焼の灰が降って来た。
父も母も兄も皆山仕事にでかけて
もう七日
留守には嫗さまと幼いもの達だけ。

すぐ前の渓の釣橋を渡った
山を登り五里も奥
山の開墾小屋では雑木林を焼き
そこへまず蕎麦を播き
翌年は粟を次の年には豆をつくるのだ。
さあっと俄に雨は強くなり、暗くなった。
ランプを点した。
ランプの火は瞬いた。
——父親は黄檗の皮を堆高く背負っている。
母親は木苺の実をいっぱい籠に入れて来る。
兄は樫鳥の仔を捉えて来る。——
幼いものは媼さまから毎夜
父母たちの賑やかなかえりを
こんな風に聞かされて
しづかに寂しく眠った。
雨はまたひとしきり激しく

渓向いの山をかくし渓川も
下のこんにゃく畑も
けむりながら暮れてしまった。
御神木の樅の木で二羽の鴉が鳴いた。
――奈良田にて――

ここには焼畑で輪作される作物やそれ以外の収穫物、作業小屋など、焼畑に伴う労働の実態と、一時《いっとき》離れて住まねばならない家族たちの寂寥が、短い詩篇の中に的確に詠まれている。そしてここに歌われた生活が、それまでの気が遠くなる程の長い間辛抱強く続けられてき、日本人の暮らしを支えてきたのであった。そのずっと遥かな昔、文学は、とりわけ貴族趣味芬芬たる和歌という文学は、この焼畑という全く異質の世界の有様をどのように捉えていたのだろうか。或いは和歌を探ることで焼畑の何かが分かってくるのだろうか。しばらく和歌を材料に焼畑――話題は定畑一般に及ぶ場合もあるが――の考察を試みてみたい。なお前節「田園のうた」において焼畑の和歌史的展開について詳説したが、ここでは叙述の展開上、それと重複する部分があることをご了承願いたい。

一　「焼畑と和歌」の研究史

焼畑と和歌の関係を考える際、最も多く材料を提供する歌人は西行であると思われる。『新古今集』（雑中、一六七六）に入集する西行の著名な一首、

古畑のそはの立つ木にゐる鳩の友呼ぶ声のすごき夕暮

に見える「古畑」が焼畑であることを早くに指摘したのは、折口信夫であった。折口はそのことを『日本古代抒情詩集』（一九五三）の中で述べているのだが、岡野弘彦『折口信夫の記』（一九九六、中央公論社）はその理解が、折口の大正九年（一九二〇）における長野県から静岡県にかけての旅の体験に基くものであることを示唆している（折口「海道の砂　その二」、参照）。

下って松岡心平「西行の「ふるはた」の歌」（『日本古典文学会々報』一九八八、一）も、同首を焼畑を詠んだものとし、安土桃山期の歌人今川氏真の

古畑を焼くや煙の年こえてそのまま峰に霞たなびく

の例などから、焼畑地のうち休閑地として放棄されている畑を古畑と言ったとされる。そして「立つ木」についても、野本寛一『焼畑民俗文化論』（一九八四、雄山閣）が指摘する「オロシギ」（枝を落とされて幹だけになった巨木）であることを論じ、これも焼畑地の特徴とされたのであった。

おそらくこうした理解は、正鵠を射たものとして評価できるであろう。実に和歌と焼畑との関係の考察は、この西行の古畑の歌の解釈から始まったのである。

二　畑を焼く風景

明らかに焼畑の風景を詠んでいると思われる歌の中で、最も古いものは『拾遺集』（雑春、一〇五二）に入集する藤原長能《ながよし》（九四九頃生か）の次の一首かと思われる。

金鼓《こむぐ》打ち侍りける時に、畑焼《はたや》き侍りけるを見て詠《よ》み侍りける

片山に畑焼く男《をのこ》かの見ゆるみ山桜は避《よ》きて畑焼け

この歌は家集によれば、丹波国（現京都府と兵庫県の一部）で作者が病気になり、所在ないままに詠んだものとされるが、右の詞書からすれば、おそらくその平癒を願って勤行などをした時に詠まれたものと思われる。そこから畑を焼く山の風景が遠望されたのだ。後に述べるように、片山は焼畑の適地である。焼畑の作業を見ながら、その山に植えられている桜は避けて焼いてくれよと、いかにも貴族的情緒を先立てて詠まれた歌だが、家集の詞書には立春の日と明示されている。春とともに畑焼きの農事は始められたのである。

そしてこれ以後も、断続的にだが焼畑詠は江戸時代まで詠み継がれてゆく。

鎌倉期の歌人藤原信実（一一七七生）の歌（『新撰和歌六帖』二二七九）

古枝のふしのみ残るうつほ木の立てるもさびし畑の焼山

は、既出の西行の歌「古畑のそはの立つ木にゐる鳩の……」と同趣の風景を詠んだものだ。実景に基く歌かどうかは不明だが、「ふしのみ残る」といった、いわゆる木おろしの痕跡が描写されているることからすれば、少なくとも実体験の印象が深く刻まれていると見てよいのではないだろうか。焼畑は意外と貴族歌人たちの身近な場所で行われていたと想像される。

或いは江戸時代の歌人加藤千蔭（一七三五生）の歌（『うけらが花　初編』一一八二）

をちかたの畑焼く煙うち霞み春思ほゆるみ山べの里

も、焼畑の季節としての春の印象を強く与える一首である。この歌も実景に基くかどうか不明だが、その生涯の多くを公儀の役人として過した千蔭の境遇から察すれば、江戸近辺でも焼畑の風景が確認されたということになるが、いかがであろうか。

このように畑を焼く風景を詠んだ歌は、「田園のうた」の章に見るとおり、少なからず散見されるが、歌人たちにとってこの焼畑の風景は、意外に身近にありながら、しかしなお野趣の強い農的風景として、彼らを惹きつけたと考えて大過ないであろう。

三　片山畑という場所

焼畑を行う場所としては、山畑が一般的であった。藤原為家（一一九八生）の歌（『新撰和歌六帖』一七）の、

風わたる焼け山畑の下もえもまだことゆかずさゆる白雪

という一首の「焼け山畑」に見えるように、焼畑は山中や傾斜面を伐り開いて行われるのが一般であった。その中にあって、片山はとくに焼畑の地として多く詠まれている。前に示した長能の歌もそうだが、たとえば藤原知家（一一八二生）の歌（『新撰和歌六帖』二五八）、

賤《しづ》が焼く片山畑に立つ煙かさねて霞む春の夜の月

や、或いは藤原雅有（一二四一生）の歌（『隣女集』二四三）、

焼け残る片山畑のむらすすき頼むかげとやきぎす鳴くらむ

などに、それが窺える。

片山は「一方がけわしく、他方がなだらかで裾を長く引いた形の山」（『日本国語大辞典』）とされる。そのいずれかの斜面が焼畑の適地として好んで利用されたのであろう。言うまでもなく険しい斜面も、うち捨てられていたわけではなかった。西行の「古畑のそはに立つ木に」の「そは」は岨《そわ》で、

「険しい所。がけ、絶壁、急斜面、急坂など」（『日本国語大辞典』）を言う。緩斜面だけで足りなくなれば、当然急斜面も伐開の地として選ばれただろうし、日照の具合にも左右されただろう。その意味では、片山の斜面は緩急を問わず焼畑農地の対象であったにちがいない。

四　おおあらき

和歌に詠まれた焼畑は、畑を焼くという行為やその風景だけだったわけではない。焼畑という農事に関わる様々な農的営為が和歌の中に取り入れられていった。まず「おおあらき」から考えてみよう。

和歌の中には「おおあらき」の語が頻出する。古く『万葉集』には「おほあらき野」（一三四九）や「おほあらきのうきたの森」（二八三九）が見え、平安時代以後は、『古今和歌集』（雑上、八九二）の、

　おほあらきの森の下草おいぬれば駒もすさめず刈る人もなし

という読人しらずの歌を嚆矢として、おおあらきの森が数多く詠まれている。そしてその他にも「おほあらきのをざさが原」（好忠集、四九七）や「おほあらきのとをののはら」（長能集、六二一）などの例を指摘できる。

このおあらきは、一般に大荒木の字をあて、京都市伏見区淀大下津町の与杼《よど》神社の森もしくは奈良県五條市今井町の荒木神社の地を想定するのが通説とされている。或いは『万葉集』の歌について言えば「あらき」（殯）と関係づけ、高貴の身分の人の葬送の際に殯宮（もがりの場）が営まれた地と解く説もある。

しかしどうもそうとは思えない。ここでは「あらき」のもう一つの用例に注意してみる必要がある。野本寛一（前掲書）が指摘するように、『万葉集』（一一一〇）の、

ゆだね蒔くあらきの小田を求めむとあゆひいで濡れぬこの川の瀬に

という歌の「あらきの小田」や、「あらきだ」（三八四八）の「あらき」である。ここに見える「あらき田」は「新墾田」で、新たに開墾した田である。この「あらき」を転用すれば、おおあらきは新たに切り開いたとの意味を想定すべきであろう。つまり「おほあらきの森」は、新たに森を伐開する（した）地を指すのであって、決して固有名詞として一ヶ所の地（与杼神社や荒木神社）を指すのではあるまい。それが焼畑地であったのか定畑地であったのか、断定は難しいが、野本寛一（前掲書）によれば、青森から南島諸島に至る各地で、焼畑の地を指してアラキ、アラク、アラキバタケ、アラコなどと呼んでいるとされ、アラキは古く焼畑開墾に端を発し、水田や定畑のような耕地開拓にも広く用いられたものと推測されている。従って和歌の中に見出される「大荒木の森」を初めとするアラキは、焼畑その他の耕地を指し全国各地に散在していたものと考えてよいだろう。そして

その中の一つである与杼神社や荒木神社の森の地が、歌枕として固定化していったものと思われる。歌学書類によれば、それはおよそ平安時代から鎌倉時代にかけてのことであった。

五　庵

和歌には時折、畑の庵を詠んだ例が散見される。たとえば西行の歌（『西行法師家集』七一八）、

となりゐぬ畑のかり屋にあかす夜はものあはれなるものにぞありける

に見える「畑のかり屋」などはその一つだ。他に『正治初度百首』の藤原隆房の歌「種まきし木の下麦の穂に出でてかげに秋ある山畑の庵」（八三七）や『玉葉集』の順徳院の歌「あはれなる遠山畑の庵かな柴の煙の立つにつけても」（二二三七）などもその例にはいるであろう。そしておそらくこれらの中には、焼畑と関連する庵が含まれているものと想像される。

焼畑は一般に四年前後の輪作をしたあと、該地が林地として回復する二〇年前後の休閑期を置くのが常であったから、だんだん遠隔の地に焼畑の地を求めるようになっていく。すると当然通うのが困難になるから、簡単な小屋掛けをしてそこに寝泊りするようになった。それを普通出作り小屋と言った。冒頭の田中冬二の詩に、「父も母も兄もみな山仕事にでかけて／もう七日」という一節は、そうした労働の形を物語るものであり、「開墾小屋」は寝泊まりする小屋を指して言ったもの

である。そしてそこは何年間か使うと放棄され、不使用の期間が生じる。後に述べるように西行と焼畑の関係は密であったと思われるが、右に引いた西行の歌なども、そういう小屋（庵）にしばしば泊ることがあった体験から生まれたものではなかったろうか。「となりゐぬ畑のかり屋」は、放棄された出作り小屋に一人で寝る寂寥感を詠んだものと考えて大過ないであろう。

もっとも次のような例もある。源俊頼（一〇五五生）の歌（『散木奇歌集』六六二）、

田上の山里にて臥したる所に、雪のもり来たるを見てよめる

柴の庵のねやの荒れ間にもる雪はわがかりそめのうはぎなりけり

という一首に見える田上の地は、古来木材の生産地であった。そうするとこの場合は、樵夫たちが寝泊りする小屋であった可能性が高い（ただ田上では、後に述べるように、蕎麦を作っていたことが『散木奇歌集』に見えるから、焼畑の可能性も考えられる）。山中には様々な労働に従事する人々の簡易な小屋が、あちらこちらにあったのだろう。狩猟を生業とする人々が寝泊りする小屋も考えられる。山中に踏み込んだ歌人たちの中には、しばしばそういう小屋を使う機会があったのではないだろうか。和歌の中に頻出する「庵」は、人々の山中の労働という観点から吟味してみる必要があるように思われる。

六　鹿と猪

焼畑地の害獣と言えば、鹿と猪に代表されるだろう。焼畑の作物はそれらによって荒らされたがゆえに、農民たちはこれを防除するために様々な知恵を絞った。野本寛一（前掲書）は、岩手県の早池峰山麓の焼畑の村では害獣を追うことを鹿番と言ったと述べるが、その防除の方法として臭気や音を利用した多くの例が全国に見られることを報告している。

一方それらを狩猟することによって、焼畑農民は不足する動物性栄養を補うことができたのであり、害獣の駆除は一方で栄養の補給でもあったのである。『日本書紀』（天武天皇四年〈六七五〉四月一七日条）には、肉食の禁止令が記録されているが、そこには「牛馬犬猨鶏」の肉を食べることは禁じても鹿や猪の名は見えず、その対象となっていないのである。おそらく畑地の害獣であるがゆえに禁猟を免れたのであろう。

『万葉集』の中には、猟師が鹿を狩ることを歌の中に取り込んだ例がいくつか見える。たとえば家持の歌（四三二〇）、

ますらをの呼び立てしかばさを鹿の胸別け行かむ秋野萩原

も、或いはまた作者未詳の歌（二一四九）

　山辺にはさつをのねらひかしこけどを鹿鳴くなり妻が目を欲り

も、鹿を狩猟の対象として詠んだものである。鹿が害獣として把握されたのは、何も焼畑地だけでなく水田や定畑においても同様であったのだろうが、最も古いと考えられる焼畑の時代から人間と鹿の関係は深かったのである。そして鹿と同様に、猪も害獣として人と相対し続けた。それは『万葉集』の中に、「鹿猪《しし》践起《ふみおこし》」（四七八）とか「鹿猪《しし》田禁如《だもるごと》」（三〇〇〇）のように、鹿猪と書いて「しし」（肉や獣の意）と読む表記法が見出されることからも想像されてよいだろう。

また和歌と猪との関係については、とくに猪の枕詞としての「かるもかく」の存在を指摘できる。古い例としては、『後拾遺集』（八二一）に収める和泉式部の歌、

　かるもかきふす猪の床のいを安みさこそねざらめかからずもがな

を挙げることができるが、この「かるも」は、草や木の枝を積み上げたり、穴を掘ったりして作られる猪の床のことで、現在もカイマ、カモ、カルモ、ツキネヤ、ユキカイマ（以上『綜合日本民俗語彙』に拠る）といった語で全国各地に伝わっている。これについては別稿（『銀杏鳥歌』18号、二〇〇〇）ですでに論じたので詳細はそれに譲るが、こうした語も焼畑に関わる狩猟用語として拾い上げられ、歌人たちの知識の中に入っていったものと思われる。

七　狩猟——垣、犬、まぶし

『万葉集』にうまく理解の届かない歌がある。すなわち巻七（一二八九）に収める、

垣越しに犬呼び越して鳥狩《とがり》する君青山の繁き山辺に馬休め君

という一首で、初句の「垣越しに」がどうにもうまく説明できない。『万葉集』の注釈書にあたると、『萬葉集全注』（渡瀬昌忠担当巻）は「犬に垣を飛び越えさせて」と口訳するのみで、この語へのコメントは見えない。伊藤博『萬葉集釋注』は、人家の垣と解し人目のつかない所に男を呼び込む女の歌と理解しようとする。つまり垣の犬は、「垣根を越えて女の側に飛び込んできた犬（男）」ということのようだ。しかしこの垣を理解する手がかりは、後代の例だが、次の歌によって与えられる。すなわち『夫木抄』（一〇一八七）に収める藤原信実の歌、

片山の畑の垣の杉原のたねよりもげにしげる夏草

の一首で、ここには「片山の畑の垣」と地形の説明が見える。片山の畑だから、前述の片山の説明からして焼畑と考えてよいだろう。

野本寛一（前掲書）は、焼畑農民が鹿や猪—とくに猪—の害から作物を守るために、垣根を造ったことを報告している。それは猪垣と言って、木や石で造るのが一般であったが、土手のものも

あった。また静岡県には、シシドイの固有名詞と地名が残っているという。ドイは土居で、土を盛り上げて造った土手のことだ。従ってこの『万葉集』の歌の垣は、焼畑の害獣防御のための垣である可能性が高い。しかも犬は、焼畑農民たちが狩猟をする際の重要な助手であった。とすればこの歌に、垣と犬がともに詠まれているわけが理解される。この歌が焼畑農民の生活それ自体を詠んだものという断定はできないが、そうした焼畑農民の伝統的な生活誌に端を発する系統の歌と考えることは許されるだろう。

なおこの歌には、鳥狩が詠まれている。焼畑農民たちが狩猟の対象とした鳥は、蕎麦を荒らす山鳥や豆類を狙う鳩であった。その点からも、焼畑詠の中に鳥狩が出てくるのは必然なのである。

また平安時代に入ると、狩猟用語の「まぶし」が歌の中に見えるようになる。たとえば、『好忠集』（九月上の項、二五六）の、

まぶしさし鳩吹く秋の山人はおのがありかを知らせやはする

という歌に見られるもので、「まぶしさし」（猟師が鳥獣を射る時、柴などで身を隠すこと）や「鳩吹く秋」（狩人が鹿のありかを知らせたり仲間を呼ぶために、手のひらを合わせて鳩の鳴声を出すこと）といった狩猟用語が見える。後に源俊頼が「まぶしさすさつをの笛の声ぞとも知らでや鹿の鳴きかはすらん」（『散木奇歌集』四五八）と詠んだのは、障子絵においてであったが、「まぶし」はそれほど貴族たちにもよく知られたものであった。これらについては、前掲の「かるも」の拙稿において述べたので詳

細は略に従うが、ここにも焼畑生活の痕跡を見ることができるかもしれない。

八　榛（はり）

『万葉集』には、榛や榛原の歌が少なからず見られる。たとえば巻一（五七）には、

引馬野ににほふ榛原入り乱れ衣にほはせ旅のしるしに

という、長忌寸奥麿《ながのいみきおきまろ》の有名な榛原の歌があり、また巻七（一一五六）には、

住の江の遠里小野のま榛もちすれる衣のさかりすぎゆく

という榛の歌がある。どちらも衣を染める染料としての榛の役割に注目した歌だ。

榛については、これを草本類のヌハリとする折口信夫の説もあるが、一般に通説では木本類のハンノキと理解されている。そしてもしこれがハンノキだとすれば、これも焼畑と関わらせて考えることができる。

ここでも野本寛一（前掲書）の助言に耳を傾けねばならない。ハンノキは空中窒素を固定化し、土を肥やす働きがある。また細菌や虫に対する抗生物質を生産するために、焼畑地では輪作最終年の終りに榛を移植する習慣があった。

またこの榛をハリと呼んだのは、新墾《にいはり》の「はり」と関わらせて榛の生えている所が開墾するのに

ふさわしい土地であったからとも言われている。石川県白峰村では、太い榛の木があればその周囲一〇〇メートル四方は土が肥えていると伝えられるほど、地味を豊かにするという。江戸時代の歌だが、木下幸文（一七七九生）が詠んだ歌（『亮々遺稿』一四五四）、

あしひきの片山かげの榛原の下ゆく水に蛍飛ぶなり

は、焼畑の適地である片山とともに榛が詠まれており興味を惹く。やはり榛の歌は、焼畑と関わらせて考える必要があるように思われる。

九　柳

西行の歌（『西行法師家集』三六）に、

山家柳を

山がつの片岡かけてしむる野の境に立てる玉のを柳

という一首がある。この柳については、かつて久保田淳（「空仁・惟方・西行」、一九九五年六月和歌文学会例会発表）が『留守家文書』の「岩城分七町荒野絵図」を用いて、境界木としての柳の実用性について論じ、それをふまえて私も柳の様々な実用性について述べたことがある（『日本文学から「自然」を読む』勉誠出版、二〇〇四）。

ではこの歌での柳は、どのような境界に立ってるのだろうか。この歌には、焼畑の適地としての片山に類する片岡の語が見える。片岡も焼畑地の一つとして考え得る余地を十分に残しているのではなかろうか。柳についても野本寛一（前掲書）が、山梨県早川町奈良田（冒頭の田中冬二「山郷」が詠まれた地）では、焼畑地の左右の境界には、石を目安として置いて、石の間に焼畑を開くたびに川から河原柳の苗をこいできて植えた事例を報告している。

柳は家回りの垣根としても、田を細分化する際の標木としても用いられ、土地を区切る境界木として利用されたが、焼畑地でも同様だったのである。

一〇　夏草

和歌において比較的歌材が乏しい夏の歌の中で、夏草はその季節の重要な材料として好んで歌われた。夏草の旺盛な繁茂が、いかにも夏という季節を彩る恰好な風景として受け止められたからだろうか。

古く『万葉集』（一九八四）には、

この頃の恋の繁けく夏草の刈り払へども生ひしく如し

という歌が見え、恋心の募っていく様があたかも夏草の旺盛な成長力に匹敵するかのように歌われ、

また『古今集』（恋四、六八四）の凡河内躬恒の歌、

かれはてむのちをば知らで夏草の深くも人の思ほゆるかな

のように、夏草と言えば「深い」ことがすぐさま連想されるほどに、その繁茂の有様は人々の共通認識となっていた。建久四年（一一九三）、左大将藤原良経が主催した「六百番歌合」において、夏の部に「夏草」が歌題として設定され、歌人たちが競って夏草の歌を詠んだのも、そうした和歌史の伝統に支えられてのものだったはずである。

その夏草の代表的なものと言えば、カヤの類であったと思われる。『万葉集』（一一〇、三三九六）には、

大名児ををちかた野辺に刈るかやの束の間も我忘れめや

陸奥の真野のかや原遠けども面影にして見ゆといふものを

といった歌が見え、それぞれ「刈るかや」は「苅草」と、「かや原」は「草原」と表記されている。カヤの類が夏草の中心であったことを示す事例と考えてよいだろう。カヤは、ススキ、チガヤ、スゲなどの総称とされ、その力強い繁茂ぶりは今でも経験されるところだが、往昔の人々にとっても夏の風景の特徴的な一齣であったにちがいあるまい。

しかしその風景がいかにも夏らしいものとして歌人たちに好まれたという感性の問題以前に、草が田畑にすき入れる重要な肥料であり、また牛馬にとっても重要な飼料であったことや、カヤなど

が住居の屋根材として広く用いられたことなどを勘案すれば、夏草が農民にとって生活の重要な必需品であったことに思いを致さねばならない。そしてこの夏草を手に入れるために、春秋の彼岸前後における草山焼が行われ、その技術が焼畑に転用されたのでもあった（野本寛一（前掲書））。

私たちはそもそも『万葉集』の中に、その生活風景の一齣として夏草やカヤが詠まれていたことを思い起す必要があるだろう。一九八四のように夏草は刈り払うものであり、また一一〇のようにカヤは束にするものであった。おそらくそうした労働の際の歌の中に、まず夏草やカヤは入って来たのだろう。そしてそれがのちに和歌の一つの伝統を築いていく素地となったのだ。王朝以後の和歌史の水脈に流れ込む以前、夏草にしてもカヤにしても農民の労働という問題と深く結ばれていたことを忘れてはなるまい。

一一　栃

和歌史の中で、栃を詠んだ例はきわめて珍しい。その稀有な例を詠み残しているのが、実はこれまた西行なのである。『山家集』（一二〇二）に、

山深み岩にしだるる水ためむかつがつ落つる栃拾うほど

という歌が見える。この栃は西行の食事に供せられたものだろう。第三句も「水ためむ」とある。

もちろん飲料の水という可能性もあるが、栃とともに詠まれていることからすれば、栃の灰汁《あく》ぬきのための水だと考えることもできる。栃は保存食として、栃がゆ、栃餅、栃団子などとして使われるが、それは焼畑文化圏において、収穫作物とは別の採集食物の代表的なものとして人々の生活を支えたものであった。そのことは野本寛一（前掲書）に加えて、同『栃と餅』（岩波書店、二〇〇五）に詳述されている。おそらく栃は、西行にとっても命を繋ぐ重要な生活の糧であったと考えてよいだろう。

さてこれまで述べてきたことから察せられるように、西行の歌には焼畑に関わる語彙が際立って多い。すなわち、古畑、立つ木、畑のかり屋、鳩、柳、それにこの栃である。焼畑の生活や文化に関わる素材や環境を、西行はきわめて積極的に和歌に取り込み、またそれをいわば実感深く詠み上げているのだ。いったいそれは何を物語っているのだろうか。

おそらくそのことは、西行の生活圏が焼畑文化圏に重なっていたからだと考えて大過あるまい。西行と言えば、たとえば或る一定の期間住んだ吉野の地が思い起される。吉野は焼畑の盛んな地であった。ちなみに宮本常一（『開拓の歴史』未来社、一九六三）は、こう指摘している。

「白山麓ばかりではない。大和吉野山中なども焼畑の盛んにおこなわれたところである。とくに十津川筋の天ノ川や大塔村の東奥は焼畑が盛んであった。」

ひょっとするとこれまでに掲げた西行の焼畑関係の歌は、吉野で詠まれたものかもしれない。そして西行は、その視界に焼畑的風景を収めていただけでなく、栃の実の採集といった焼畑的生活に親しんでいたと考えられる。

一二　蕎麦と粟

蕎麦もまた和歌に登場することは珍しい。『古今著聞集』（飲食第廿八）には、道命阿闍梨（九七四生）が修行中に、山人が与えてくれた食物が分らなかったので、何かと尋ねると、蕎麦《そまむぎ》だと答えたので

引板延《ひたは》へて鳥だにすゑぬそまむぎにししつきぬべき心地こそすれ

と歌に詠んだ、という話が伝えられている。これによれば、道命は蕎麦を知らなかったというのだ。実話かどうかは分らないし、場所も不明である（道命の履歴から見て、いずれ京近辺でのことであろうが）。新島繁（『蕎麦史考』東京書房社、一九八一）によれば、蕎麦の栽培は元正天皇の詔（『続日本紀』養老六年〈七二二〉七月十九日）や仁明天皇の詔（『続日本紀』承和六年〈八三九〉七月二一日）に見えるから、古代から始まっていたと考えてよい。しかし『古今著聞集』にあるように、蕎麦は山人の食物であって、未だ一般的ではなかったのだろうか。少なくとも道命は、蕎麦を知らなかったのである。

そのような状況の中で、次に掲げる『散木奇歌集』（五三九）の歌は、蕎麦の実態を伝えるものと

して貴重である。

田上にて川のほりに立ちなみたる柳の木に、蕎麦《そまむぎ》といふものをかけたるが、月夜にこぐらく見えければよめる

川柳さしもおぼえぬ姿かなそばはさみつつ月みたてれど

田上は作者源俊頼の所領のある地であった。京に近い近江国の琵琶湖畔のこの地は、古代から材木の生産地として重要な役割を果してきたが、ここでは明らかに蕎麦が作られ加工されていたと見られる。刈り取った蕎麦を川岸の柳に懸けて干している様が歌われており、その実態をよく伝えているものとして貴重な歌だろう。

一方粟は『万葉集』以来歌に詠まれている。中でも佐伯宿禰赤麿の歌（四〇五）は、

春日野に粟まけりせば鹿《しし》待ちに継ぎて行かましを社《やしろ》し恨めし

という歌で、害獣の鹿とともに詠まれている点が興味深い。同趣のものとしては、時代が下るが、『六華集』（一二三二）の源仲正（一〇六六頃生）の歌に、

めかれして粟穂きらすなあなかしこ鳴る竿持ちてましら追へうなひ

という一首があり、鳴竿という道具で粟の穂を狙う猿を追い払う幼童の振舞が詠まれている。猿もまた害獣として相対せねばならぬ動物であった。

さて焼畑文化圏で収穫される雑穀は、稗、粟、蕎麦が代表的なものである。その中で、和歌には

稗は見られないが、右に見るとおり蕎麦は若干例、粟は数例が散見される。これらの雑穀の中でも、蕎麦は短期間で収穫されるため、救荒作物としても重宝がられたようだ。蕎麦には、春に蒔いて夏に収穫する夏そばと、夏に蒔いて秋に収穫する秋そばがある。

もっとも蕎麦も粟も定畑で作ることもあったから、それらを詠んだ歌がすべて焼畑を詠んだものというわけではない。ただそれらがもともと焼畑地帯において繁く利用された作物であったことは、考慮に入れておかねばならないだろう。その淵源を遡れば、ここにも焼畑農業の痕跡を見ることができるのである。

以上和歌資料によって考えられる焼畑について、いくつかの項目にわたって考察を加えてきた。和歌という、一見農業とは関わらないと思われる貴族の文芸の中にも、少なからずその痕跡は残っているようだ。そのことはかつての日本において、焼畑がかなり常態化していたことを物語っているのかもしれない。とくに西行のように、一歩都を外れて山中にでも入れば、そこには焼畑の風景が広がり、焼畑の生活や文化に身を委ねることすらあったと考えられる。焼畑がほぼ過去のものとなってしまった現代、私たちの祖先のくらしと知恵を文学の中から抽出しておくことも大事な作業だと思われる。

付記

本稿をなすにあたっては、本文中にも触れた野本寛一氏の二つの御著書（『焼畑民俗文化論』『栃と餅』）の他に、『山地母源論1——日向山峡のムラから——野本寛一著作集Ⅰ』（岩田書院、二〇〇四）からも学恩を蒙った。これらの著書を読み進めていくうちに、私の中のささやかな和歌の知識が動き出すような感触を覚えながら、稿の想を練った。同氏から受けた学恩の深さは計りしれず、厚く謝意を表したい。

三　西行と芭蕉

一一六八年頃のことであった。西行は京を発って四国を目指していた。瀬戸内海を渡れば、もう目的地はすぐそこの所まで来ていた。岡山県倉敷市あたりの浜辺で、西行は漁師たちが長い竿に袋をつけて醤蝦《あみ》をざくりと掬いとっている光景に出くわした。あの佃煮などに加工する、海老に似た小さな甲殻類だ。

さらに足を伸ばすと、今度は幼い子供たちが総出で、螺《つぶ》貝を拾っている。タニシの類だ。船に乗る。すると京から来た商人たちが蛤など様々な海産物を仕入れて、商いに精を出している。西行は人が生きていくために消費される無数の生命を眼のあたりにしたのだった。仏者である西行は、人間の罪業の深さに直面する。

浜辺の田に下り立って田螺《たにし》を拾っている漁師の子供たち――、彼らはこのツミという名の螺《つぶ》貝（タニシ）から人間の罪障《つみ》を覚え知るのだなあ。

下り立ちて浦田に拾ふあまの子はつみよりつみをならふなりけり

西行はここで詠んだ歌のすべてに「罪」を歌っている。折も折、西行は都で起った保元、平治の乱という大きな二つの戦《いくさ》で、多くの命が無残に散っていくのを経験したばかりだった。しかも西行は、保元の乱に敗れて讃岐国（香川県）に配流され、そこで亡くなった崇徳上皇のいまだ荒ぶる魂を慰めるために、白峰陵に向かう途中であった。

人は生きていくために無数の生命を消費し、しかもその人が人を殺す。いったい人間とは何なのか。西行は都を出て、瀬戸内の海辺で殺生を業とする現場に遭遇して、その難問に突き当たるのである。その旅の現場は、西行に人間の生の意味を厳しく問い詰めるきっかけとなったのだった。

下って一一八六年のことである。西行はすでに六九歳、晩年を迎えていた。この時西行は奥州を目指して、旅の途中にあった。東大寺の重源上人の依頼を受けて、奥州藤原氏の長者秀衡に砂金の勧進を懇願するためである。

西行はこれより四〇年近く前、一度奥州を旅している。まだ三〇歳前後の壮年であった。今度の旅では、しきりにその昔のことが思い出される。昔とほとんど変わらない風景がそこかしこに立ち現われる。そしてその都度、昔のこと、昔の自分がオーバーラップされる。彼は小夜の中山（静岡県掛川市）で、こう感慨を洩らしている。

思いがけずも、年をとってからまた越えることになったよ。ああ命そのものなのだなあ、この小夜の中山――。

年たけてまた越ゆべしと思ひきや命なりけり小夜の中山

旅が西行に人生を振り返らせる。凡凡と都で日を暮していたのなら、昔日はこれほど深い感慨をもって胸に迫っては来まい。一人、旅にあって寂寥と孤独の中にあったからこそ、過去の幻影が鮮かに蘇るのだ。
西行はさらに歩を進める。そして頂上から煙を吐いている富士山を目にする。当時富士山は、火を吹き煙を吐く活火山であった。そしてその煙を見ながら、西行は自分という人間の存在のありようを凝視する。

風になびいて富士の煙が空に消えていく――、あの煙がどこへ消えていくのか分からぬように私も、また私の思いもどこへ行くのだろうか。

風になびく富士の煙の空に消えて行くへも知らぬわが思ひかな

消えていく煙のように、はかない運命を背負った私、そして私の思念。しかしそれは、決して私一人だけのことなのではない。人間という存在そのものの宿命なのだ。

消えていく煙と私という存在。そのはかない二つのものが、一本の糸で結ばれ同じ地平に浮かび上る。その時西行は、壮大な自然の中に溶け込んでいく己れを感じたであろう。自然の中の一つの小さな存在としてある自分、それこそ人間という存在の最も普遍的なありようなのだ。人間はそれ以上でも以下でもない。それなのに日常の中でその最も根源的なことは忘れられている。

後代の画人たちは、好んでこの「富士見西行」の図を描いた。それはこの西行の歌が彼の自讃歌として喧伝され、広く知られていたということからだけではあるまい。この西行の歌の中に、或る人間の存在の真理を見出したからであろう。そしてこの自然と人間の関係、ひいては自然の中の人間の哲理とも言うべきものを、旅において突きつめていったのが芭蕉であった。

芭蕉は人が天地自然と一体化することを、彼の芸術すなわち俳諧の最高理念とした。『笈の小文』（一六八七年の関西への旅の紀行文）の中で、芭蕉はこう述べている。

西行の和歌、宗祇の連歌、雪舟の絵、利休の茶、それらの根本はみな同じだ。芸術というものは、天地自然に付き従って四季を友とするものである。（略）（芸術を求める心は）天地自然に付き従い、それに帰順せよ。

西行の和歌における、宗祇の連歌における、雪舟の絵における、利休が茶における、その貫道するものは一なり。しかも風雅におけるもの、造花にしたがひて四時を友とす。（略）造化にしたがひ造化にかへれとなり。

芭蕉はこの天地自然のことを、「造化《ぞうか》」と呼んでいる。造化こそが彼の芸術の核を形成し、ひいては俳諧という芸術に生きた芭蕉の人生の根源であった。

いったい芭蕉は、なぜ自然をそこまで重んじたのだろうか。おそらくそれは、あの西行の富士の煙の意味が芭蕉にも実感されていたからであろう。自然の中には人生を考える何かが秘められている。彼もやはり人間とは何かという根本的な問いを自然に問いかけ、また問われていたにちがいない。そして旅こそが、そうした意味での自然を最もよく発見することのできる場であった。

『笈の小文』への旅は、須磨（神戸市）の場面で終る。芭蕉はそこで、この地に配流された在原《ありはらの》行平《ゆきひら》、都を追われるようにしてここに籠り住んだ光源氏、そしてあの源平の争乱の時代に思いを馳せる。光源氏は架空の世界のできごとだったが、源平の戦いは現実の歴史であった。源義経が鵯《ひよどり》越《ごえ》の坂落しの攻撃を仕かけ、あの風流の武人・薩摩守平忠度《ただのり》をはじめとする平家の公達たちが散ったのは、この須磨の一谷での戦いである。

芭蕉はそうした悲哀の歴史を思い浮かべながら、眼前の風景に昔の声を聞き、次の文章でこの一文を閉じる。

千年の悲しみがこの須磨の浦には残り続け、寄せる白波の音にさえ深い哀愁がこもっていることよ。

千歳のかなしび此の浦にとどまり、白波の音にさへ愁ひ多く侍るぞや

争乱に加わった者はすべて、勝った者も負けた者もいまは一人としていない。しかしこの須磨の浦には、その世にもそうであったように、くり返し白波が打ち寄せている。永久に変らない自然の中で、ほんの一瞬の息吹きを残して人は消えてゆく。そうしたはかない人間の営みを、芭蕉は須磨の浦に立ってぽつねんと噛みしめていたのである。

奥州平泉も戦乱の場であった。芭蕉は『奥の細道』（一六八九年の東北への旅の紀行文）の旅で、北上

川を見はるかす衣川の館跡に立つ。衣川は、頼朝に追われた義経が藤原秀衡を頼って身を寄せ、ついには秀衡の子泰衡に襲撃されて討たれた地である。芭蕉は二年前、あの坂落しの急襲で平家を討った源氏の若大将源義経の華々しい戦いぶりを、須磨の地で想像したばかりだった。その義経がそれより僅か五年後、この衣川で落命している。一谷で散った平氏といい、この義経といい、どちらも一瞬の栄華のあとには、孤独な死出の一人旅が待ち構えていた。その悲哀に身を浸して、芭蕉は

夏草や兵《つわもの》どもが夢の跡

の一句を詠むのである。衣川で戦った兵士たちの事跡は何も残らず、そこはただ夏草に埋め尽されているばかりだ。ここでは須磨の白波が、夏草にとって変ったにすぎない。自然はすべての人と時間を飲み込んで、静かにじっと佇んでいる。

芭蕉の「造化にしたがひ、造化にかへれ」の一節は、こういう自然と人間の関係を包み込んで書かれたものだ。単に自然が美しいからではない。四季が目を楽しませるからではないのだ。それは人や自己を自然の中の一存在として把握する思いに発していると言ってもよい。そしてそのことを実感させ、発見させてくれるのが旅であった。旅において芭蕉は、自然の向うにある人間や人生を

見つめていたのだ。その意味で言えば、芭蕉にとって自然は人生の師であり、旅はその学びの場であった。

五年後の一六九四年、芭蕉は大阪の御堂前花屋仁右衛門方で病の床にあった。一〇月八日深夜、看病に当っていた呑舟《どんしゅう》に墨を磨らせ、

旅に病んで夢は枯野をかけ廻《めぐ》る

の句を詠んだ。芭蕉の辞世の句として伝えられるものである。芭蕉は死の床にあって、なお旅に憧れていた。旅の途中にあった芭蕉は、夢の中でなお旅を続けていたのである。芭蕉の人生において、旅がどれほどの意味と価値を持っていたか、この句はそれを十分に語って余す所がない。芭蕉にとって、生きることは旅を続けることだったのである。

西行にとっても芭蕉にとっても、旅は命や歴史や生そのものを考える場であった。人生とは何か、生きることとは何かを、彼らは旅の中で考え続けた。旅に出なければ、彼らはあのように深い人生を送ることはできなかっただろう。旅が彼らの人生を彫っていったのである。

第二章　壊れゆく景観

周知の如く文明の発達は、さまざまな環境への負荷を強制した。だがその中で、景観の破壊は軽視されがちである。それは私たちの命や生活に、直接響かないからだろうか。しかし景観は、意外なほど私たちの人生と深い関わりを持っているのである。私たちはそのことに気づいていないだけなのだ。とりわけ高度経済成長期以降において壊された景観の現状を見つめ、もしその破壊の状況を憂いて、その回復を望むのであれば、私たちは景観とは何かという、景観の根源的な意味を問い返すことから始めねばならない。

一　破壊される「歌枕」

古来、歌人たちが愛し、くり返し歌に詠まれてきた景勝地・歌枕が、近年その景観に大きな損傷を蒙り始めている。近代化や工業化の波は、さまざまな環境破壊を惹き起こしたが、その中の重要なものの一つに景観という問題がある。古くは、美しい風景が人々の魂を慰藉し、さらにその風景の向うに神を想像して風景が信仰の対象にまでなったことを思えば、その破壊を厭わない現代は隔世の感があると言っていい。

風景の破壊を瞬時に可能にする土木技術と、風景を破壊することによって得られる経済的豊かさ（すなわち金）が、こうした現状の根底を支え、そういう社会や生き方が是認されてきた。しかしほんとうにそれでよいのだろうか。

私たちはそうした社会や環境を、誇らしく次の世代に渡すことができるのだろうか。すでに機は熟して、反省の時を迎えているはずだ。そろそろ立ち止まり、状況を冷静に見る必要に迫られているのではなかろうか。

まずは、いくつかの現場を見ることから始めよう。

富士山

富士山は『万葉集』において「神さびて高く貴き」とか「大和の国の　鎮めとも　います神とも」などと詠まれる点で、まさに神の山としての信仰に発した歌枕であった。富士山の噴火は万葉の時代から平安京に都が遷ってのちも、いっこうに止むことがなく、往時の人々を震撼させ続けた。六国史を初めとする様々な史書は、爆音や噴火や降灰の模様をつぶさに記録し、浅間社などの神社を建立して神の怒りを鎮めるべく努めたことを伝えている。

従って『古今集』に見える五首の富士山の歌がすべて燃える火に言寄せて詠まれているのは、当然の所為であり、同時に当時の人々の富士山に対する認識を如実に示していると言えるのである。

紀乳母《きのめのと》が巻十九に、

　富士の嶺のならぬ思ひに燃えば燃え
　　神だに消たぬ空しけぶりを

と詠み残しているように、霊峰富士から発する火は「神だに消たぬ」威力を持つものとして畏れられていたのだった。

しかし昨今の富士山は、その信仰性が極度に薄められ、主に観光開発の対象としてその価値を高めてきた。山梨県側の富士スバルラインと静岡県側の富士山スカイラインは、多くの観光客が車に座ったまま五合目まで登ることを可能にし、その結果当然のことながら五合目付近は、まったく富士山中とは思えぬほどに人工的施設が林立し（図Ａ・Ｂ）、また多くの車から出される排気ガスによってであろう、森林が衰退し枯死に至った樹木も多い（図Ｃ）。ここにはおよそ往古の人々が霊峰と仰いだ富士の面影はないと言っていいだろう。信仰心の稀薄化と過度な文明の発達と利用が、こうした歌枕としての富士山の衰退や破壊を招いたと言うことができる。

図Ａ　立ち並ぶみやげ物店からは絶えず音楽が流れ出ている。

図Ｂ　広大な駐車場は富士山中に大きな傷あとを残す。

図Ｃ　立ち枯れた木々が作る風景は不気味である。

＊

このような車による被害を招来する道路の建設が、歌枕の風土や景観を破壊する例は少なくない。たとえば棄老伝説の由来地として名高い姨捨山も、その一つの好例である。深沢七郎の小説『楢山節考』によって、この棄老伝説は現代に蘇ったが、元をただせば『古今集』（巻十七）に収める、

わが心なぐさめかねつ更科や
姨捨山に照る月を見て

図D　長野自動車道は、姨捨山の景観と風情を奪い去った。

図E　鏡台山の上に昇る月を、姨捨山の棚田がその水面に受ける。

という読人しらず詠に端を発して、棄老の物語は成長し始めたのであった。以来姥捨山は月の名所として広く知られるところとなり、王朝の風流人士の憧憬の的となった。

一方この姥捨山には、もう一つの景観の歴史があった。それは江戸時代以後を通じて開発された棚田の景観である。安永六年（一七七七）時には約四二ヘクタールであった棚田は、明治一〇年（一八七七）時にはその倍の広さとなり、現在同地はわが国有数の棚田の景勝地として知られるに至っている。そして月を棚田の水面に映すいわゆる田毎の月が、いっそう姥捨山の棚田の評判を高くしていった。

ところがこの姥捨山も、道路によってその景観が大きく損われることになった。一九九八年に催された長野冬季オリンピックは、会場周辺の大規模な開発事業に伴う自然破壊を代償としたことでよく知られるが、長野市に直通する長野自動車道もまたこのオリンピックに合わせて建設されたものである。そしてこのオリンピック道路が、姥捨山山腹を貫いて棚田を分断しているのだ。姥捨山はその山腹を切られ、マイカーや観光バスや大型トラックがひっきりなしに走り過ぎている（図D）。いまや姥捨山の斜面の棚田の景観は、安藤広重が『六十余州名所図会』に描いた往時のもの（図E）とは、すっかり様変りしてしまった。姥捨山の中腹にある姥捨公園には、

　今朝は早薪割る音や月の宿

という高浜虚子の句碑が立っている。虚子が早朝に薪を割る音で目覚めた姥捨山の静寂は、高速道

路周辺にはもはや残されていない。

＊

こうした歌枕の景観の損傷は、別に山のそれに限ったものではない。たとえば海浜に眼を転じてみよう。

我見ても久しくなりぬ住の江の
　岸の姫松いく世へぬらん

『古今集』（巻十七）に収めるこの読人しらず詠や、『万葉集』（巻一）の「大伴の御津の浜松」という山上憶良の歌句などによって、私たちはかつての大阪湾岸が広大な松原を形成していたであろうことを推知することができる。いや大阪湾岸だけではあるまい。残存する『風土記』の各国々の記事に信を置くならば、この国の海岸には此処彼処に松原が形成されていたのである。しかし近代化の波の中で、海岸線の松原は次々と消され衰滅していった。右に述べた大阪湾の松原で、いま健全な形で残っているものは一つとしてなく、すべて港湾開発や住宅の建設で失われてしまっている。

その中にあって、大阪市に隣接する堺市から高石市にかけての一角に浜寺公園として残されている松原がある。『古今集』（巻十七）に紀貫之が、

おきつ波たかしの浜の浜松の
　名にこそ君を待ちわたりつれ

と詠んでいる高師の浜の松がこれである。この高師の浜の松は、明治時代に入って水田開発と潮害防除・風致保全との対立の中で、伐採をめぐって揺れ動き、明治七年（一八七四）七月にこの地を訪れた内務卿大久保利通が、

音に聞く高師の浜の浜松も
　世のあだ波はのがれざりけり

という歌を詠んで、松の消滅を惜しんだという逸話さえ生まれたのだった。

だがこうした松原の保全をめぐる苦難の歴史も、戦後の高度経済成長という大義を前にして、結局有効に働くことはなかった。堺港大臨海工業地帯の造成計画が進むのに伴って、この松原は海岸の接水部分が大幅に改修され、松林自体は残されたものの、図F（次頁）に見るように水路を挟んで対岸に工場地帯が出現したのである。ここにはもう、万葉の時代から大久保利通の惜松詠に至る間はおろか、大阪府屈指の海水浴場として多くの人々を呼び込んだ昭和初期までの、高師の浜の面影はまったくない（図G／次頁）。自然景観はいつも、経済に屈服してその変改を余儀なくされ、犠牲になってきたのである。

＊

わが国の海岸線は、こうしたコンクリートによる港湾整備の他に、砂浜の消失とコンクリートブロックによる景観破壊という問題も抱えている。たとえば鎌倉期以後松原の代表的な景勝地となる、

図Ｆ　高師の浜の港湾整備によるコンクリート化。

図Ｇ　江戸時代の高師の浜、広大な松原の風景が広がる。（『和泉名所図会』）

『万葉集』以来の歌枕・三保（現静岡市）の場合を見てみよう。

いま三保の海岸は、砂浜のコンクリート化と、波消しのためのコンクリートブロックによって、その景観は大きく損われ、今なおコンクリート固めの作業はとどまることを知らない（図Ｈ）。いったいなぜこのような状況に立ち至ったのだろうか。

三保半島の砂嘴は、安倍川が運んでくる土砂や砂利を、駿河湾の海流が押し流すことで形成されてきた。その押し寄せる豊かな土砂や砂利は、かつて砂嘴の先端を一年あたり四メートルほど前進させてき、三保は年々成長を遂げてきたのである。

ところが一九六四年の東京オリンピック以降、三保の浜は徐々に衰微の一途を辿り始めた。この頃から、オリンピック開催に伴う東海道新幹線や首都高速道路、またその他の巨大都市開発が、大量のコンクリートを必要とし始めたのである。そしてそのコンクリートの骨材として土砂や砂利を提供したのが、全国各地の河川だったのであり、この安倍川もまたその例に洩れなかった。またさらに土石流災害を防ぐことを目的とした砂防ダムが拍車をかけた。安倍川に設けられた一七か所の砂防ダムによって、三保の砂嘴は完全に命綱を断たれたのである。

安倍川から土砂を供給されなくなった三保の砂嘴は、延伸するどころか、寄せる波に砂を奪われるばかりであった。浜へのコンクリートの打ち込みは浜から砂が浚われないために、また海中に投じられるコンクリートブロックは寄せる波の力を弱めるために、浜全体がコンクリート化していったのである。そしてそれは三保だけに限られるものではなかった。日本の海岸線の至る所にコンクリートブロックが並べられ、同じ現象があちらこちらに出現し始めた。三保は単に現在の日本の海岸線の縮図にすぎなかったのであり、海辺の歌枕の景観はどこもかしこも変貌を強いられたのである。いったい私たちは、何を踏み違えたのだろうか。

図H　三保海岸は、今なおコンクリート化が進行中である。

＊

往昔の歌人たちにとって最も重要な歌枕がどこであったのか

と言えば、おそらくそれは和歌の名を冠する和歌の浦であったと思われる。よく知られるように、そこは行幸中の聖武天皇の心を揺さぶった景勝の地だったのだが、近時その和歌の浦が開発の波にさらされ、該地に懸かる不老橋周辺の景観保全をめぐって、一九八九年一二月に住民訴訟が起こされた。この裁判は歴史的景観権の存否を争う点で全国的な注目を集め、多くの文化人や市民が多大な関心を寄せた。結果は敗訴になったものの、文化的な環境の一環として歴史的景観が存在することを司法が認めた点で、僅かな光明は射したと評価することはできよう。

さて開発側の「万葉で飯は食えん」というくり返される攻勢の中で、私は原告団副団長多田道夫氏が、結審にあたっての意見陳述の中で述べられた次の一節を忘れることができない。氏は自身の倫理性の問題として次のように言われたのである。

再度「万葉で飯は食えん」の一言に関わって言えば、飯を食う以外の人生の意味のことです。もっと思い切っていえば、飯と引き換えにしても少しも惜しくない人生の価値の事です。

おそらく歌枕の景観破壊の問題は、根源的にこの発言の意味を私たちが問い直すことから始めなければいけないのだろう。近代という時代は、天秤の飯の重みだけを増やし続けることで築かれてきたように思えてならない。

二　景観の力とは何か

一　リニア中央新幹線のアセス準備書をめぐって

二〇一三年九月、ＪＲ東海がリニア中央新幹線の環境影響評価（アセスメント）準備書を公表した。東京~名古屋間二八六kmのうち、八六%はトンネル区間になるので、全体の景観への影響は少ないが、明かり区間の主要部となる山梨県のとくに西部（甲府市~早川町）は、南アルプスや八ヶ岳・富士山などを眺望する優良な景観が保持されている一帯で、景観破壊がとくに懸念される地域である。明かり区間は、高さ二〇~三〇ｍの高架方式で、全線のかなりの部分を直径一三ｍのシールドが覆うので、あたかも巨大な土管が空中に設置されるような感を受ける。二〇一四年一月に行なわれた山梨県主催のアセス準備書に関する公聴会でも、一〇名の公述人のうち半数が景観問題に触れ、その悪化に懸念を示した。いわく、「景観の評価が恣意的である」、「景観が壊され、コンクリートの塊が毎日見えるストレスが考えられる」、「桃源郷に比される山梨の春の景観も失われる」、「景観に

図1（上）　甲府市南部の曽根丘陵公園から西北方向を眺めたもの。
図2（下）　右半分の山寄り部分にリニアの高架施設が予測されている。

ついて是とする評価ばかりで呆れてしまう」等々。

右のうち最初の「景観の評価が恣意的である」は、私の公述であるが、ではどのように恣意的なのか実例にあたってみよう。図1は甲府市南部の曽根丘陵公園から西北方向を眺めたものである。図2の右半分の山寄り部分にリニアの高架施設が予測されているが、これについての評価は、眺望景観に変化は生じず、与える影響は小さいとされている。ところが、選ばれた三三カ所の眺望地点からの遠景の眺望については、すべて右の記述によってまとめられており、しかも文中に「スカイラインの分断はない」という評価も見られる。スカイラインの分断は、眺望地点の高低によるものであって、リニアの高架施設を見下す地点から見れば、すべてスカイラインの分断はあり得ない。逆に下から見上げれば、すべてスカイラインは分断される。つまりスカイラインの分断がない地点が、恣意的に選ばれているにすぎないのである。

　では、近景はどうか。図3（次頁）は南アルプス市の中部横断道（高速道路）の写真である。すでにこの道路自体が大規模な景観破壊を惹き起こしているが、ここにリニアの高架施設が架かると、図4（次頁）のようになる。そして、これに対する評価は、現在の景観に構造物が加わり、現在の景観と調和の取れた新たな景観となっている、とされている。こうした近景の場合も、すべて同様な記述によってまとめられており、遠景も近景もあたかも模範回答のマニュアルに従って書かれた答案のようなものである。こうしたきわめて恣意的な記述や評価に、山梨県環境影響評価等技術委員会も、主観的である旨の意見をとりまとめ、山梨県の知事意見書に反映されるところとなった。

　ところでこうした景観評価の恣意性や主観性を排除するためには、できる限りそこに客観的手法を取り入れ、ぶれを小さくする努力をせねばならない。そこで私は、図5、6（次頁）に示すようなリニア実験線（笛吹市御坂町）の既設のリニア施設写真を示して、アンケートを試みた。この施設が周りの景観と調和がとれていると思うかという問いに、五二名の男女が答えてくれたその結果は、「とれている」が二名、「とれていない」が五〇名であった。圧倒的多数が、否との回答を示したわけだが、少なくともこの評価は、準備書の手法による評価よりも、客観性を多く含むと言ってよいであろう。従って当然のことながら、準備書はこの程度の努力を評価作成の上で傾注せねばならな

図 3　南アルプス市の中部横断自動車道（高速道路）

図 4　図 3 にリニアの高架施設が架かった後

図5　リニア実験線の高架施設（山梨県笛吹市御坂町）（田辺欽也氏撮影）

図6　同上

かったと思うのだが、いかがだろうか。

ところで私が問題にしたいのは、景観というものの評価をこの程度の杜撰でおざなりな形ですませるという、その態度の問題なのである。もとよりこのアセス準備書は、残土、生態系、水、騒音、電磁波等々、すべてにわたって同様に杜撰かつ安直なのだが、それにしても同一文章と言ってよいような評価がくり返されるこの景観の項目は、単に当該準備書の持つ問題というにとどまらず、現代の日本人が共通して景観に対して持つ、一つの態度を表わしているのかもしれないとも思うのである。高度経済成長期以来、高速道路、新幹線、高層建築物といったコンクリート群による硬質かつ直線的、無機的景観に、私たちが馴致《じゅんち》させられてしまった可能性は否定できまい。そうだとすれば、いまこそ私たちは景観というものが私たちに投げかける本質的問題と向い合い、その答を見つける努力を重ねねばならないのではないかと思うのである。何しろいま私たちは、東日本大震災以後に持ち上った東日本沿岸域一帯の、巨大防潮堤問題という史上最大の景観破壊問題に直面しているのであり、いわば重大な岐路に立たされているのである。

二　景観の原点に溯る

こうしたきわめて現代的な景観上の課題に対して何らかの対処の方法を探ろうとする場合、私たちに求められるのは、景観の持つ本来の意味をもう一度原点に立ち戻って考え直すことであろう。そしてその際最も有効な視点を与えてくれるのは、かつての日本人が景観や自然をどのように捉えていたのか、腰を据えてじっくりと再考してみることではなかろうか。そこでそのような観点から、景観の原点ともいうべきものについて、いささか論じてみたい。

旧著『壊れゆく景観』（慶応義塾大学出版会、二〇〇六）でも触れたことだが、七二四年（神亀元）一〇月の聖武天皇の和歌の浦（現和歌山市）への行幸は、再説に値する事件であった。聖武天皇はその折、海中に多数の小島を擁する和歌の浦の美景に強く心を動かされ、弱浜《わかのうら》の名を明光浦《あかのうら》と改め、この地が荒廃せぬよう詔《みことのり》を下した。そしてさらに、ここに玉津嶋《たまつしま》の神と明光浦の霊《みたま》を祭るように指示したのである。注目すべきは、ここに神や霊を祭るという行為にある。美しい風景や自然には神が宿り、またそれらは神によって造られたものだとする考え方が、ここには明らかに示されている。現にこの行幸に随行した歌人山部赤人は、この和歌浦の風景を眼のあたりにして、

神代より　しかそ貴き　玉津嶋山

と詠んでいる。人の世になる前の神代の時代から、かくもずっと貴い玉津嶋山よ、と詠んで、その美しい風景を「貴き」と表現しているのである。私たちはこうしたエピソードから、かつて日本人が景観や自然は神によって造られたものだとする、それへの侵し難い神聖性を感じ取っていたことを理解せねばならない。すなわち景観や自然は、人智や人工をはるかに超えた神聖な領域に属す

るものだったのである。

こうした考え方は、実は何も聖武天皇というきわめて古い時代にのみ存在していたわけではなかった。たとえばずっと時代の下った、俳人芭蕉の中にそれを見てみよう。

一六八七年（貞享四）一〇月、芭蕉は春の桜の吉野を目指して江戸を発った。その旅の随想的紀行文が『笈《おい》の小文《こぶみ》』である。芭蕉はその『笈の小文』の冒頭で、自らが作句の道一筋に生きる心境を語った上で、次のように述べている（簡約して口語で示す）。

西行の和歌、宗祇の連歌、雪舟の絵、利休の茶それぞれそれらの道を貫く根本のものは一つである。芸術においては、造化《ぞうか》に随《したが》って四季を友とするのである。目に見、心に思うことは、すべて花月の美ならぬものはない。見るものが花でなければ野蛮人に等しく、思うものが花でなければ鳥獣の類になってしまう。野蛮人や鳥獣の域を脱し、造化に随って造化に帰一するのである。

芭蕉は芸術に従事する者の心得として、造化と一体化することが重要だと説いているのである。ここで言う造化とは、造物主すなわち神によって作り出された森羅万象、つまり天然とか自然のことであり、景観はその重要な領域を占めている。芭蕉は花や月を自然の表徴《ひょうちょう》として指示しているが、その花や月のありようが、景観として人間の眼に映るのである。美しい自然や景観に心を動かされるからこそ人間であり、芸術家だと言っている。

その景観を含む自然を造化と言うのである。明治時代に「ネイチャー」の訳語として「自然」という語が創出されるまで、日本において最もそれに近い言葉の一つがこの造化であった。造化という言葉が、神が作り出しそれを育てるという語義に基づいていることは、日本人の自然観を考える上で重要である。それは先述の聖武天皇の自然や景観に対する考え方に共通して、そこに神の存在を感じることに発しているのであり、美しい自然や景観は、ここでもやはり侵すべからざる神聖な領域だったのである。

こうした自然観や景観思想は、近代に入ってもなお変ることはなかった。一例として、唱歌「美しき天然」（一九〇〇、武島羽衣作詞）を見てみよう。一番の歌詞は次のように歌われる。

空にさえずる鳥の声
峰より落つる滝の音
大波小波鞺鞳《とうとう》と　響き絶えせぬ海の音
聞けや人々面白き　この天然の音楽を
調べ自在に弾き給う
神の御手の尊しや

一番はまず自然の音の描写から始まる。景観論で言えばサウンドスケープの領域に属するが、美しい鳥の声、滝の音、海の波の音、それらはすべて神が弾き給う音楽なのだと歌っているのである。

そして二番以下は、春は桜、秋は紅葉に代表される景色はすべて神が織りなす織物だと言い、三番は、山の霞、海辺の松原それらはすべて神の力で描かれた写し絵だという。最後に四番は朝に起きる雲、夕べの虹、それらはすべて神の力で建てられた建築だと歌っている。一～四番までの最後の結句は、

一、調べ自在に弾き給う、神の御手の尊しや

二、手ぎわみごとに織り給ふ　神のたくみの尊しや

三、筆も及ばず書き給う　神の力の尊しや

四、かく広大に建て給う　神の御業《みわざ》の尊しや

となっており、すべて神の力によって創出されたものだと言っているのである。この景観思想は、聖武天皇や芭蕉とどこが異なっていようか。

すなわちこうした景観思想、一言で言えば神威の景観は長い間日本人の血肉となって生き続けてきたのであった。それは思想問題としての神というよりも、皮膚感覚として人智を越えるものといったレベルの、神威の景観であったのかもしれない。そしてこの「天然の美」という歌が、まだ私が小学生であった昭和三〇年代前半においても、我家の電蓄のＳＰレコードで奏でられていたことを思い起こすとき、こうした神威の景観はまだなお意味を発揮していて、人々に受容されていたと言うことができよう。

三　景観に育まれる人間

私小説においても歴史小説においても、すぐれた作品を多く残した作家井上靖〈一九〇七〈明治四〇〉生）は、その幼少期を、曾祖父潔の非正妻かのと二人で湯ケ島の分家の土蔵で暮らすという、かなり常態と異なった生活を送り、彼の後の人生に少なからぬ影響を与えたと考えられている。だが、その頃の自伝的作品『しろばんば』を読むと、あわせて彼の周辺がきわめて豊かな自然に満ちあふれており、そうした環境が彼の感性に彩りを添えていったことが予想されもするのである。長じて旧制沼津中学に進んだ少年時代のことを、井上は『夏草冬涛《なつぐさふゆなみ》』に書いているが、それにおいてもその傾向の片鱗は窺うことができる。たとえばその顕著な場面として、私たちは千本浜での友人との交流のシーンを挙げることができる。

沼津市の海岸一帯は、古来千本松原の名で知られる東海道筋の一大名所であった。そこは東海道を往還する旅人たちにとって、最も風光明媚な場所として記憶され、数々の文学にも眺望のすぐれた美しい名所として登場するのだが、洪作少年（井上の分身）たちはそこを日常の遊び場としていたのである。

「三人は千本浜へ出る道を歩いて行った。最初の松の木が見え出す頃から、道には砂が多くなり、靴の中に砂がはいった。」

矢場があり、おでん屋があり、三人はそのおでん屋を横目で睨んで進んでいく。

「旅館の前を通り過ぎると、道はなくなり、広い砂浜が拡っていて、右手の方は〝千本浜〟というだけあって、どこまでも松の林が続いている。」

洪作たちは、この千本浜の松の本数について論争を続けながら、海に出る。

「松林を抜けると、広い砂浜がゆるやかな傾斜で波打際まで拡っている。波打際《なみうちぎわ》の近くは拳大の石で埋まっているが、あとは全部砂浜である。

洪作たちは砂浜を横切って、石のごろごろしている地帯まで行くと、そこに腰を降ろした。波が打ち寄せては砕ける度《たび》に、潮の

図7　千本松原の中にある井上靖筆の石碑

飛沫《ひまつ》が飛んで来る。

「海は広いなあ」

小林が言った。」

そしてこの後、海の向こうのアメリカに話が飛んで、この場面の描写は終る。

おそらく井上の少年時代の日常は、こうした日々のくり返しだったのであろう。千本松原という極上の景観の中で、他愛ない友人との会話がくり広げられる、そうした日々を井上は少年時代に送っていたのであった。そして多分そうした日常が、井上の少年期の精神や感性の形成に少なからぬ影響を与えたであろうことは想像に易い。

実はそう思うのには、一つの確証があるからである。いま千本浜公園の松林の中に、井上靖の筆になる石碑が建っており、そこには次のような一文が刻まれている（図7）。

千個の海のかけらが
千本の松の間に
挾まっていた。
少年の日
私は毎日

それを一つづつ
食べて育った

井上靖

井上少年は、千本の松の間に挟まっていた千個の海のかけらを食べて育ったのである。千本松原の自然と景観は、井上少年の精神の栄養だったのである。井上はそれがなければ、自分は育たなかったと言っているのである。自然や景観が人間の成長にかくも大きな影響を与えることを、私たちは確《しか》と心に刻まねばなるまい。美しい景観の中に身を置くことはそれだけで十分な価値を人間に与えるのである。

しかも事例は、井上にとどまらない。井上より二〇年ほど前に生まれた詩人薄田泣菫《きゅうきん》を見てみよう。彼は一八八七年（明治二〇）、岡山県倉敷市の水島灘の近くで生まれたが、その少年時代を過ごした郷里の自然について、随筆集『草木虫魚』（一九二九）の中の「赤土の山と海と」で次のように述べている。

私の郷里は水島灘に近い小山の裾にある。山には格別秀れたところもないが、少年時代の遊び場所として、私にとって忘れがたい土地なのだ。

こう書き出されるこのエッセイの中で、彼は裏の松山で木や花や鳥を友として過ごし、山に飽きると海に出て魚や貝と戯れた経験を綴るのだが、この文章は次のような一節によって閉じられている。

> 私はこれらのものの水のなかの生活に親しむにつれて、山の上の草木や、小鳥などと一緒に、自分の朋輩として彼らに深い愛を感ずるようになった。そしてこの世のなかで、人間ばかりが大切なものでないことを思うようになった。
>
> あの小高い赤土の松山と遠浅の海と。——思えばこの二つは、私の少年時代を哺育した道場であった。

ここに記されるように、松山と水島灘に囲まれた景観と自然は、薄田少年を哺育した、すなわち育てたのであった。そしてそれは奇《く》しくも井上が、詩碑に「少年の日、私は毎日、それを一つづつ食べて育った」と刻んだのに一致している。井上も薄田も、景観や自然を心の糧として少年時代を過ごしたのであり、またおそらくそうであるがゆえに彼らの感性も育まれていったと考えてよいのであろう。そしてひいては、それが後年彼らを文学で身を立たしめる遠因ともなったといえるように思われる。

あるいは一九〇六年（明治三九）、新潟市に生まれた作家坂口安吾は、子供の頃から家庭においては平穏な愛情に恵まれず、新潟中学に通う頃も、反逆的で授業放棄も日常的にくり返されたようだ。そのことは後年のエッセイ『石の思い』（一九四六）や『砂丘の幻』（一九五三）などの中に回想されているが、坂口はその『石の思い』の中に、教室代わりに通った新潟海岸の砂丘の風景を思い起しながら、次のように書いている。

私は今日も尚、何より海が好きだ。単調な砂丘が好きだ。海岸にねころんで海と空を見ていると、私は一日ねころんでいても、何か心がみたされている。それは少年の頃否応なく心に植えつけられた私の心であり、ふるさとの情であった。

ここにも井上や薄田と、まったく同じことが述べられている。授業をエスケープして一人で遊んだ新潟海岸の砂丘の風景が、彼の心を育んだのである。人間にとって景観や自然は、人間を人間たらしめる、こうした重要な役割を果たしていたのである。そしてそれはたまたま井上や薄田や坂口において、きわめて分かり易い形で発現したにすぎないのであろう。つまり言い換えれば、意識するとしないとにかかわらず、それは万人にあてはまることのように思われる。

しかし高度経済成長期以来、日本列島改造構想などを中心として、わが国の景観は切り崩され、コンクリート化されて、破壊が続いている。そしていまなお、それは止むことはない。リニア中央新幹線は、崇高とも言える南アルプス（赤石山脈）にトンネル穴を開けようとし、東日本大震災に見舞われた東北地方の太平洋岸一帯には、巨大な防潮壁を立てて人間と海を遠ざけようとしている。しかし高さ一四mのぶ厚いコンクリート防潮壁に囲まれて、人間の健全な精神の生育は約束されるのだろうか。またはたしてそこから、第二、第三の井上靖や薄田泣菫や坂口安吾が生まれるのだろうか。少なくとも私には、絶望的に思われる。

四　災害と景観

一八五六年（安政三）二月、絵師安藤広重は千住大橋を措いた風景図（図8〈次頁〉）を皮切りとして、間を置かず次々と江戸の美景を写し取り板行《はんこう》を開始した。それは広重の晩年の大作『江戸名所百景』として、安政五年一〇月までの二年九カ月にわたるロングランの製作活動に及ぶものであった。このシリーズは、当時絶大な人気を呼び、結局百景にとどまらず、一一九景にも及んだが（広重没後の二代目広重のもの三枚を含むという）、いま手元にある「暮らしの手帖社」版の複製画一〇〇枚を見ても、鮮やかな彩りによる大胆な構図のものが多く、実に美しい江戸の自然と人工の風景が今日の私たちを十分に感動せしめて余りある（たとえば図8〈次頁〉参照）。江戸の町と郊外の美しさは、渡辺京二『逝きし世の面影』（葦書房、一九九八）の第十一章「風景とコスモス」に語られる、当時日

図8　千住大橋

図9　駿河町

本を訪れた外国人たちの数々の発言にも認められるものだが、しかし現実の歴史に照して言えば安政三年当時の江戸の風景は、実はもっと別の意味を持っていたのではなかったかと思われるのである。

というのも、『江戸名所百景』が刊行される安政三年二月の僅か五カ月前、安政二年一〇月二日、江戸はマグニチュード六・九の直下型大地震に見舞われ、死者一万人余を数えるほどの被害を受けていたからである。世に安政大地震と呼ばれるこの地震は、大正一二年（一九二三）の関東大地震以前のものの中では最大に数えられる一つで、建物の倒壊率は木造建物の場合一〇％とされ、関東大地震の四％をはるかに凌ぐものであった（北原糸子『地震の社会史　安政地震と民衆』に拠る。以下

図10　猿若町夜の景

図11　廓中東雲

地震関係の記述は同書に基づく）)。また火災に拠る焼失地、焼死者も少なくなかったことからすれば、当時の江戸の町は、倒壊建物の整理や焼失地での簡易建物の建設などに忙しかったことが想像される。

　そうした観点から、町屋の建築物を描いたものを見てみよう。図9は「駿河町」の図で越後屋呉服店（安政三年九月）、図10は「猿若町夜の景」の図で森田座などの芝居小屋（同年同月）、図11は「廓中東雲」の図で新吉原の暁方の図（安政四年四月）、他に船荷の蔵が立ち並ぶ河岸を描いた「鎧の渡し、小網町」の図（安政四年一〇月）、「大伝馬町木綿店」の図（安政五年四月）、「日本橋通一丁目略図」（安政五年八月）など、江戸の町中で人が集まる繁華の場が多く描かれている。もしかりにこれ

図12

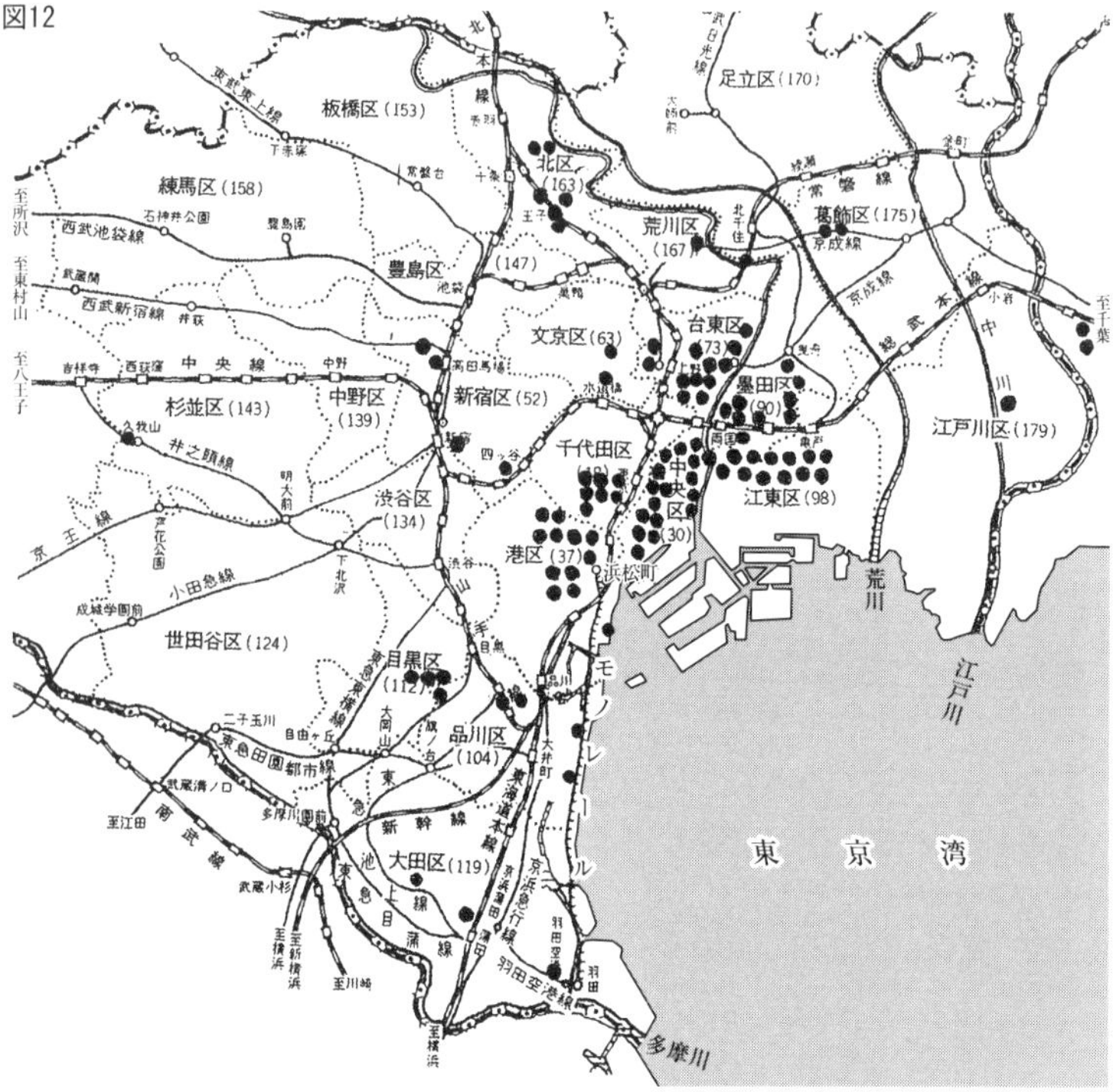

図14　市中繁栄七夕祭の図

図13　水道橋駿河台

図15　大伝馬町

図16　箕輪金杉三河島

らが、その当時の風景をありのままに写していたのだとすれば、それは明らかに地震の震災から立ち上がった新たな町の風景であったはずである。つまり広重は、震災から復興に向かう江戸の町の高揚感の中でこれらを描いていたことになる。

　くわえて広重のそうした意図や意識をにおわせるものに、場所の選定という問題がある。いま手元の百景を、現在の都内二三区に割り振ってみると、図12のようになる。選定地は明らかに、墨田区、江東区、台東区、中央区などを中心とする、いわゆる下町に集中している。下町は安政大地震の被害を最も多く受けた地域である。武家屋敷などを中心とした山の手に比べ、人家も人口も密集している下町が倒壊や火災の被害を格段に大きく蒙った。

図17　深川万年橋

広重はその下町の復興する風景を描いていたのである。

この百景の中に、祭りや年中行事、儀式の図が多いのも復興の問題と関わっているのであろう。水道橋駿河台の鯉上りを描いた五月の節句の図（図13／前頁）、市中繁栄七夕祭の図（図14／前頁）（ここには「繁栄」の文字が刻み込まれている）、現世利益を信じる日蓮宗の一行を措いた「金杉橋、芝浦」の図、愛宕権現の神事「毘社門の使い」を描いた「芝愛宕山」の図などをはじめとして数多いが、特筆すべきは「大伝馬町　呉服店」の図（図15／前頁）に、棟梁送りが描かれていることである。棟梁送りは、棟上式を終えた大工たちを送る儀式だが、復興途上の江戸の町には、こうした儀式の風景が多く見られたにちがいない。祭りや年中行事は、復興の証しであり、平穏な日常の証明であった。

一方この百景には、動物が少なからず登場するが、その中には馬や鷺などとともに、吉事の象徴である鶴と亀が描かれている。鶴は「箕輪金杉三河島」の図（図16／前頁）に、将軍家の鶴の狩場であった湿地帯に丹頂鶴を二羽描き、亀は「深川万年橋」の図（図17）に、放生による功徳のための放し亀売に吊るされた亀を描いている。おそらくこれらの鶴亀には、復興途上にある江戸の未来への祝意が籠められていたと見ることができよう。

このように見てくると、景観というものが人間において持っている意味がよく理解される。景観とは人間の暮らしの反映であり、美しい景観の向こうには幸福なそして平穏な生活が約束されているということなのだ。だから広重は、震災に見舞われながらも復興へと立ち向かう人々の強い意志を、風景の中に見出し風景によって表現しようとしたのである。それは風景とか景観がもつ力だと言ってよいであろう。

さて私たちは、同様な事例をもう一つ指摘することができる。敗戦後まもない一九四六年（昭和二一）八月、福岳本社という出版社から、井上康文著、恩地孝四郎装幀になる『詞華集日本の山水』というアンソロジー詩集が刊行された。二二人の詩人が日本の各地の自然を、自らの感動を交えて歌い上げた作品で占められている。詩人は北原白秋、室生犀星、田中冬二、草野心平、萩原朔太郎、島崎藤村ら著名な作家が多く、また歌われた場所がすべて実在する地名であって、そこには北海道から九州に至る日本全土の自然が散りばめられている。順次これを挙げれば、水上、忍路《おしょろ》、名栗川、白馬岳、大浦天主堂、足羽川《あすわがわ》、飛驒、本栖湖、日本海、富士山、広瀬川、田沢湖、瀬戸内海、阿多多羅山《あだたらやま》（阿武隈川）、将棊頭《しょうぎがしら》（駒ヶ岳）、千曲川、八ヶ岳、吾妻山、芦屋、武蔵野、秋川、筑波山と続き、巻尾に恩地孝四郎の「回想の海」と題する詩に、江の島、小田原、白浜、九十九里、伊豆、赤穂岬、有明海、安平《あびら》の八カ所の地が詠まれている。そしてそれに三枚の画図（立山、阿蘇山、日光戦場原）が挿入されている。

焦土の中の混乱が続く一九四六年八月、敗戦からちょうど一年というこの時期に、このような日本各地の風景を切り取った詩編のアンソロジーが編まれたことに、私は或る感慨を覚えざるを得ない。食うや食わずの中で、何の腹の足しにもならない風景詩集が、紙不足の中で出版されたのである。それはいったい何を目的としていたのだろうか。

その解答は、同書末尾に記される次の一文によって明らかにされる。

集の終りに。

美しい日本の山河を凝視しやう。心を豊かにしなければならない。ともあれ、いまは種々の苦難を切りぬけてゆかなければならない。心に沁みた汚濁は美しい日本の山河で洗ひ清めやう。そういふ切々の希ひからこの集を編んだ。先輩や友人諸兄の作品の中からこれらの優れた詩を選び出させて貰った。何よりもこの「日本の山水」を静かに讀みたい。さう思ひながらこれらの詩を幾度も讀み選ばして貰った。恩地孝四郎と井上康文と相計ってこの集を編み、版協同人山口、畔地、前川氏等の版書をもつてこれを飾つた

昭和二十一年六月二十六日。

ここには、「心を豊かにしなければならない」、「心に沁みた汚濁は美しい日本の山河で洗い清めよう」、そういう願いをこの詩集に込めたことが吐露されている。敗戦直後の疲れ切った日本人の心を慰撫し、心の垢をとり除いてくれるものとして美しい風景があることを、この跋文は高らかに宣言している。美しい風景が人間のカタルシス（浄化）として、人間に蘇生する力を与えてくれると言っているのだ。

前記の井上靖の碑文を、もう一度思い起こしていただきたい。彼はその中で、「千本の松の間に挟まっていた千個の海のかけらを、少年の日に毎日一つづつ食べて育った」と言っていた。それは右の跋文の、「心を豊かにしなければならない」に通底するものである。美しい自然や景観は人の心を豊かに育て上げるものなのである。精神とか心というものは、動物界の中でおそらく人間だけが突出して、生きる上での重要な領域を占めているると言えるであろう。そうだとすれば景観を守るということは、人間を守るということに他ならない。美しい景観があって、はじめて人間は存立する基盤を与えられるのである。だからこそ震災や戦災の悲惨な状況の中で、美しい景観が希求されるのである。美しい景観を破壊して、それでも悔恨が生まれないような国民や国家に、健全な未来が約束されるとは思えない。

三 〔講演〕 蝕まれる水辺

こんにちは、川村です。私は文学の問題から景観を考えるようになりました。文学の研究というものは人間を研究するということでありますから、人間から見て景観とは一体何なのかということが話題になるわけですが、五十嵐先生のような即効性のある話はできませんが、何かをする時には基盤になる人間の意志とか心構え気構えとか、そういうことが物事を決定する要因になって行くのだろうと思います。

私は戦後日本の景観が全国各地でひどい状況になっていて、なぜこんな状況になってしまったんだろうと考えるのです。全国各地で、私はじぶんの出発点が「松原」にあったのですが、かつて日本の文学作品に松原がたくさん出てきているのに、なぜ松原が衰退したのだろうか、というところから景観のことに入って行きました。

今日は松原の話はあまりできませんけれども、水辺というものがですね、日本の景観の中で戦後どのようになったのか、そして失われたものは何か、失われたものを考えることによって我々は何をとりもどせばよいのかというヒントが出てくるのではないか、というところが私の期待するところです。材料は文学という普段、この学会では出てこないものが多いと思いますが、材料を文学に限定しながら少し日本の景観、特に水辺の景観の話をしたいと思います。

白樺湖の問題を考える上でなにかしらご参考になれば幸いだと思っています。資料を入れておきました。この三枚が私の資料になっています。それをご覧頂きながら話を聞いて頂ければと思います。

まず琵琶湖の話から始めたいと思います。琵琶湖というところですが、現在でも日本有数の観光地でありますけれども、かつて琵琶湖というところは歴史的にも様々な背景を持ったところです。たとえば『平家物語』の中で木曾義仲が命を落とす琵琶湖の南岸、大津の粟津というところです。粟津の晴嵐という呼称が近江八景の一つにありますが、晴嵐はご存知のように松風によって聞こえる嵐、風が松に吹いて音を立てるのに引き当てて粟津の晴嵐と言っていますが、あのあたりで木曾義仲は亡くなります。松尾芭蕉という人は非常に木曾義仲の最期に心を寄せていたこともあって、奥の細道の旅を終わったあと、義仲の墓のある義仲寺というところにしばらく滞在したことがあります。大津市の膳所駅の近く、歩いて五・六分のところに義仲寺が今も残っています。

芭蕉は、自分が死んだ後は木曾義仲の葬られている義仲寺に骨を葬って欲しいと言い残し、その遺言通り義仲の墓の近くに芭蕉の骨が埋められています。こうした芭蕉と義仲の関係もさる事ながら、芭蕉は琵琶湖岸から眺める湖水及び周囲の風景をいたく気に入っておりまして、そのことについては、いろいろな文献で確かめられるのですが、芭蕉が大津市の国分山というところに構えた幻住庵という庵でのエッセイである『幻住庵記』という文章に如実に表れてきます。

冒頭に「清陰翠微」とありますから、清らかな水と山の緑色に囲まれている素晴らしい所だということになります。

次に周りの風景、若狭・伊勢・美濃と東西南北の風景がどのようになっているか、ということですけれども、「筆の力たらざればつくさず」、とても私の筆では、美しい琵琶湖の風景を写しとることはできない、というようなことを書き留めています。

こうした記述をもってしても、芭蕉がいかに琵琶湖の風景に心を惹かれていたかということがよくわかるわけですけれど、併せてもう一つ、芭蕉と琵琶湖の関係を考えるときに『去来抄』という書物の中に、有名な句ですけれども「行く春を近江の人と惜しみけり」という芭蕉の句があります。この句を門人たちが、この句の場所は近江でなくてもいいんじゃないか、行く春は別に行く年でもいいんじゃないかということを言ったところ、芭蕉の門人の筆頭格の向井去来という人が、それは批判として当たっていないということを言います。「湖水朦朧として春を惜しむに便り有るべし」、つまり湖の水が微かにもやって、そしてその風景を見ているからこそ春が過ぎて行くことが惜しまれるんだ、だからこれは琵琶湖でなければ駄目なんだということを論じ立てます。そのことに芭蕉はいたく感動して、お前は本当に俳句のわかる男だ、といって去来を褒めるのですが、琵琶湖岸というところは風景においても芭蕉の心を打つ、感動せしむるに値する、そうした場所であったと言っていいだろうと思います。

この義仲寺の風景、琵琶湖岸の風景の変遷を辿ると、私たちがいかに近代、特に戦後という時代を過ごしてきたかということがよく理解できると思います。写真を見ていただきます。これが義仲寺（図A）です。小さなお寺ですけれども、歴史的には由緒あるお寺です。次を見てください。これが芭蕉のお墓です（図B）。隣に義仲が眠っています。芭蕉は永眠するにあたって、義仲のとなり

図A　義仲寺

図B　義仲寺の芭蕉の墓

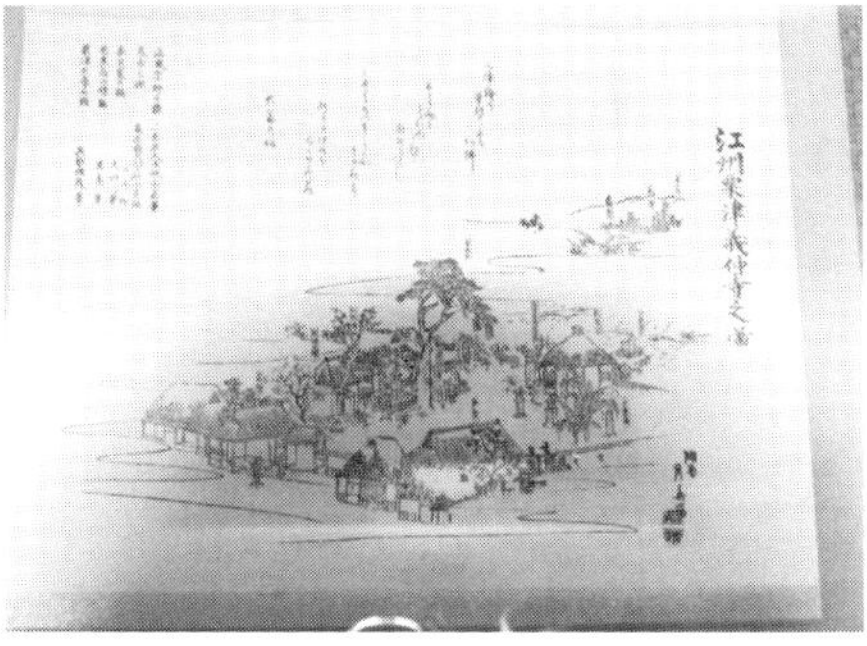

図C　義仲寺所蔵の古図。湖水に接していた。

図Ｄ　湖畔に林立する高層ビル

図Ｅ　同上

図Ｆ　同上

で永眠したいというふうな希望を持っていたのです。これ（図Ｃ／前頁）が義仲寺に残されている昔の義仲寺の図でありまして、ここまで湖水がありますから義仲寺は本当に湖畔に建てられていたという訳です。これで芭蕉が住んでいた当時の琵琶湖畔の風景というものが想像できるだろうと思うのです。以後、琵琶湖畔の義仲寺辺の湖水が徐々に砂で埋められて行くわけですけれども、今では一〇〇メートルから二〇〇メートルぐらい前進していますが、義仲寺から外を眺めますと図ＤＥのような建物が視界を遮るのです。

こちら側が義仲寺で、通りを隔ててコンクリートの建築物が林立します。町中に入りますとこういう西武大津ショッピングセンターなどがありますから、どの資本が入っているかよくわかると思いますが、このような町並みが展開します。琵琶湖の湖岸もこういう風景になります（図F）。湖畔のところにマンションなどが林立する訳です。

つまり芭蕉の時代から見ると、一〇〇メートル二〇〇メートル前進したところがコンクリートの建物のビル群に変化して行く、こういう風景が琵琶湖の風景として当たり前になって行くのです。

図G　琵琶湖畔の風景を台無しにするノッポビル

もう一枚あります（図G）。これも同じです。きわめて高いノッポのビルが出来上がっている。つまり琵琶湖の海岸風景は、こうしたビルの林立によってかつて本来囲まれていた琵琶湖の風景というものが一気に失われて行くことになります。言うまでもなくこのビルにはたくさんの人が入ることができる、たくさんの人を収容できればたくさんの人が琵琶湖の風景を楽しむことができる。しかし、翻ってその風景を楽しむビル群というものが、風景を壊していると言い換えることもできるだろうと思います。こういう風景を私たちは近代、特に高度経済成長期以降は当たり前の風景として作り上げ、またそれを受容してきたのではないだろうか、というのが今日の琵琶湖の風景を見ながら私の考えるところであります。

同じような例をもう一つ見てみたいと思います。御宿海岸。千葉県の御宿町です。私たちの年代は、子供の頃馴染んで「月の砂漠」という童謡を歌いました。

一、月の沙漠を　はるばると　旅のらくだが　ゆきました
　金と銀との　鞍置いて　二つならんで　行きました
二、金の鞍には　銀のかめ　銀の鞍には　金のかめ
　二つのかめは　それぞれに　ひもで結んで　ありました
三、さきの鞍には　王子様　あとの鞍には　お姫様
　乗った二人は　おそろいの　白い上着を　着てました
四、広い沙漠を　ひとすじに　二人はどこへ　行くのでしょう
　おぼろにけぶる　月の夜を　ついのらくだは　とぼとぼと
　砂丘を　越えて　行きました
　黙って　越えて　行きました

という詩ですね。日本では想像できないある種のエキゾチシズムを漂わせながら、砂漠の中をあて

もなく若い王子様とお姫様が旅を続ける、という幻想的なストーリーがここで描かれます。子供の頃、こういう王子や姫に多分私たちの世代の少年少女は、なにか夢を描いていたのかもしれないと思います。さてこの詩がいったいどこで作られたのかということを調べて行きますと、作詞者の抒情詩人加藤まさをの半生に関わってきます。

加藤まさをは一八九七年（明治三〇）、静岡県藤枝で生まれています。病弱であったようで、外で遊ぶというより家で遊ぶというようなタイプの少年で、その頃から絵を好んで書いたというふうに言われています。その加藤まさをが一九七〇年（昭和四五）に書いた回想記の中に次のようなくだりがあります。だいたい大正の終わりくらい、一九二三年にこの詩が作られたので、その頃のことと言っていいと思います。

「その頃――ざっと半世紀前――の御宿は、今よりもずっとずっと静かな美しい漁村だった。二キロもある弧状の海岸に白い波が微笑み小麦色の広い柔らかい砂浜には、砂丘が幾重にも起伏して、その背中には牛が繋がれて臥そべったり草を食ったりしていた」

非常に静寂に包まれた無音の海岸風景というものがここで描かれています。そこにスケッチバッグを担いだ青年、加藤まさをがやって来る。

「夜になると月見草のいっぱい咲く砂山に、昼間はピンク色の浜昼顔が咲き、渚にはコスモスの花びらのような桜貝がこぼれていた」

図H　加藤まさをの月の砂漠の図

図I　御宿海岸の月の砂漠像

自然景観として、きわめて豊かなものが残されて維持されているということがわかるわけです。こういう中で加藤青年は、病気の療養を兼ねてここに滞在するのです。そしてここで内山保さんという少年と巡り合って、それが後の御宿海岸に月の砂漠像を作るという、そういう話に発展してゆくんですが、同じ回想記の中で、「ぼくはほんとうに運のいい男だ」と彼は言っています。五〇年前に病気をしてこの御宿へやって来た。町の人はみな優しかった。美しい海と温かい心と、ぼくはそれが嬉しくて毎年御宿へ来た。豊かな自然、そこで育まれる人情、そういうものに囲まれて療養を兼ね過ごしたことを加藤自身は感謝しています。そしてのちに、「小麦色の柔らかい美しい砂丘、この砂丘に寄せては返す波の音は優しい余韻を持っている」「夢とロマンに満ちた童謡の名曲、月の砂漠は一九二三年、青年詩人加藤まさを氏によって、御宿のこの砂丘で綴られた」という記念の碑が御宿海岸に建てられるのです。

この御宿海岸が今どうなっているかを見てみましょう。これは加藤まさを自身が描いた月の砂漠の図（図H／前頁）です。加藤はあの詩を作る上でこんな風景を脳裏に描きながら書いたんだということがわかります。図I（前頁）が月の砂漠像です。手前の三日月の所が詩碑になって、王子様とお姫様の二人がいて向かい側に海原が広がる。図Jが拡大図です。この像は昭和四五年ぐらいに作られたものです。

図J　月の砂漠像

図K　御宿海岸のマンション群

さて、この月の砂漠像から逆に陸地側に振り返って見ると、こうしたコンクリートのですね、マンションが建てられていますね（図K）。マンションは一つではないんですね。林立すると言っていいくらいマンションが建てられているのです。こういうマンションが夜になると光を発するのですが、そういうところではたして加藤まさをの詩が生まれただろうか、というふうに思うわけです。加藤まさをが書いた詩の世界は、牛が寝そべるそういうおだやかな砂丘の中であったからこそ生まれたわけでしょう。

マンションの窓から夜毎、こうこうとですね光が照らされていたら月の砂漠などという童謡は、決して発想されなかっただろうと思います。しかし高度経済成長期以降、海岸にこういう建物を建ててそこから御宿の海岸を眺めて、「ああいい景色だね」と言って過ごせる価値観がきわめて大きな価値観として生活の中で持たれるようになっていった。しかし眺めている自分が、その御宿の景観を破壊しているとは思わないのです。ここに戦後の日本人の大きな矛盾があるのではないかという気がします。

図L　熱海海岸に迫るホテル・マンション群

これはご存知かと思いますが熱海の海岸です（図L）。熱海はもう浜辺はほとんどないですね。ここから陸側の小高い方に向かっていきますと、こうした非常に高いビルやホテルが軒並み続いて、海岸から振り返ると、本来、緑の山が見えるはずなのに、これを全部コンクリートの建築群がさえぎる異質な眺め、眺望というものを作っています。

私は、白樺湖がどんな景観であったのかわからないんですけれども、たとえば木崎湖の戦前の風景写真などを見ますと、大学村や夏季大学があったりする（図M）、これが本来ある湖畔が持っていた自然風景だろうと思います（図N）。そういう建物と、さきほどのビル群と比較して言えば、こちらはあまり違和感のない風景であると言えるんじゃないかと思います。ここでもし先ほどの真四角の白い大きなコンクリートのビルがある風景を見比べて考えると、私たちが戦後築いてきた、ビルというものが風景の中でどういう位置を占めるのか、ということが非常に良くわかるのではないかと思います。

図M　木崎湖畔の大学村

図N　木崎湖畔の民家や旅館（？）

民家や旅館らしきものもありますが、湖畔の風景はせいぜいそんな建物くらいであったと言えます。そうした昔の木崎湖の風景と、今の白樺湖の風景を見比べてみると、どのように違うのかということがよくおわかりいただけるかと思います。もちろん大きさの問題もあるでしょうし、かつては木造ですから材質の問題もあると思います。建物を作る上で、無機質であるか有機質であるか、先ほどの五十嵐先生のツェルマットの例では、屋根の傾斜を問題にしていますけれども、建物の持っている風景との馴染みやすさで言うと、どういう建物が風景と馴染むのかという観点から考えると、はるかに木崎湖の方が私は風景の中に馴染んでいるというふうに思うのです。ほんの一例ですが、いかに現在の山の湖の風景が異様かということがおわかりいただけたかと思います。

それで戦中から戦後にかけて、日本の流行歌の中に湖畔の歌がいくつか出てきています。それを少し検討してみたいと思います。

一番最初は有名な、と言っても私の世代よりも上の方々にしかわからないかと思いますが、高峰三枝子が歌った昭和一五年の「湖畔の宿」という歌があります。

一、山の淋しい湖に　ひとり来たのも悲しい心　胸の痛みにたえかねて
　昨日の夢と焚き捨てる　古い手紙のうすけむり
二、水にたそがれせまる頃　岸の林を静かにゆけば　雲は流れて
　むらさきの　薄きすみれにほろほろと　いつか涙の陽がおちる
三、ランプ引きよせふるさとへ　書いてまた消す湖畔の便り
　旅の心のつれづれに　ひとり占うトランプの　青いクイーンの寂しさよ

この間に挟まれるセリフですが、静かに湖水の水がたそがれてゆく、その静けさ寂しさを抱きしめて私は一人、旅をゆく、最後に、美しい自然を眺めていると、ただほろほろと涙がこぼれてくると言っています。そして三番の所には、「ランプ引きよせふるさとへ　書いてまた消す湖畔の便り旅の心のつれづれに　ひとり占うトランプの　青いクイーンの寂しさよ」と歌われています。おそらく情景の設定としては、恋に破れた傷心の女性（？）が湖にやって来た、というふうな状況が考えられます。その傷心を癒してくれる自然とか景観として、湖水、湖というものがあったのだというふうなとらえ方が基本的にこの詩の基調にあるのだろうと思います。

この湖がどこかという詮索はかなり熱心にされましたが、幸い、作詞者佐藤惣之助の手紙が発見されて、この湖が伊香保の榛名湖であるということがわかりました。榛名湖に当時あった湖畔亭という宿屋が舞台となったというふうに言われていますが、おそらく湖畔亭のあった榛名湖は、その詩に現れているような、既述の木崎湖の風景のような所であったのだろうと思います。

山村暮鳥という詩人がいますが、彼は群馬町の生まれでこの伊香保にも度々来ていますけれども、その彼の詩に「山上にて」という詩があります。

　自分は山上の湖がすきだ　自分はそのみなぞこの青空がすきだ
その青空には白銀の月が出ている　ひるひなか

その月をめぐって　魚が二三尾およいでいる　ちょうど自分たちのようだ
おお人間のさびしさは深い

という詩です。ここで現れてくるのは、寂しいとか静かであるとか、そういう情緒をたたえている湖が語られている。その寂しさや静けさが意味を持っていたがゆえに、高峰三枝子が歌う主人公は、山上の湖にやって来たわけです。そのことを私たちがどう考えたらよいのかという問題です。

この後、湖をテーマとした歌がいくつか作られます。西城八十が作ったものを二つ示します。一つは「湖畔の乙女」。これはふる里の湖を歌った女性の歌です。それからもう一つは「湖畔の花」という歌です。これは何か「湖畔の宿」の盗作ではないか、と思われるほど非常によく似ている歌でして、「馬車をふもとへ乗りすてて　山に来たのも　さみしい心　暮れる湖　むらさきこめて　遠い白帆の　儚さよ」、全くと言っていいくらい、著作権に関わるのではないかと思うくらい良く似ているんですね。二番の「森で小鳥が鳴いている　胸のこの傷なだめるように　草に埋もれてまぶたを閉じる　暮れてあてない迷い鳥」「古い手紙を焼く夜は」、またここで手紙を焼くんですね。「風が吹く吹くホテルの窓に　誰か呼ぶよな未練な心　明けりゃ夜風に散る落ち葉」、非常によく似ているのですが、よく似た歌があるということが意味することを考えねばならない。「湖畔の宿」の二番煎じのような歌が、昭和一三年、八年後にまた作られている。恐らく、「湖畔の宿」にあやかって売ろうとした側面はないとは言えないのでしょうが、併せて考えなければならないのは、こういう湖畔が持っていたイメージというものが、当時の日本人の中に共有されていて、誰もがこういう歌を共有できたのではないかと言ってよいのではないでしょうか。

次に「湖畔のギター」という歌ですね。昭和二九年、これは恋人との失恋ではなくて死別を悲しみ、それを癒すためにギターを抱えて湖にやって来るという設定です。冒頭だけ読みますと、「山の湖畔の夕月に　咲いた白百合亡き人恋し」、これで恋人が亡くなったので悲しみをなんとか癒したいとやって来たということがわかるわけです。

こういう失恋や別れを軸として、傷心の自らの気持ちを慰める場所として、湖畔という場所が選ばれていたという文学の中での一つの事実が、このあとも続きます。

これは比較的ヒットした歌ですけれども、松島アキラという歌手が歌った「湖愁」（昭和三六）という歌です。

一、悲しい恋の　なきがらは　そっと流そう　泣かないで　かわいあの娘よ　さようなら
　たそがれせまる　湖の　水に浮かべる　木の葉舟
二、ひとりの旅の　淋しさは　知っていたのさ　始めから　はぐれ小鳩か　白樺の
　こずえに一羽　ほうほうと　泣いて涙で　誰を呼ぶ

三、夕星一つ　また一つ　ぬれた瞳を　しのばせる　思い出すまい　なげくまい　東京は遠い
あの峰を　越えてはるかな　空のはて

東京から傷心を抱えてやって来た青年が、この湖で失恋を忘れたいという恋の悲しみの気持ちを詠んでいる歌です。その後に布施明が歌ってヒットした「霧の摩周湖」(昭和四一)も、これも非常に良く似た歌で、失恋した若い男が湖に一人でやって来る、「ちぎれた愛の思い出さえも」、これも失恋ですね。「あなたがいれば楽しいはずの」、あなたがいないということですね。

こういうふうに湖というところが、戦後一時期ですけれども、人間の痛んだ心を慰めてくれるような場所としてあった。しかも、そこは静かであり寂しいところである。そういう、人があまりいないような所が、むしろ人の心を休ませる場としてあった、というふうに結論づけてよいだろうと思います。

ところが、この「霧の摩周湖」あたりを境として、こういう湖の歌は歌われなくなります。これ以降、私は目にしたことがありません。一つには日本人の心性、心の傾きが変わってきたということが大きな要因としてあるのだろうと思います。あわせて湖という場所が、そういう力を失ってきたということも多分あると思います。そのことを今、私たちがどのように考えたらよいのだろうかというふうに思います。

四番目には、ちょっと欲張って川べりの歌を出したんですが、これについては説明する余裕があまり残されていないのですが、「船頭小唄」（大正一〇）はご存知のように、「おれは河原の枯れすすき」ではじまる利根川沿いの歌ですね、それから潮来を風景として歌われたものとして、「潮来花嫁さん」（昭和三五）という歌があります。潮来で船に乗って嫁いでゆく若い女性をテーマにした歌です。

それから東北では、北上川をテーマにした「北上夜曲」（昭和三六）という、これは恋人と死別してしまった男が、恋人の思い出を北上川のほとりで思い出す、という内容が軸になっている。「船頭小唄」については、後に昭和三〇年に三橋美智也が、「おんな船頭唄」（昭和三〇）という歌を歌って二番煎じの曲をヒットさせますが、ここで共通して言えるのが、多分、川べりが人びとの生活を作り上げてゆく一つの場としてあったり、「北上夜曲」のように恋の思い出が川べりにある、というふうなですね、そういう場として川べりがあった。それは川べりにしろ湖のへりにしろ、自然景観というものに彩られることによって、人生というものが叙情性を持って語られてゆく、というふうに言えるのではないだろうかということです。

こういう人間と景観の関わりが、恐らく高度経済成長期以降、薄くなってきたと言っていいように考えます。これを一言で私の言葉で言うと、「人間そのものや景観から詩情が失われていった」、詩情と言うのは歌心ですね。この詩情の喪失というものが私たちに何をもたらしているのかということを、真剣に議論すべきなのではないか、というのが私の今日の話の一つの結論であります。

景観なり、人生あるいは社会というものにとって詩情というものが、いったい何を意味していたんだろうか、そういうものが失われたまま人間というものが生き続けることができるのであろうか、ということをそろそろ本気になって考えないと、法律のような技術的には五十嵐先生が提案されているような様々な方法論があるでしょうが、本質的に私たちが何を回復すべきなのかということを、人間としてしっかりと議論しなければならないだろうと思います。

私は詩情という言葉で言ったんですが、詩情とはいったい何かということを最後にお話ししたいと思います。詩人の萩原朔太郎が書いた、『郷愁の詩人　与謝蕪村』という作品があります。蕪村という江戸時代の俳人の俳句を拾い上げて、評釈を加えたものですが、その中に蕪村の名句である「月天心　貧しき町を　通りけり」、という句があります。評釈にはこうあります。「月が天心にかかっているのは、夜がすでに遅く更けたのである。人気のない深夜の町を、ひとり足音高く通って行く。町の両側には、家並の低い貧しい家が暗く戸を閉ざして眠っている。空には中秋の月が冴えて、氷のような月光が独り地上を照らしている。ここに考えることは、人生のある涙ぐましい思慕の情と、あるやるせない寂寥とである。」詩情というものを、もうちょっとわかりやすい言葉で言ったのが、多分さきに掲げた「湖畔の宿」であったり「船頭小唄」の歌であったり、高尚なもので言えば芭蕉の「行く春を　近江の人と　惜しみけり」、という言葉であったのかもしれません。

こういう詩情というものが失われてゆくことを考えると、萩原朔太郎の指摘は非常に大事な問題で、私たちにとって人生のある涙ぐましい思慕の情、あるやるせない寂寥などというものを、蹴散らして生きてきた近代という時代が浮かび上がってきます。続いて読みます。

「月光のもと、ひとり深夜の裏町を通る人は、誰しもみなこうした詩情に浸るのであろう」。朔太郎はこうした感情を詩情と言っているわけです。「しかも人々は未だかつてこの情景を捉え表現し得なかった。蕪村の俳句は、最も短い詩形において、よくこの深遠な詩情を捉え、簡単にして複雑に成功している。実に名句と言うべきである」というのが朔太郎の評価であります。

この句について私が思うところは、この句の詩情は貧しき町にあるわけです。詩情はものの豊かな町では出てこないんだと言っているのです。蕪村の「月天心　貧しき町を　通りけり」というところに詩情があるというふうに言っている。思えばですね、静けさであるとか寂しさであるとか、あるいはここで言う貧しさですね、これは全て高度経済成長期以降、私たちが否定してきた感情であり価値観なんですね。

静かなものより賑やかなものの方がいい。貧しいより富んでいた方がいい。あるいは寂しいものより陽気なものの方が。こうした価値観というものを私たちが転換した所に、非常に大きな問題があるのではないか、そのツケが今、我々に回り始めているんじゃないかという気がするのです。経済中心でやって来たことのツケというのが、多分こういう形で今、我々の前に現れてきている。

私たちは今、人間としてどうしていかなければならないのかという議論から始めないと、五十嵐先生のように法律のような技術面はこうあるべきですよと言っても、この技術面は人間が採用するかどうか決めるのですから、人間が変わらなければ変わらないはずなのです。私たちは時代を転換し、風景なり景観を新しく蘇生しようと思ったら、どこに力点を置いて考えてゆくのか、私たちが否定してきた前代の価値観や感情というものをですね、すべてそのままに放棄しておいて可能なのかというのが私の問題提起です。議論の一つに加えていただければ幸いです。

ありがとうございました。

第三章 〈文学〉から〈近代〉を問う

文明の発達は、便利さと引き換えに私たちにさまざまな弊害をもたらした。それを文明の最も重要な問題として指摘したのは、夏目漱石である。だがそれ以後一〇〇余年もの間、私たちはそれに目をつぶってきた。今日の惨状を招いたのはそのためである。けれども早合点してはならない。それは、〈だからフクシマの原発事故が起った〉という単純な話ではないのである。そこには文明の持つ利便性に馴致させられていった人間の変容という問題が横たわっている。文明と人間はどうあるべきか、そのことを問わずして私たちの未来は設計し得ないであろう。

一 科学から来る不安

ものすごい勢いで発達した科学技術が、経済を支配し人の心に攻め込んでいく。技術の発達によってつくられた文明は、社会の一部に巨大な富をもたらしたが、同時に貧困を生んでもきた。人は新しい技術を手に入れるために働き通し、一つが手に入ると、また別のものへと手を延ばしていく。近代という時代は、実はその繰り返しであった。人の目はモノばかりに注がれ、心はモノがなければ満たされないように作り変えられていった。しかしその結果、人は本当に幸福を、また豊かさを手にすることができたのだろうか。技術や文明によって、もちろん得たものはあった。だが、失ったものもあったのだ。ひょっとしたらより以上に。かつてこうした状況を予知し、警告を発した文学者たちがいた。そして今も、その危うさを告発する文学者たちがいる。

一　漱石と文明

長野一郎は、妻の直が弟の二郎に惚《ほ》れているのではないかという強い疑いにさいなまれていた。大学の講義も、時々つじつまの合わない所があったりして、学生から質問が飛ぶこともあった。一郎は生そのものへの根源的な不安を常に抱えていて、いささか神経衰弱の病相を呈していたのである。

夏目漱石が胃潰瘍に悩まされながら、ようやくのこと脱稿した『行人』（一九一二）は、作者の分身である長野一郎が人生の不安と苦悩を一身に背負いながら、答の見つからない生の目的に悩み続ける姿を措いている。そしてそうした不安の要因を、漱石は一郎をして次のように語らせるのだ。

　人間の不安は科学の発展から来る。進んで止《とど》まることを知らない科学は、かつて我々に止まることを許してくれたことがない。徒歩から俥《くるま》、俥から馬車、馬車から汽車、汽車から自動車、それから航空船、それから飛行機と、どこまで行っても休ませてくれない。どこまで伴《つ》れていかれるか分らない。実に恐しい。

漱石は、人間の不安の要因を科学の発展に求めている。いったいなぜ漱石は、科学の発展が人間を不安にすると考えたのだろうか。そして漱石にとって、科学の発展がもたらす文明というものはどのように映っていたのだろうか。

※

漱石は一八六七年、明治となる前年に東京に生まれた。彼は一年間だけだが、江戸の空気を吸って育ったということになる。そして漱石は、江戸の名残がまだ色濃く残る東京で成長した。就学すると、府立一中から二松学舎へ転校した。二松学舎は漢学の学校である。漱石は英文学によって知られるが、彼の英文学は一高、帝大へと進んでから習得されたものだった。

漱石が育ったのが、江戸の余香の漂う東京であり、漱石が身に付けた最も初期の教養が漢学であったことは重要である。なぜなら彼の精神の原風景が、その中で作られていったからだ。彼の精神と感性の基盤は、江戸的なものと東洋思想によって形成されていったのである。漱石が小説のみならず、俳句や漢詩にも傾倒したことを忘れてはならない。彼には中国の隠者風の生活に憧れていたふしさえある。

そうした漱石が、一九〇〇年九月、英語研究のためイギリス留学を命ぜられて横浜を出航した。ロンドンに到着したのは一〇月末のことである。そしてロンドンに着いてまもない一九〇一年一月四日の日記に、彼ははっきりとこう書き付けたのだった。（以下、原文を口語訳）

ロンドンの町を散歩して、ためしに啖《たん》を吐いてみよ。真黒いかたまりが出るのに驚くだろう。ロンドン市民は毎日煤烟《ばいえん》と埃《ほこり》を吸ってその肺臓を染めている。我ながら鼻をかんだり啖をする時は、気のひけるほど気味悪いものだ。

また五日後の一月九日の日記には、

石炭の灰が雪を掩《おお》っているのを見る。まるで阿蘇山の下の灰のようだ。

とも書き付けている。漱石はロンドンに到着してすぐに、西洋の石炭文明の何たるかを眼で確かめ、肌で感じ取った。それは日本で吸った空気からすれば、およそ想像を絶する気味悪いものとして漱石の眼に映った。そしてそれは、あたかも人間の肉体と精神が拠って立つ環境に襲いかかる怪物のようでもあった。

※

一方文明は、環境にばかり襲いかかったのではなかった。三日後の一月一二日の日記を見てみよう。そこにはこう書き付けられている。

英国人だからといって、文学上の知識において自分より優《すぐ》れているなどと思ってはいけない。彼らの大部分は仕事に忙しく、文学など楽しむ余裕はないし、見識のある新聞さえ読むゆとりもないのである。（中略）忙しくて読書の時間がないなどと言ってはお茶を濁すか、知ったかぶりをするかである。

漱石は、イギリス人たちが時間に追われ、生活の上でも精神的なゆとりがないことに気付き始めている。読書どころか新聞にさえ目を通せない繁忙さに、開化の緒についた東洋の島国から来た男は西洋の特質を見たのだった。

さらに漱石は、同年の四月頃のメモに次のような断片を書き残している。

○金が力を持つものであることを知ったこと。同時に金持が勢力を得たこと。
○金持はたいてい無学無智野鄙《やひ》であること。無学不徳義でも金持は力を得られるので、国民は窮屈な徳義を捨てて、金を得て威張ろうとするようになったこと。

ここに科学や文明の語はないが、漱石は文明を支える経済構造として資本主義があり、その発達が金力を増大させ、徳義を減衰させるのだと理解した、と見ていい。この金と徳義の問題は、のちに『野分』（一九〇七）や『それから』（一九〇九）において、重要なテーマとして作品化されるが、漱石は西洋の文明を軸として動いている社会に身を投じて、壊されていく環境のほかに、奪われていく時間と権力化していく金という現実に直面したのだった。それはまさに、ミヒャエル・エンデの『モモ』の世界であり、同時に西洋文明が辿る宿命でもあったと言っていいだろう。

そしてそれは、これより少し前に、漱石とはちょうど反対に、日本を訪れた西洋人たちがこの国に対して持った感慨と、もののみごとに対応するのである。それはたとえば、ジーボルトが『江戸参府紀行』（一八二六）において、瀬戸内海の日比の塩田を見、次のように記している例を挙げれば十分であろう。

日本において国民的産業の何らかの部門が、大規模または大量生産的に行われている地方では一般的な繁栄がみられ、ヨーロッパの工場都市の人間的な悲惨と不品行をはっきり示している身心ともに疲れ果てた、あのような貧困な国民階層は存在しないという見解を繰り返し述べてきたが、ここでもその正しいことがわかった。しかも日本には、測り知れない富をもち、半ば飢え衰えた階級の人々の上に金権をふるう工業の支配者は存在しない。

（渡辺京二『逝きし世の面影』（葦書房、一九九八）に拠る）

してみれば、西洋文明の社会に直面した漱石が、さきのような感慨を抱き、その本質的欠陥を見抜いたのも当然だろう。漱石は右のジーボルトの描く世界の縁《ふち》に住んでいたのだから。

※

こうして漱石は、ロンドン到着直後に早くも西洋の文明がもたらすものの本質を見抜いたかのように思われる。西洋の文明は、このはるばると海を越えてやってきた、三〇を過ぎたばかりの男に深い絶望を与えたようだ。そして漱石は以後、この東洋と西洋との埋め難い断絶から出発して、文明とは何か、科学とは何かという問題と真正面から向い始めるのである。また冒頭の『行人』の一節からも分るように、それは漱石の人生や生と重なって、彼の人生上のまた文学上の問題に発展していったのだった。しばらくは彼の帰朝後の発言や作品にそれを見てみよう。

漱石は一九一一年八月、和歌山市で「現代日本の開化」と題して講演を行なっている。それは彼が最も生の形で語った文明論であり、彼の文明に対する最も基本的な立場が表明されていると言っていいだろう。以下にその要旨を掲げる。

文明が発達するのは、人間が活力を自ら好むところに使いたいという理由からである。たとえば、交通や輸送、通信の発達によって僅かな時間で多くの働きが可能になり、労働のような義務的労力が減る一方、道楽のような遊びの労力はたっぷりと使えるようになっていく。だから徒歩から始まって、人力車、自転車、自動車、汽車、飛行機と、とめどもなく発達していくのだ。電話のような通信手段も同じである。

そうした努力の結果、現代の位置まで進んで来たのだから、当然のことながら我々は昔よりも生活が楽になっていなければならない。しかし実際はどうか。我々は昔の人と同様な苦痛のもとに生活しているのではないか。いやむしろ競争がますます劇《はげ》しくなって、生活はいよいよ困難になっていくように思われる。開化はこうしたパラドックスを胚胎《はいたい》しているのだ。

特に日本の開化は、西洋の開化が内発的であったのに対して、外発的なものであった。自然の流れではない。そしていま脱却した古い波が何だったのかを弁《わきま》える暇もないうちに、次々に新しい波が押し寄せて来る。従ってこういう開化の影響を受ける国民は、どこか空虚であり、不満や不安の念を抱かなければならないはずだ。以上のような次第であるから、我々は日本の将来についてどうしても悲観したくなってしまうのである。

漱石はロンドン留学後に考え続けてきた文明の本質を、右のように捉えている。ここでは『行人』と同様に、交通機関の発達を一つの具体例として取り上げるが、そうした〈生活の程度は上げても生存の苦痛が減るわけではない〉文明の発達が必ずしも人間を幸福にしないこと、何が何やら分らぬまま前進して行くのは空虚であり不安でもあること、などが彼の文明観の骨子を形づくっている。

さてこの漱石の分析と予測は、不幸なことにおおよそ当たっていたと言わざるを得ない。それは文明が極度に発達した現在、日本のような先進国社会が環境のみならず、時間の欠乏と金の呪縛《じゅばく》に喘《あえ》いでいる状況を見れば明らかなはずである。

※

「現代日本の開化」のこうした思想は、漱石の小説の中にも見て取ることができる。彼は文明の発達の一つのシンボルとして、汽車に注目した。

山路を登りながら、こう考えた。知に働けば角《かど》が立つ。情に棹《さお》させば流される。意地を通せば窮屈だ。とかくに人の世は住みにくい。

『草枕』(一九〇六)は、画家である余が山中の温泉を訪ねる右の山路の描写から始まる。そこは茶店があり馬子唄が流れる世界だった。滞在した那古井《なこい》の温泉場は、深夜に化物かと見紛《みまが》うような得体の知れない影法師が現れたりする所だった。余はこうした土地で絵を描き、日を送っていた。それは紛れもなく漱石が幼少時にその名残を嗅いだ江戸時代までの日本であり、開化とは無縁の世界だった。
そして小説の最後に、兵隊として出征していく久一さんを舟で送っていく場面が描かれる。舟は深々とした自然の中をゆったりと下って行き、町めいた風情の中に入っても、居酒屋の縄のれん、人力車、つばくろ、あひるなどの鄙《ひな》びた風景の中を進む。だが彼らを最後に待ち構えているのは、汽車の轟《とどろ》く停車場《ステーション》なのだった。

いよいよ現実世界へ引きずり出された。汽車の見える所を現実世界という。汽車ほど二十世紀の文明を代表するものはあるまい。

と、漱石は書く。そしてその汽車を、

何百という人間を同じ箱へ詰めて轟《ごう》と走る。情け容赦はない。（中略）人は汽車へ乗るという。余は積み込まれるという。人は汽車で行くという。余は運搬されるという。

と、乗る人間との関係性を述べ、

汽車ほど個性を軽蔑したものはない。

と、汽車が人間の個性を抹殺する文明の利器であることを説く。そしてこう言うのだ。

客車のうちに閉じ籠《こ》められたる個人と個性に寸毫《すんごう》の注意を払わざるこの鉄車とを比較して、あぶない、あぶない。気を付けねばあぶないと思う。現代の文明は、このあぶないで鼻を衝かれるくらい充満している。おさき真闇《まっくら》に盲動する汽車はあぶない標本の一つである。

漱石は汽車を文明の標本として、その危険性を指摘する。それは『行人』の長野一郎が覚える「不安」と同質のものだ。

小森陽一『世紀末の予言者・夏目漱石』（講談社、一九九九）は漱石の文明論を、産業資本主義のシステムとしての観点から考察し、それが生存競争の苦痛や個性の抑圧に及ぶことを明快に論じているが、確かに大量輸送を可能とする汽車は、資源と労働力を簡便に移送でき、速やかに資本主義社会を成立させていったし、同時にまた漱石の眼は、その過程で軽蔑され抹殺されていく人間の個性にも向けられていた。『行人』や「現代日本の開化」で、交通手段の発達を例として文明を語ったのは、彼がそれによってひき起される人間性や個性の危機を予知していたからである。

いま私たちが汽車に乗る時、漱石の思いを共有し得る人は一人としていないだろう。私たちはそれだけ汽車に馴致《じゅんち》され、感覚を鈍化させてしまっている。言い方を変えれば、私たちはものの見ごとに汽車の思惑にはまってしまったということでもあろう。文明の発達の落とし穴は、ここにある。発達していく文明の中で、人間の息づかいは徐々にか細くなっていったのだ。

※

一九〇八年に書かれた『三四郎』は、青年三四郎が熊本を後にして上京する汽車の場面から書き起されている。この汽車の情景に、すでに近代が意味づけられているわけだが、三四郎は浜松の駅で西洋の女性の美しさに見とれ、相席になった髭《ひげ》の男（のちの広田先生）が西洋に比べて日本の弱体ぶりや哀れさを嘆くのを聞いて、

然し是からは日本も段々発展するでしょう。

と弁護する。すると男は、すました顔で

滅びるね。

と、これに答える。

ここには漱石が「現代日本の開化」の中で、日本の将来を悲観したくなると語ったその言葉が、具体的に示されていると言っていい。外国から借金までして、西洋や西洋の文明を後追いしている日本の行末を、漱石は鋭く衝いているのだ。そしてそれは、一〇〇〇兆円を越える借金を抱えながら、今だに科学技術立国を目指している日本の現在の姿とダブってきてならない。日本は漱石が不安を覚えた一〇〇年前と、少しも変わっていないのではないか。

私たちは文明の功罪をしばしば口にする。しかし過剰に功を評価しすぎて、罪の方を認めたがらないように見える。罪の方が人間や人類の運命に対して、決定的なダメージを与えることがあるというのに。文明がもたらしたものは、環境の破壊ばかりではなかった。それは資本主義経済を高度に発達せしめてしまったという点と相俟《あいま》って、人間性の喪失や財政の危機をも招いたのである。いま私たちは、あらためて文明の罪を問い直さねばなるまい。

二　漱石以後

「東洋」から「ロンドン」へ留学して、漱石が直面した文明への不安と批判は、その後の文学者たちにも連綿と続き、現代の作家にまで引き継がれていく。漱石の不安は一〇〇年経った今でも、解消されるどころか、さらに混迷を深め現代社会をおおい続けている。

漱石以後も、文学者たちによる文明への懐疑と批判はしばしば繰り返された。たとえば前章で取り上げた漱石の『三四郎』の部分的なモデルとなったと言われている寺田寅彦（一八七八〜一九三五）も、その一人である。寺田は漱石より一一歳年下だが、漱石が五高で英語を教えていた時、寺田の友人が英語の試験に失敗し、そのことで寺田が漱石の下宿先を訪れたことから、二人の交友が始ったと伝えられている。寺田は晩年の『夏目漱石先生の追憶』（一九三二）の中で、「先生からは色々なものを教えられた」と自ら告白しているように、生涯漱石を師と仰ぎ、その薫陶《くんとう》を受けた。

したがって寺田は、漱石の文明観にも影響を受け、それに学ぶところがあったのだろう。はやくに『アインシュタイン』（一九二一）において、寺田はアインシュタインの〈蒸気機関が発明されなかったら人間はもう少し幸福だったろう〉という旨の発言に注意を向けたり、また〈仮に同一量の石炭から得られるエネルギーがずっと増したとしても、そのために人間の幸福が増すかどうか疑問である〉との発言についても、それに同調するニュアンスで筆を運んでいる。このアインシュタインの発言は、ちょうど漱石が「現代日本の開化」の中で、〈文明が進歩したら昔より生活が楽になっていなければならないのに、実際はどうか〉と問うたのと同質の疑問であったと言っていい。寺田はアインシュタインが、「石炭文明の無条件な謳歌者」ではなかったことを指摘しているが、おそらく寺田は、漱石の文明観の影響を受けながら、近代文明を全面的に容認できないというスタンスをとり始めていたのだろう。科学の発達と人間の幸福の一致もしくは不一致という問題は、文学者であると同時に物理学者でもあった寺田が抱えた疑問の一つであったにちがいなく、そうした解決困難な問題に立ち向う中でめぐり合ったアインシュタインの発言であっただけに、寺田は我が意を得た思いであったろうと想像される。

そして以後、寺田のこうした文明観はますます確固たるものになっていくが、その最も尖鋭な発言は、『烏瓜《からすうり》の花と蛾』（一九三二）に見られるものである。このエッセイの中で、まず寺田は、機械的文明の発達が鳥獣を羨《うらや》んだ人間の欲望に油を注ぎ、自動車、飛行機等の飛躍的発展を促したのだと述べ、しかもそれが殺人機械として威力を発揮していることを指摘している。たしかに自動車や飛行機は殺人機械としての負の側面を持っている。現在日常的に起きている交通事故や飛行機の墜落事故は言うに及ばず、戦場における戦車や爆撃機、はては9・11テロにおける飛行機の所行を見れば、或いはまた宇宙開発技術が軍事技術の開発と表裏一体であった事実を省みれば、寺田の認識に狂いはなかったと言っていいだろう。そしてそうした状況をふまえて、彼はこう断言するのである。

吾々が存在の光栄を有する二十世紀の前半は、事によると、あらゆる時代のうちで人間が一番思い上って吾々の主人であり父母であるところの天然というものを馬鹿にして居るつもりで、本当は最も多く天然に馬鹿にされて居る時代かも知れないと思われる。

ここでの天然は自然に同じだが、寺田は人間が造り上げる文明を、常に自然と対比することを忘れなかった。この『烏瓜の花と蛾』においても、随所にそれが表われているが、物理学者であった寺田が自然に対するきわめて深い洞察力を持っていたことこそ、彼の物理学を健全なものたらしめたにちがいないと思われる。

そして結局、物理学者寺田寅彦はその最晩年に、『日本人の自然観』（一九三五）と題する堂々たる論文を書くに至るのである。それは地形、植生、気象、民俗、文学等、もろもろの分野に実によく目配りのきいた論文だが、日本人が自然を慈母の如く時に厳父の如く仰いできたことを指摘し、さらにその絶妙な関係性の中に、無批判に西欧科学の成果たる文明を持ち込むことに、はっきりと警鐘を鳴らしている。ちょうど漱石がそうであったように。寺田はたとえば、この昭和初期の段階で早くもコンクリートの欠陥を見抜き、コンクリートが日本の風土に合致するかどうか、注意深く見極めながら利用すべきだと述べているのだ。

しかし、現実の歴史を振り返ってみれば、日本人は寺田の警鐘を無視し、わけても戦後コンクリート文明のまっ只中を突き進んできた。その結果東京のような非人間的な大都会を易々と出現させ、河川の岸をコンクリートでがちがちに固め、挙句《あげく》のはてに何をもたらしたかと言えば、それは想像を絶する程のエネルギーを必要とする社会であったり、人と川の間の親水空間の破壊であったり、また土砂を収奪されたあとの全国各地の河川や海浜の死に瀕《ひん》した景観であったりしたのである。コンクリート文明は、あらゆる面で自然破壊の元凶となっていったと言っていい。

私たちはもう一度、寺田の発言を噛《か》みしめつつ謙虚に考え直すべきだろう。いま私たちは文明がもたらした罪を、改めて検証する時を迎えている。

※

寺田より五歳ほど年下で、ほぼ同世代に属する志賀直哉（一八八三～一九七一）もまた、自然への細やかな観察力をもとに、文明への危機感を持った作家である。それは学習院在学時代に端を発する交友の中から生まれた白樺派の作家たちの思想や諸活動、たとえば武者小路実篤の「新しき村」の建設や、有島武郎の農場開放運動に見られる、大自然に融合する理想主義的な人生観や自然観と微妙に重なり合うものであろうが、そもそも彼は青年時代に、内村鑑三の影響を受けて、足尾銅山の鉱毒事件の実情を検分するために現地に赴《おもむ》こうとしたような性向を持っていたのだった。それは人間主義的な博愛の精神の表われであるのとともに、一方で自然と文明との関係性の確認でもあったと見てよいであろう。そしてその志賀は、彼の代表作『暗夜行路』（一九二八完結）の中で、大山《だいせん》において大空を飛ぶ鳶《とび》の姿に飛行機を重ね合わせて眺め入る時任謙作《ときとうけんさく》に、次のように思わしめるのである。

人間が鳥のように飛び、魚のように水中を行くという事は果して自然の意志であろうか。こういう無制限な人間の欲望がやがて何かの意味で人間を不幸に導くのではなかろうか。人智におもいあがっている人間は何時《いつ》かその為の酷い罰を被《こうむ》る事があるのではなかろうかと思った。

ここには漱石以来、寺田によっても繰り返されてきた交通手段の技術的発達に象徴される文明への深い懐疑の念が告白されている。寺田の言う鳥獣への羨望が、ここでもまた全く等質に語られているのであり、それは遡源《そげん》すれば漱石の言う活力節約と活力消耗への限りない欲求にたどり着くものだろう。しかも寺田の『鳥瓜の花と蛾』と、志賀の『暗夜行路』からの二つの引用文には、奇《く》しくも共通する一つのキイワードが見出されるのである。すなわち寺田が「あらゆる時代のうちで人間が一番思い上がって」と言い、志賀が「人智におもいあがっている人間」と言っている、その「思い上り」という言葉である。彼らはこうした過度な文明や技術の発達を、人間の思い上りだと捉えている。いま私たちは、この思い上りをこそ真剣に自省し、自身を問い返さねばならないだろう。なぜなら思い上りは、これからもますます増幅していくにちがいなく、たとえば新幹線からリニアモーターカーへという欲望の連鎖がいつまでも続いていくにきまっているからである。私たちはすでに、志賀がはっきりと〈無制限な人間の欲望がやがて人間を不幸へ導く〉と言い、〈人智に思い上っている人間はいつかそのためにひどい罰を被《こうむ》る〉と予言していたことを思い出さねばなるまい。なぜなら志賀の予言は的中し、私たちは現に環境破壊や大量殺戮《さつりく》が可能な戦争などに象徴される不幸とひどい罰を被っているからである。

※

さてこうした人間の思い上りへの批判的な眼ざしは、他の作家たちにも窺《うかが》うことができる。たとえばその一つの例として、灰谷健次郎（一九三四生）が『わたしの中の水上勉さん』（一九七九）の中で紹介する水上勉（一九一九生）の次の言葉は、胸に深く響くものがある。

生まれてくる人はみな、たった三尺の足はばの人生を生きるしかないのです。しかしながらたいがいの人間は、足はば三尺の歩行に満足できず、海に橋を架《か》け、本土から四国へ車や飛行機をつかってゆきたがり、いやもっととてつもないものを使って月にまで出かけたいようです。そのうらで、人が苦しんだり悲しんだりしているのをないがしろにしようとも。

ここにもまた、漱石の言う活力節約と活力消耗の極みとも言うべき科学技術への批判が見出される。それは本四架橋、飛行機、そしてはては月ロケットにまで及ぶ科学技術の巨大化を例示しながら、しかし本質的には漱石の指摘と何ら変るところがないと言っていいだろう。

そして水上は、そういう巨大化する科学技術を前にして、足はば三尺の人生を強烈に提示する。人間はどんなに頑張っても、神から与えられた宿命でもあるかのように、足はば三尺の人生を生きるしかないと言うのである。そしてその足はば三尺の人生という水上の人生観は、おのずから寺田や志賀の言う人間の思い上りに、対比的に連なっていく。私たちはこうした科学技術の巨大化に対して、人間の生き方の本質的な問題を根底にすえつつ、より謙虚な生き方を問わねばならないのではあるまいか。ただただ欲望に押しつぶされていくだけの生き方は、人間のまっとうな生き方からはほど遠いと言わねばならない。

さて水上は、この短い発言の中で、もう一つ重要な点を衝いている。それは文明の発達の裏で、〈人が苦しんだり悲しんだりしている〉という指摘である。この人の苦しみや悲しみは、たとえば文明の根本を支える資源の争奪とか、環境破壊などによる犠牲を指していよう。たとえばブッシュの石油戦略の一環としてのイラク攻撃を考えてみればいい。或いは原発事故によって故郷を捨てざるを得ない人々のことを思い浮かべてみればいい。また或いは科学技術を享受できるものとできない者の貧富の差の問題を思ってみればいい。科学技術は、資源を求めて他国を侵略する帝国主義と、その技術を商品化することによって巨万の富を貯える資本主義と、またその技術の未熟性によって生じる環境破壊等々と、分ち難く結ばれているのである。水上の言うとおり、文明の裏側には人の苦しみと悲しみがひそかにしかし確実に横たわっているのだ。

そして灰谷は、水上の言葉の引用を閉じるにあたって、こう書いている。

若狭に「一滴文庫《いってき》」がある。行くたびに思うことがある。金は自分の欲に遣うものやない。金はこうして遣うもんや。

ここには人間に付いて回る金との、最もみごとな付き合い方がある。それは漱石が一つの大事なテーマとして書こうとした金と徳義の問題に繋がるものだ。漱石は金が徳義を越える権力と化していることに強い不満を持ち、金力を敵視した。しかしこの水上の生き方には、徳義が金力を超えたある種の爽快《そうかい》さがある。灰谷はそれに感動しているのだ。

灰谷は沖縄に移住して以後、沖縄の人たちの生活の中からさまざまなものを学びとっていくのだが、その中の一つに、この金というものが持つ本質的な悪性といったものがあった。彼は『世にも美しく、そして世にも恐ろしい物語』（一九九四）の中で渡嘉敷《とかしき》島に住む年寄りの次のような言葉を引いている。

ものはたんなるものじゃない。ものにはみな生命《いのち》がある。人間はそれを金に換えるようになって、ダメになってしまった。

灰谷はこうした年寄りの言葉が、いまさらながら身にこたえると言い、いわゆる先住民族たちは儲《もう》けるということを知らなかったと指摘する。そしてこの儲けるということ、体裁よく言えば利潤の追求というシステムの就縛《しゅうばく》の中にこそ、文明の発達はあったと言及する。ここではまさに、科学技術・文明と金の問題が、漱石の場合よりもいっそう鮮明に問われていると言っていいだろう。

※

詩人茨木のり子の作品に、「時代おくれ」という詩がある。右の先住民族の意義を考える上でも重要な意味を持つので、触れておきたい。

車がない／ワープロがない／ビデオデッキがない／ファックスがない／パソコン　インターネット見たこともない／けれど格別支障もない
そんなに情報集めてどうするの／そんなに急いで何をするの／頭はからっぽのまま／すぐに古びるがらくたは／我が山門に入《い》るを許さず／（山門だって木戸しかないのに）／はたから見れば嘲笑の時代おくれ／けれど進んで選びとった時代おくれ／もっともっと遅れたい
（中略）

旧式の黒いダイヤルを／ゆっくり廻していると／相手は出ない／むなしく呼び出し音の鳴るあいだ／ふっと／行ったこともない／シッキムやブータンの子らの／襟足の匂いが風に乗って漂ってくる
どてらのような民族衣装／陽なたくさい枯草の匂い
何が起ころうと生き残れるのはあなたたち／まっとうとも思わずに／まっとうに生きているひとびとよ
（『倚《よ》りかからず』筑摩書房、一九九七）

茨木はまずこの詩の中で、文明が人間から叡智や時間を奪い取っていくことと、それに気付かない人々を痛烈に皮肉る。それは、
そんなに情報集めてどうするの
そんなに急いで何をするの
頭はからっぽのまま
という一節に明確に示されていよう。実際のところ文明が発達すればするほど、人間の知力と体力はともに衰えていく。記憶し考えねばならないことをコンピューターが代行し、歩かねばならない所を車が連れて行ってくれるのだから当たり前のことだ。人間の想像力をかき立て、知識の源泉と

して君臨してきた活字文化の衰退ぶりを見るがいい。或いはまた幕末から明治にかけて来日した外国人たちが、日本人の男子の筋骨隆々たる褌《ふんどし》姿に驚嘆の声を挙げた事実を思い起すがいい。〈頭はからっぽのまま〉は、そうした文明に流されていく人々への痛烈な皮肉なのである。

それに対して茨木は、人間としてのもっとも確かな生き方として〈シッキムやブータンの子ら〉を提示する。そして彼らについて、〈何が起ろうと生き残れるのはあなたたち〉と、伝統的な暮しや生き方の正当性を主張する。それは文明に毒された、日本を含む先進諸国への批判でもある。そして文明社会の側の方がむしろ生き残れないだろうという推定的断定は、近代文明の最大の負性を典型的に背負う原発一つを思い起すだけで、十分に納得されるだろう。チェルノブイリや福島の事故、これから起り得る東海大地震による浜岡などの原発震災が、それをよく証明するはずだ。たしかに生き残れるのは、シッキムやブータンの子ら、あなたたちであって、決してわたしたちではない。そして茨木は、そうした人々の生き方を、〈まっとうとも思わずにまっとうに生きているひとびと〉と言うのである。

文明社会に対する伝統的社会、この二つの社会の価値観を、いま私たちは生きることの根源を問うものとして考えてみるべきだろう。哲学者中村雄二郎が新しい知の一つとして提唱する「南島の知」は、この伝統的社会において培われてきた知のことである（『臨床の知とは何か』岩波書店、一九九二）。文明の持つ利便性は、私たちの命を脅かしながら日々発達している。そしてそれは、放射性物質や環境ホルモンに明らかなように、次に生まれてくる世代の命をも脅かしていることを、私たちはしかと視野の中に入れておかなければならないはずだ。

※

私たちは確実に生き方を間違えたのではないか。文明という一瞬の快感を与えてくれる麻薬の常習者となって、この麻薬なしには生きていけない体質になってしまったようだ。この麻薬が差別や貧困を生み、環境破壊を引き起こすことを、たとえ知っていても知らないふりをし、この麻薬によって一時《いっとき》自分たちが幸福だと錯覚できればそれでいいとでも思っているようだ。一〇〇年も前に、漱石がこの麻薬を〈あぶない、あぶない〉と警告したにもかかわらず、である。私たちはこれから、私たちの体からこの麻薬をとり除く治療を始めるしかないだろう。それは、麻薬患者がそうであるように、つらいことだがそれ以外におそらく手はないのである。

そしてその加療薬の一つとも言うべき中上健次（一九四六〜一九九二）の次の文章を最後に引用しておこう。一九八九年六月三日、中上が新宮で、市民大学としての「熊野大学」を開講した時の宣言文、「真の人間主義」の全文である。

世界は危機に遭遇している。私たちの総てが破滅に向っている。地球が壊滅しかかっている。この危機や破壊や破滅の中に私たち、人間、共に生きてきた愛する動物、植物、この風、この空、土、水、光が永久に閉ざされ続けるのか。何かが大きく間違っていたのだ。近代と共に蔓延した科学盲信、貨幣盲信、いや近代そのものの盲信がこの大きな錯誤を導いたのだ。

私たちはここに霊地熊野から真の人間主義を提唱する。人間は裸で母の体内から生まれた。純正の空気と水と、母の乳で育てられた。今一度戻ろう、母の元へ。生まれたままの無垢な姿で。人間は自由であり、平等であり、愛の器である。

霊地熊野は真の人間を生み、育て、慈しみを与えてくれる所である。熊野の光。熊野の水。熊野の風。岩に耳よせ声を開こう。たぶの木のそよぎの語る往古の物語を聞こう。そこに熊野大学が誕生する。

二　祝島から仙崎へ――〈文学〉から〈近代〉を問う旅――

一　祝島という名称

二〇〇八年七月二日、春学期の最後の講義を終えた私は、そのまま広島まで西下して投宿、翌朝柳井港に向った。環瀬戸内海会議が主催する、〈「周防の生命圏」から日本の里海を考える〉というシンポジウムと、開催地である祝島およびその周辺の現地調査に参加するためである。

祝島は『万葉集』（巻十五）にその名が見える。巻の冒頭を飾る〈新羅《しらぎ》に遣わされた使人たちが、離別の悲しみや海路の旅の傷心、また詠歌にふさわしい場所でうたった古歌〉として伝えられる歌群の中に見えるものが、それである。引用しよう。

家人《いえびと》は帰りはや来《こ》と伊《い》波《わ》比《い》島《しま》斎《いわ》い待つらん旅行く我《われ》を　（三六三六）

（家の者は早く帰って来いよと忌み慎しんで祈り待っていることだろう。新羅への旅に向かう私を）

草枕《くさまくら》旅行く人を伊波比《いわい》島幾《いく》よふ代経るまで斎《いわ》い来にけん　（三六三七）
（（草枕）旅にある人々をこのいわい島は、どれほど長い年月、これまで慎しんで祈ってきたことだろうか）

この「いわい島」は、一時期「岩見島」と呼ばれたことがあるが（岩石が多いためかと伝える）、明治九年（一八七六）に祝島の古名に復したという（『山口県の地名』日本歴史地名大系36、平凡社）。従って古くはこの『万葉集』のとおり、「いわい島」であったと考えていい。

ところでこの「いわい島」が現在の祝島に同じかどうかという問題は、「いわい」が意味する内容とともに、少しく検討しておく必要があろう。「いわい」はいま「祝」をあてるが、もともとそれは慶事を喜ぶといった「めでたい」の意味ではなかった。言うまでもなく「いわい」は「斎い」で、「①忌み慎しんで吉事を求める。ことほぐ。祈る。②神聖なものとしてあがめまつる。神をまつる」（『時代別国語大辞典上代編』三省堂）の意で、宗教的ないし信仰的行為を示すものであった。従って右の二首は、旅の無事や安全を祈る行為としての「いわい」の意味が籠められていると解釈するのが最も分り易い。

武田祐吉『万葉集全註釈』は、祝島の名称の由来を次のように説明する。

小島だが、最高所は、三五七メートルあり、これから西方は茫々たる周防灘にさしかかるから、特にこの島の神を祭って行ったので、伊波比島の名があるのだろう。

私も現地調査のあと、移動の車中で祝島の名称について考えをめぐらしていた時の第一感は、それであった。地図でも確認できることだが、瀬戸内海の群島伝いに航行してきた船は、この祝島を最後ににわかに外洋に赴くかの感を深くする。瀬戸内海の複雑な潮の流れを読み、潮目をかいくぐり抜けてきた船が、今度は周防灘のまったく島影の見えない茫洋たる海に漕ぎ出していく、そういう分岐点に祝島があることからすれば、そこが航海の安全を願う祈りの場所であったとしても何ら不思議ではない。もっともそうした祭祀の痕跡が、いま祝島に伝存しているわけではないので確定は難しいが、少なくとも伊藤博『萬葉集釋注』（集英社）が周防灘の代りに「大島の鳴門」（大畠の瀬戸）の危険性を想定し、祝島を大島（屋代島）の一部に比定する説よりも、現祝島をあてる説の方が実感としては受け入れ易いであろう。

一方長崎市の南西の海上に浮かぶ伊王島も、祝島の別称を持つ。この島の祝島という名称の由来は、「神功皇后が新羅への遠征の時船津に寄港し、島の景観を賞して祝詞を与えた」（『長崎県の地名』日本歴史地名大系43、平凡社）ことから発したとされている。美しい景観がそれを眺める人に深い感動を呼び起こし、そこに神性を感じて祭祀するに及ぶということは、神亀元年（七二四）一〇月、和歌浦（和歌山市）を訪れた聖武天皇がその余りの美景に強く心を動かされ、同地に玉津島の神を祀ったという歴史的事実（『続日本紀』『万葉集』）に照らしてみても、十分に納得されることであろう（一二三頁参照）。そのことを念頭に置いて再び祝島に戻れば、祝島、長島、屋代島等の群島が造り上げる瀬戸内海的景観美は、航行の人々にとってはここを以て終点とし、ここを以て入口ともするのである。西田正憲『瀬戸内海の発見』（中央公論社、一九九九）は、瀬戸内海の景観美の発見に江戸時代における朝鮮通信使をはじめとする外国人たちのまなざしが大きく関与したことを指摘するが、日本人も決してそれに無関心であったわけではない。現にたとえばさきの『万葉集』の祝島を詠んだ歌群の冒頭にも、

真《ま》楫貫《かじぬ》き船し行かずは見れど飽《あ》かぬ麻里布《まりふ》の浦に宿りせましを
（梶を取りつけて船が行かないのなら、このいくら見ても見飽きない美しい麻里布の浦に宿をとろうものを）

という麻里布の浦（岩国市室の木町辺）の景観美を詠んだ歌が見出されるのであり、瀬戸内海はその無類の景観という点からも古代の人々の心を魅了していたのである。

それでは祝島の「いわい」は、行路の無事の祈念に基くのか、それとも景観美に触発された祭祀行為に基くのかということについて言えば、実はそうした二者択一的な判定や憶測に、私はあまり関心がない。二つのことの間にはそれを決するような決定的な材料はないのだし、右の二つの考え

方以外の別の考え方だって成り立つかもしれないのだ。大事なことは、右に挙げたような何らかの根拠によって、祝島及びその一帯が古くから宗教的ないし信仰的環境を色濃く持っていたということである。昔の人々にとって、そこは或る精神的な神々しさを漂わせる場として認識されていたということを、私たちはいま確認しておけば十分であろう。

二　祝島と原発

昨今コンクリートなどによってひどく人工化された瀬戸内海の海岸風景の中で、この祝島一帯はリゾートホテルなどの高層ビルも臨海工場群もなく、自然海岸が高い比率で残っている数少ない地域である。そのためであろう、この祝島に向かい合う長島の辺りには、他の地域では絶滅や危機に直面している諸生物、たとえばスナメリ、ナメクジウオ、カサシャミセン、ハヤブサのほかナガシマツボなどの多種多様の貝類等が生息し、豊かな生態系を作り上げている。なかでもスナメリは世界最小のクジラのなかま（体長一・五〜一・八m）として知られるが、一九七〇年代には瀬戸内海のどこにでも見られたのに二〇年ほどの間に激減し、長島一帯はスナメリの最後の生息区域になりつつあることが海洋学者によって指摘されている。

また近時、同地域において国指定の天然記念物である鳥類のカンムリウミスズメとカラスバトが発見されている。中でもカンムリウミスズメは日本特産種で、推定生息個体数が最大で約一万羽と言われており、国際自然保護連合のレッドリストでは危急種に指定されている。つまりこの海域は、そうした鳥たちの最後の砦なのだ。そしてまたそのことは、この辺り一帯が彼らの有力な繁殖地として稀有な場所であることを示している。そこは営巣地たる岩の隙間などを擁した自然の陰影に富む地勢なのである。

さてこのような最後に残った瀬戸内海の原風景ともいうべき場所に、中国電力が原子力発電所の立地計画を着々と進めている。上関《かみのせき》原発がそれで、長島の田の浦に改良沸騰水型二基（熱出力一三七二・三万kw）を建てようとするものである。用地面積は約一六〇万㎡、うち敷地面積は約三〇万㎡で、これによって田の浦の約一五万㎡の海が埋め立てられることになる。そしてすでに該地では、海岸線に人工の手が加えられ始めてもいる（図Ａ／次頁）。

そもそも事の起りは、一九八二年一〇月に中国電力が上関を原発の有力地と発表したことに始まり、以後立地環境調査が進められる中で、四代《しだい》正八幡宮神社の林宮司や氏子たち、また祝島漁協の漁民たちの訴訟に及ぶ反対運動が起り、また周辺住民の半数を越える建設反対の意志が示されてきたにもかかわらず、建設計画は一歩ずつ進められてきている。そしていま二〇〇八年八月現在で、中国電力が公有水面の埋立許可申請を提出し、いわば最後の攻防の局面を迎えているのである。

いったいここに原発が造られたらどうなるのであろうか。それは単に田の浦が埋め立てられると

図A 埋め立てられる田の浦。すでに付帯工事が始まっている。

いう自然破壊にとどまるものではない。原発からは常時微量の放射能を含んだ冷却水が海に放出される。この上関原発でも毎秒二基分一九〇tの冷却水の放出が想定されているが、この冷却水は一般的に海水温度を平均七度C高めるとされる。従ってこの冷却水が、使用後は温排水として海を温め続けることも考慮されなければならない。しかもその量たるや、日本の原発五五基からは年間一〇〇〇億tが吐き出され、それは日本の全河川量四〇〇〇億tの四分の一にあたっている。原子力発電所を「海温め装置」と呼ぶ原子力学者もいるほどに、この温排水の問題は軽視できないのだ。つまり田の浦を埋め立てて原発が造られれば、海浜とその自然景観が失われるだけでなく海水温が高まることも予測されなければならない。しかも微量ながら放射能も放出されて、ということだ。日本生態学会自然保護専門委員会は、カンムリウミスズメの発見に伴って、希少鳥類への影響評価の要望書を環境省その他関係機関に提出したが、その結果を俟《ま》つまでもなく、原発建設による生態系への影響は想像に易いであろう。それはまちがいなくスナメリやカンムリウミスズメをはじめとする諸生物の生息状況の貧困化をもたらすにちがいないのである。

さて、ではこうした問題を構造としてどう捉えたらよいのだろうか。或いはこうした状況は何を意味しているのだろうか。さきに述べたように、この辺り一帯は古代において宗教的な聖地であった。そこにきわめて近代的な構築物としての原発が持ち込まれたのである。図式として言えば、それは古代と近代の対立的構造をあらわにしていると言うことができる。そしてそれは該地に限らず、これまでこの国でいくたびとなく繰り返されてきたことでもある。その場合、いったい近代は古代(あるいは前近代)に対してどう意味づけられるのか。とりわけ近代のとり返しのつかぬ弊害として深刻な環境問題を抱え込んだ私たちにとっては、その意味づけがいっそう重要になってくるであろうことは言うまでもない。私はこの稿の中で自らにその答を迫らねばならないのだが、何はさておきまずは続く仙崎への旅を急ぐこととしたい。

三　仙崎――金子みすゞのふるさと――

祝島での予定の行程を終えた私は、その足で美祢線を乗り継いで山口県長門市の仙崎を目指した。

仙崎は童謡詩人金子みすゞの生れ育った町である。みすゞは明治三六年（一九〇三）に生まれ、昭和五年（一九三〇）に自死するまで、わずか二七年の生涯を送るにとどまったが、その間に五〇〇を越える詩篇を残し、近年ますますその名声を高めつつある。それは童謡詩人と言われながらも、その詩が〈生きる〉ことの本質的な問題を内包しているがゆえに、万人に訴えるものを深くひそめているからであろう。

みすゞは生前、雑誌『童話』その他に投稿し、詩人西條八十に認められるなどして詩人たちの間ではある程度知られていたが、社会的にはほとんど無名に近かったと言っていい。その彼女を戦後に発掘したのは、詩人矢崎節夫（一九四七年生）であった。彼は学生時代にみすゞの一篇の詩と出会い、衝撃を受けて、以後みすゞの詩の探索の旅に立つことになるのだが、その一篇の詩というのは次の詩であった。

大漁

朝焼《あさやけ》小焼《こやけ》だ／大漁だ
大羽鰮《おおばいわし》の／大漁だ
浜は祭りの／ようだけど
海のなかでは／何万の

鰮《いわし》のとむらい／するだろう
（／は改行を示す）

いまはみすゞを代表する有名な詩となったが、誰でも初めてこの詩に接した人は、「鰮のとむらい」というその一語に衝撃を受けるにちがいない。大漁を喜ぶ人間の視点から、獲られる鰮の側にすぐさままなざしを転換し、すっと鰮の方に身をすり寄せていく、その着想と詩の方法に誰もが虚を突かれるのである。そして私がさきに「〈生きる〉ことの本質的問題」と書いたのも、ここに関わっている。

私は長い間、彼女の詩的才能もさることながら、こういう個性を育んだ仙崎という町とその風土はどのようなものをひそめ持っているのかということに、深い関心があった。それというのも、みすゞの「仙崎八景」という連作詩の中の一つ「王子山」に、次のような一節があるからである。

木の間に光る銀の海、
わたしの町はそのなかに、
龍宮みたいに浮んでる。
銀の瓦と石垣と、

夢のようにも、霞んでる。
王子山から町見れば、
わたしは町が好きになる。

仙崎の対岸に青海島《おおみ》という小さな島がある。いまは橋が懸っているが、以前は渡し舟で行き来したのであろう。その青海島のとっつきに王子山と呼ばれる小高い場所があり、その高みから仙崎を望んでよまれた詩である（図B）。みすゞはこの詩で、仙崎を「龍宮」のようだと言い、「わたしは町が好きになる」と言っているのだ。仙崎の町と風土が、みすゞの為人《ひととなり》とその詩に影響を与えなかったはずがない。私はそう確信し、一度仙崎を訪れなければならないという責務のようなものを覚えつつ、一方で淡い期待を寄せていたのでもあった。

仙崎の風土がみすゞに詠ませたとも言えるような詩として、次の作品がある。

図B　王子山から見た仙崎の町。「海に浮かんだ竜宮」がこれ。

お魚《さかな》

海の魚はかわいそう。
お米は人につくられる、
牛は牧場《まきば》で飼われてる、
鯉もお池で麩《ふ》を貰《もら》う。
けれども海のお魚は
なんにも世話にならないし
いたずら一つしないのに
こうして私に食べられる。
ほんとに魚はかわいそう。

漁業が住民の主たる生業である仙崎であるからこそ生れた詩と言っていいだろう。末尾の「ほんとに魚はかわいそう」の一行は、さきに挙げた「大漁」の「鰮のとむらい」に通じる感性であり思想である。日々魚を獲って食卓に載せる仙崎の日常生活が、みすゞの眼を通して新たに見つめられ、〈いのちの風景〉が新たに写し取られていく。
また仙崎は捕鯨の町でもあった。青海島の東端、向岸寺の清月庵（長門市通裏）には、「くじら墓」が現存する（図C）。元禄五年（一六九二）に建立されたその墓碑は仙崎湾を見下す高台に立つが、鯨のふるさとたる青々とした海面に臨んで、いかにも鯨の鎮魂を祈るにふさわしい。森田勝昭（『鯨と捕鯨の文化史』名古屋大学出版会、一九九四）は、「墓碑の下には七〇頭以上の鯨の胎児が眠っている」と述べ、向岸寺には文化文政期以降に捕ったすべての鯨の戒名、捕獲場所、種類、体長、値段、年月を記した過去帳があり、現在も毎年四月から五月にかけて五日間の法要（鯨回向《くじらえこう》）が行われていることを、樋口英夫らの著書によって指摘している。

みすゞの「鯨法会《くじらほうえ》」という詩は、そうした歴史と風土の中から生まれたものだ。

鯨法会《くじらほうえ》は春の暮れ、
海に飛魚《とびうお》採れるころ。
浜のお寺で鳴る鐘が、
ゆれて水面《みのも》をわたるとき、
村の漁夫《りょうし》が羽織着て、
浜のお寺へいそぐとき、
沖で鯨の子がひとり、

図C　向岸寺の「くじら墓」。いまも清浄に保たれている。

その鳴る鐘をききながら、
死んだ父さま、母さまを、
こいし、こいしと泣いてます。
海のおもてを、鐘の音は、
海のどこまで、ひびくやら。

一読すれば分るであろう。ここにも「鰮のとむらい」の思想が表われている。みすゞは獲られる鯨の側に身を寄せているのだ。
これは一言につづめて言えば、いのちの思想という問題である。私はここ数年間、大学の教室でいのちの問題を一つの大きなテーマとし、二〇〇八年度の春学期もそれをさまざまな角度から考えてきた。いのちという問題は捉え方も多様であるし、毎週学生たちが提出する百数十枚のリアクションペーパーも区区である。いのちの問題に正解はなく、その答は各自が自分で考え見つけ出さねばならないという点で個別的なものでもある。そのような状況の中で、金子みすゞの詩はそれを語る上でもまた学生諸兄に考えてもらう上でも、恰好の材料であった。だから私はしばしばみすゞの詩を教室で俎上に載せたが、仙崎への旅はそれにひそむものが何なのかを自分自身で確認しようとする旅でもあったと言えよう。

四 極楽寺でのできごと

みすゞの「仙崎八景」の中に、「極楽寺」という作品がある。

極楽寺のさくらは八重ざくら、
八重ざくら、
使いにゆくとき見て来たよ。
横町の四つ角まがるとき、
まがる時、
よこ目でちらりと見て来たよ。
極楽寺のさくらは土ざくら、
土ざくら、
土の上ばかりに咲いてたよ。
若布結飯《わかめむすび》のお弁当《べんと》で、
お弁当で、

さくら見に行って見てきたよ。

極楽寺（図D）はみすゞが育った金子文英堂からすぐの所にあり、彼女の幼時からの遊び場の範囲の中にあったと思われる。門前の桜はたしかに「使いにゆくとき見て来たよ」という程の、日常的な風景であったにちがいない。

さて、少なくとも仙崎八景はすべて歩いてみようとかねて決めていた私は、いまは金子みすゞ記念館となっている金子文英堂をあとにして、その次の極楽寺へと足を向けた。午後二時頃の、あまりの暑さに辟易していた私は、境内の井戸水を借りて顔や頭や腕を洗い、木陰のベンチに腰かけて汗が引くのを待っていた。

図D　極楽寺の門前。写真の手前の道沿いに桜がある。

するとそこに御住職が現われ、とりとめのない会話が始まった。私は一度仙崎を訪れたいと思っていたこと、仙崎が落ち着いた静かな町であることに安堵したことなどを話し、そしてみすゞが詩に詠んだ桜はこのベンチの上を覆っているそれなのだろうかと尋ねた。すると御住職は、その桜は門前の通り沿いのもので、みすゞは「横町の四つ角まがる時」に「よこ目でちらりと見」たのですから、と説明され、私はなるほどと得心した。

そのうちに話は意外にも、鯨の話に移っていった。それがこの旅での大きな収穫になることに、私はあとで気付くことになる。

「鯨はね、猫のようなか細い声で鳴くのだそうですよ。あの大きな体でね。」

その鯨が捕えられて、断末魔を迎える時が来る。鯨の捕殺がきわめて残酷なものであることは、森田勝昭（前掲書）によって指摘されている。和歌山県太地の例で言えば、捕殺の用具は銛《もり》と剣で、銛には矢縄が付けられていて、それが鯨の体に巻きついて鯨の動きを止め、最後に剣（大剣、中剣、小剣の種類がある）でとどめを刺す。打ち込まれる銛は一頭につき約二〇〇本、また剣を脇壺（肋骨の肺の部分）に刺し込むと、噴水のように血潮が吹き出して、鯨は大きな声を放って荒れ狂うという。

「鯨組の中からこれはと思う若い男を選んで、出家させて修行に出し、この寺を歴代継がせてきたのだそうです」

鯨組とは一七世紀頃に成立した鯨を捕《と》る共同体組織で、藩が直営することも少なくなかったという。その鯨組から選ばれて出家した男を僧職に就かせ、鯨の霊を弔わせたのである。残酷に殺すが

図E　極楽寺に残る鯨の位牌。左手のものが新しい位牌。

ゆえに、死後を弔わずにはいられなかったであろう深い懊悩がひしと心を打つ。

私は、この寺にも何か鯨の捕殺に関わる遺品が今も残されているのかと尋ねた。すると位牌が残されているという。見せていただけるのかと尋ねると、案内して下さった。江戸時代のものと、近年新しく作ったものの二つが並んで堂の中にあった（図E）。位牌の中央に「南無阿弥陀仏」とあり、その左右に「業尽有情《ゴウジンウジョウ》、雖放不生《スイホウフショウ》、故宿人天《コシュクニンテン》、同証仏果《ドウショウブッカ》」（位牌にはルビなし）という、獣に引導を渡して後生を安からしめるとされる諏訪明神の偈《げ》がある。この偈は動物を殺す際、その魂を救う呪文として全国的に普及していたらしい（千葉徳爾『狩猟伝承』法政大学出版局、一九七五）。

向岸寺だけではなかったのである。仙崎という町では、鯨の死後儀礼としての弔いが日常的に行われていたのだった。つまりみすゞは小さい時から「鯨のとむらい」を目にしていたのである。とすればみすゞが「大漁」の詩に、「鰮のとむらい」の言葉を刻み込み得たのもけだし当然であろう。「鰮のとむらい」の背後には「鯨のとむらい」があったのだ。

さて、このような古く『万葉集』にも「鯨《いさな》とり」と呼ばれた捕鯨（捕殺）の方法に対して、近代の方法はどうであろうか。それは一言で言えば鯨の苦痛を軽減し、ほとんど即死に近い状態で捕殺する方法の開発を目指すものであった。しかも沿岸捕鯨から遠洋捕鯨へと転換し、船団を組んで大量の鯨を捕獲することが可能になった。それは戦後の日本人の乏しい食卓を賑やかに飾って、大いなる栄養を供給してくれたが、実はそこで失われたものが二つあった。一つは鯨の断末魔の悲鳴を聞けなくなったこと、また一つは鯨の捕殺の場面が人々の視界の彼方に遠ざけられたことである。戦後間もない一九五〇年六月、岩波書店から岩波写真文庫というシリーズの刊行が開始されたが、その第一回配本の五冊の中に『南氷洋の捕鯨』という一冊がある。そこに収められる約一〇〇枚ばかりの写真を眺めても、そこには鯨たちの悲鳴は聞こえては来ず、また他人事《ひとごと》として船員たちの苦労が偲ばれるだけである。

いったいこの鯨の捕殺をめぐる古代（あるいは前近代）と近代の差異は、何を意味しているのだろうか。私たちはここにも冒頭の祝島の原発問題をめぐる状況と同様に、古代と近代の対立構造を見て取ることができるのだが、それをふくめていまその問題により深い考察を加えてみたいと思うのである。私たちが鯨の悲鳴から遠ざかったこと、捕鯨という行為がまったく他人事になってしまったこと、実はその二つは別々の事なのではなく一つのことだったのではなかろうか。鯨に限らずあらゆる動物の屠殺に関しても同じ事が言えるであろうが、福岡賢正（『隠された風景』南方新社、二〇〇四）のルポが指摘するように、私たちはすべての屠殺の現場に対して完全に目隠しされてしまっている。そのために私たちはいま、いのちへのまなざしを閉ざしながら加速度的にいのちへの感性を鈍らせていると言えよう。それはいのちの虚失化ということであり、また別の言い方をすればいのちの不可視化とも生命感覚の鈍化とも言っていいだろう。私が一つのことというのはそのことである。いま私はかりにそれを〈生命リアリズムの喪失〉という言葉で括《くく》っておきたいと思うが、私が極楽寺でのできごとから右のように考えを進めていったのは、その〈生命リアリズムの喪失〉という現象が近代という時代およびそこに生きる人間を読み解いていく重要なキーワードになるのではないかということを直感したからである。そしてそのことは、もともと私が教室やその他の場所でいのちの問題を語り、考えてきたことに発していると言えるかもしれない。

五　生命リアリズムの喪失

では近代を〈生命リアリズムの喪失〉という観点から考えると、何がどう説明されるのかを述べてみよう。私が近代をいのちという視点から捉えてみようとしたのは、右に示した福岡賢正の著書をはじめとするさまざまな〈いのち〉論に触れたからでもあるが、もう一つ別の刺激を受けていたからでもある。言うまでもなく近代という時代を特徴づけ下支えしてきたのは科学やテクノロジーに基く文明であった。近代という言葉を科学ないし文明という言葉に置き換えることは、ほとんど常に可能である。環境問題と向い合ってきた私は、近代における科学の限界を考えその欠点をあぶり出さなければならないことを責務のように感じていた。そのような中で、私は哲学者中村雄二郎の『臨床の知とは何か』(岩波書店、一九九二)にめぐり合い、そこで中村が「近代科学が無視し、軽視し、果ては見えなくしてしまった〈現実〉」の一つとして〈生命現象〉を挙げていることを知った。その時私は、徐々にではあるが自分の考えていることとの道筋が見えてきたような感を覚えたのだが、こうして問題は、近代(=文明)と〈生命リアリズムの喪失〉という形に絞られてくることになる。

具体的事例を思い浮ぶままに列挙してみよう。たとえば公害病の典型である水俣病がそれをよく説明してくれる。水俣病はチッソ株式会社がアセトアルデヒド――それはプラスチックをはじめとする近代の石油文明を支える重要な資材であったが――の生産をすべてに優先させたがために、不知火海の魚介類とそこに住む漁民たちの生命を貶めてはばからない、という意識構造の中から産み落とされたものであった。そこには当然のことながら経済的利益への飽くなき欲望が渦巻いてもい、そのためにアセトアルデヒド生産に伴う有機水銀の排出を放置するという状況が何年にもわたって続いたのだが、そのことはとりもなおさず人間をふくむ生命というものへの実感が欠如していたことを証明してもいる。そしてそれへの謙虚な反省がなされなかったことが新潟水俣病の発生を招き、またすべての公害病の発生の原因ともなっていよう。

あるいは近代における都市への人口集中という事態も、〈生命リアリズムの喪失〉という問題を深く内包している。近代工業文明は資本主義経済のもとに、その労働力を確保するために都市に多くの人間を呼び込むことになった。商工業や住宅の用地確保のために、都市の自然は壊されコンクリートジャングルの無機質の空間が生成されてゆく。いきおいそこに営まれていた生態系は壊され貧困化し、生命を実感できない人間と場所が増殖してゆく。大都市はいわば〈生命リアリズムの喪失〉のシンボリックな場所と捉えることができよう。

またさらに近代を特徴づける通信技術の発達は、電話、テレビを越えたその到達点とでも言うべきインターネット技術に見られるように、現実の虚像化という現象を強力に押し進めている。生命もその〈現実の虚像化〉の中に組み込まれ、「殺ス」「死ネ」という言葉がネット上に氾濫する状況を呈するようになった。

一方私たちが日常生活の中で最も文明というものを享受していると思われるさまざまな家電製品も、実はその背後に〈生命リアリズムの喪失〉という問題をまざれもなく抱えている。それはひとえにエネルギーの確保という点にかかっているのだ。家電製品はエネルギーが供給されなければ無用の長物に等しい。そこでエネルギー確保の現場に目を転じてみよう。日本の電力供給は、いまだ自然エネルギーは数値化に程遠く、目下火力（石炭と石油）と原子力と水力に頼っている。そしてそれらはすべて、生命の犠牲の上に成り立っている。石炭による火力は大気汚染に大きく影響し、水力は河川と海の生態系を破壊する原因となっている。そして何より原子力は、その放射性廃棄物によって人間をはじめとするもろもろの生命と生態系に決定的な打撃を与えていく。つまり家電製品は、それらの犠牲なしに稼動できないのだが、そのことを意識できる電力の消費者はきわめて少数である。ではなぜそうなのかと言えば、エネルギーの生産地と消費地がまったく別だからである。エネルギーの消費者の圧倒的多数たる都市住民に、それを生産する地方の現場で何が起っているのかは伝わっていないし、消費者もそれを知ろうとはしない。従ってこういう状況の中では、〈生命リアリズムの喪失〉が都市民を中心に恒常化されていって当然なのである。都市化の問題はここにもある。なお近代における大量破壊兵器の開発が、刀や槍とは異なって生命を奪う実感を限りなく無にするという点において、戦争という場における〈生命リアリズムの喪失〉を引き起しているとも重要な問題だが、もはやそれに触れるスペースはない。

さてここまで論を進めてくれば、私たちは冒頭の祝島の問題にすぐさま繋がることができよう。長島の原発建設は、こうした〈生命リアリズムの喪失〉という問題をもろに露出させて現実化したということだ。さきに述べたように、海浜の自然環境を破壊した上での海水温の上昇と放射性廃棄物の放出は、まちがいなく当該地域の生物や住民の生命に影響を与える。また原発はさまざまな原因による事故の可能性をも秘めている。そうした生命の脅威への想像力が原発の建設を推進する側に欠如しているということ自体が、まぎれもなく〈生命リアリズムの喪失〉を示しているのだと言えよう。

かつて祝島が宗教的な聖域であったことを冒頭に書いた。どのような理由からかは決め得ないにしても、宗教的な聖域であったことはそこで神への祈りがなされたことを示している。昔も今も変らないが神に祈ることと言えば、生命の安全と魂の平安の二つ以外にないはずだ。つまり祝島とその一帯は、古来生命の安全が願われた所なのだ。そこに生命の安全を脅かす原発が造られようとしているのである。私が言おうとしている古代と近代の対立構造とは、こういうことであった。そして近代とは、まざれもなく人間からいのちの実感を奪い取っていく装置として働くものであったのだ。

灰谷健次郎〈「世にも美しく、そして世にも恐ろしい物語」『灰谷健次郎の発言』〈6〉岩波書店、一九九九〉が伝える、沖縄・渡嘉敷島の年寄りの言葉が耳に残る。

ものはたんなるものじゃない。ものにはみな生命《いのち》がある。人間はそれを金に換えるようになって、ダメになってしまった。

文明は一方で経済的価値すなわち金を生むのであり、文明と金はほとんど等記号で結ばれている。近代がその文明と金のシステムの中に飲み込まれているとすれば、渡嘉敷島の年寄りが言うようにそこにいる人間はダメになっていくしかないのであろう。はたして私たちにその「ダメになっていく」覚悟があるのだろうか。

三　スピードの原罪 ――文明論としてのリニア――

はじめに

日本はこの一五〇年ばかりの間、ひたすらスピードアップを目指してその歩みを進めてきた。東海道本線を例にしてみよう。

一九一三（大正二）年、全線の複線化を遂げた東海道本線は、昭和に入った一九三〇（昭和五）年に、東京・神戸間に特急「燕」を走らせた。所要時間は九時間。それまでは特急「富士」や「櫻」の九時間五一分が最速であったから、五一分の短縮である。続いて一九六四（昭和三九）年の東海道新幹線、一九七五（昭和五〇）年の山陽新幹線の開業となり、現在「のぞみ」で東京―大阪間の所要時間は二時間四〇分程に短縮されている。そしてリニアはそれを一時間七分（東京―大阪間）に縮めようというのである。

こうした鉄道のスピードアップによって、確かに便利になった。また経済成長も底上げされて豊かになった。そのことは認めよう。だがそれによって日本人は幸せになったのだろうか。日本人の幸福度は、右肩上がりに増え続けているのだろうか。そのことに思いを馳せる時、誰もが疑問符を付けざるを得なくなる。なぜスピードの遅いブータンは幸福度が高く、スピードではどこにも負けない日本がブータンよりも低いのだろうか。未来社会を設計する時、もはやその問題を問わずして、黙過することは道を踏み誤るように思われる。リニア中央新幹線計画の問題も、まさにその部分が問い直されねばならないはずだ。

福沢諭吉は三度にわたり幕府遣外使節などに随行し、直接に欧米の近代文明に接した。その結果、文明の利便性に眼を開かされ、急速に欧米の文明礼賛者に転じていったのである。彼は一八七五（明治八）年に『文明論之概略』を書いたのち、一八七九（明治一二）年に『民情一新』を著わして、文明のもたらす利便性について具体的に論じている。

それによれば、鉄道の発達によって、新聞、雑誌、郵便等が全国に敏速に配達されることや、地方の産物なども日本国中に行き渡り経済的な利益をもたらすであろうこと、また駅ができるあたりの地価が高騰し、これまで一方的に利を生んでいた港のあるあたりとの貧富も平均化するであろうこと、そして青森の女性が鹿児島に嫁ぎ、長崎の男児が函館の養子になることもあるであろうことなど、文明による多くの便益を数え上げている。こうした西欧の文明、その中には精神性に属するものも含まれるが、それへの強い偏りがのちのち彼の脱亜入欧の思想の基盤を形造っていくのだが、つまるところ福沢は、鉄道の発達をはじめとする文明の進歩が全国津々浦々の人々の生活を平準化し、国民の生活レベルが全体として上がっていくことを説いたのである。

そして以後、日本はこの路線を踏襲することになる。欧米と同等の、あるいはそれ以上の工業国化をめざした日本は、鉄道のスピードアップ化を必須の条件とした。鉄道の高速化と大量輸送能力は、労働力としての人間と資源や製品の移動性を最大限に拡張することを可能とし、その結果日本のGDPも上昇の一途をたどったのである。

思えば田中角栄の、全国新幹線構想と高速道路計画は、この路線の最も顕著なものであった。高速鉄道や道路によって日本列島を改造し、日本全国を平準化し均一にするという思想は、驚くほど福沢の思想に近似している。それは文明による利便性こそが、日本人を豊かにするという信仰ともいうべきものを日本人の中に植え付けたと言うことができよう。そしてその文明化路線の中に大きな落し穴があったことを、多くの日本人は気付かなかったのである。その落し穴とは何だったのかを、遅ればせながら今、私たちは問い始めなければならない。

一　夏目漱石の苦悩

夏目漱石はその落し穴に早くに気付いた日本人の一人だった。そしてその落し穴の深刻さに向かい合い、生涯その問題に悩み抜いたのである。「科学から来る不安」の章に詳説したことだが、約めて再掲することをお許し願いたい。

漱石は福沢に三、四〇年遅れて、一九〇〇（明治三三）年渡欧した。行先はイギリスのロンドン、文部省の給費留学生で、英文学の研究がその目的であった。当時のイギリスは、産業革命のまっ只中で、化石燃料をエネルギー源とする重工業が目覚ましい発達を遂げていた。そしてそこで彼は三つの事実に気付かされるのである。それは一九〇一年の一月から三月にかけての日記その他に、赤裸々に記されている。ではその三つの事実とは何だったのか。

まず最初に彼を驚かせたのは、石炭の煤塵であった。彼は言う。ロンドンの街を歩いて、試しに痰を吐いてみよ、真っ黒な塊りが出て来るのに驚くだろう。実に気味が悪い。石炭の灰が雪の上に積もっているのを見ると、阿蘇山のふもとの降灰のようだ、と。彼は石炭公害のすさまじさに驚き、それが人間にもたらす災厄を見抜いたのである。それは一言で言えば、近代文明が宿命的に生み出す環境破壊の問題であった。

二つ目は、イギリスの人々の多忙ぶりであった。イギリス人だから英文学の知識など自分よりずっと豊富だろうと思っていたら、とんでもない。彼らの大部分は仕事に忙しくて文学に親しむ余裕がないどころか、新聞に目を通すことさえ難しい、というのである。それは近代文明が人間から時間を奪っていくという、厳然たる事実を抉り出すものであったと言っていい。エンデの『モモ』

の世界がすでに現実の問題として起こっていたのである。

そして三つ目は、金の権力性という近代社会の最も象徴的な事実である。彼はロンドンでのメモ書きの中に、金がきわめて力を持つものであること、同時に金持ちが権勢を振う存在になっていることを知り、併せて金持ちの多くは無学、無知、野卑であることが分かったと書き付けている。ここには文明が金を生み出すという、文明と経済との密接な関係が語られており、同時に金によって人間の倫理性や知性が壊されていくという事実が示されていると言っていい。それはほぼ等身大に、現代の日本の社会を映し出していると言えるが、おおよそ右の三つの点を、漱石は近代化し文明化していくイギリス社会に見出したのである。そしてこれ以後、漱石はこの文明が孕み持つ諸問題を彼の小説や言論活動の中でテーマ化していくのである。少しだけそれに触れておこう。

漱石は、金銭や金持ちを卑下して描く。『吾輩は猫である』の実業家、金田家の描写には際限なく皮肉を籠め、『野分』の白井道也の描写には、金ではなく徳義に生きる男の苦悩する姿が鮮明である。

一方、漱石は発達し続ける科学文明への不安を作中人物に語らせる。『行人』の長野一郎の「人間の不安は科学の発展から来る」という発言は、その最も象徴的なフレーズである。「徒歩から俥、俥から馬車、馬車から汽車、汽車から自動車、それから航空船、それから飛行機」と、どこまでも発達する文明は、人間を休ませてくれないのである。現にリニアがその先に控えている。長野一郎の不安は、ここに因っている。
そして漱石は近代文明の象徴として汽車を、『草枕』の中で次のように断じている。

人は汽車へ乗るという。余は積み込まれるという。人は汽車で行くという。
余は運搬されるという。汽車ほど個性を軽蔑したものはない。

と。漱石は文明の利器やスピードが、個性という人間性に襲いかかっていく可能性を危惧していたのである。今から一〇〇年以上も前に。
こうした漱石の不安や危惧が最もはっきりと具体的に述べられたのは、一九一一（明治四四）年に行なわれた和歌山での講演「現代日本の開化」である。その中で漱石は、こう語っている。

文明は、人間がなんとか労力を節約したいという思いと、一方で人間が気儘に勢力を費やしたいという思いの二つの願望を可能にする。前者は労働に関わり、後者は娯楽に関わるものだが、それを活力節約と活力消耗と名付ければ、この二つの活力が長い歴史の中で工夫し得た結果として、昔より生活が楽になっていなければならないはずだ。しかし実際はどうか。打明けて言えば、お互いの生活は甚だ苦しくなっているのではないか。文明が進めば進むほど競争が劇しくなって、生活はますます困難になっていくのだ。それは生活の程度は上がったが、生存の苦痛が減ったという訳ではないからである。

漱石の文明に対する危惧や不安の原点はここにあった。つまり生活の程度と生存の苦痛という問題である。この漱石の着眼を今の私たちの暮しや社会にあてはめて考えてみるといい。新幹線ができ、リニアも走る、そういう社会を迎えて、私たちの生活はほんとうに楽になっているのだろうか。むしろ漱石が言うとおり、競争が激しくなって生活はますます苦しくなっているのではないだろうか。私たちはずっと、生活の程度と生存の苦痛を弁別できぬまま生きてきたように思われる。

二　人間と時間

サラリーマンの出張を考えてみよう。一九六四（昭和三九）年の某月某日、或るサラリーマンが仙台に出張を命じられた。彼は上野発九時三八分の急行「まつしま」に乗車し、一五時〇〇分に仙台に着く。到着後二時間ほど用を済ませば、もう仕事をやめる時間になる。残りの仕事は翌日にまわす。彼はその晩、地元のカキでもつまみながら地酒を飲み、仕事から解放され、翌日に備える。次の日朝のうちに仕事を済ませ、仙台発一〇時五五分の急行「まつしま」に乗り、上野に一六時二二分に到着、会社に二日間の出張報告を行い帰宅の途につく。

一方、二〇一二（平成二四）年某月某日、或るサラリーマンが同じく仙台に出張を命じられた。東京発九時三六分の「やまびこ」に乗車し、一一時五三分に仙台に着く。いや今なら、もっと早い新幹線に乗らなければならないかもしれない。いずれにしても四時間ほどで仕事が終わり、仙台発一六時〇六分の「やまびこ」で東京に帰る。東京着一八時一六分。今はそのまま帰宅など許されないこともあろう。ひょっとしたら、仙台での業務結果をもとに、部内の会議が設定されているかもしれない。彼は疲れた体を奮い立たせて、会社に向かわねばならない。

さて皆さんは、どちらの出張を望むだろうか。私だったらせっかく仙台まで行ったのだから、カキを肴に地酒が飲める出張を絶対に選ぶ。しかし今は、それは許されない。なぜなら早く行って早く帰って来れる新幹線があるからだ。新幹線によるスピード化は、サラリーマンの出張の楽しみの部分を削いでしまったのである。一方で、新幹線が走り時間の余裕ができたのだから、仙台での楽しむ時間ももっと増やし、出張の楽しみを増やすことだってできるではないか、という意見があるかもしれない。だがそんなことは許されない。なぜなら、そんなことをしたらその会社は他の会社との競争に負けるからである。

漱石が言う「競争が激しくなって生活はますます苦しくなる」というのは、このことだ。スピードの向上は、サラリーマン社会に限らず、社会全体のあちこちに右のような事象を惹き起こしているのである。

では競争が激しくなり忙しくなると、人間はどうなるのだろうか。競争や多忙は、いったい人間から何を奪い何をもたらすのだろうか。それを考えるためには、人間にとって時間とは何かという、人間と時間の関係を視野の中に入れなければならない。

生物学者・本川達雄は、その著書『時間』（日本放送協会、一九九六）の中で、時間とエネルギー消費量との関係について、次のような理解を示している。

〈動物はエネルギーを使えば使うほど、時間の進む速度が速くなる。つまり時間の速度は、エネルギー消費量に比例すると言える。そしてこのことは、人間の社会活動にもあてはまるようだ。

たとえば車を考えてみるといい。車を使えば目的地に速く着けるが、車をつくるにしても動かすにしても、たくさんのエネルギーが必要になる。そう考えると、車は時間を速めるものだと言うことができよう。

私たちは文明の利器を動かすために、体が使うエネルギーの四〇倍という膨大な量を消費している。つまり文明の利器などを用いなかった縄文時代の人々の四〇倍のエネルギーを使っているということになる。従って時間も四〇倍速くなっていると言える。しかし現代人も縄文時代人も、体自体に大きな違いはなく、体の時間は昔も今も変わらないのである。とすれば現代人の体はそんなにも速くなった時間に、うまくついていけるのだろうか。現代人のストレスの最大の原因は、体の時間と社会の時間の極端なギャップにあると考えることができる。

　私たちは速いことはよいことだ、便利はよいことだと考えてきたが、はたしてそれは幸せにつながっているのだろうか。便利なものをつくればつくるほど、社会の時間は速くなり体の時間とのギャップは開いていくのである。それではたして人間は幸せになるのだろうか。〉

　この本川の考え方は、人間にとってまた私たちにとって、リニアとは何か、リニアは必要かという問題を考える上で示唆的である。前節に述べたサラリーマンの出張にあてはめてこれを考えれば、リニアができるとますます忙しくなり、体は悲鳴を上げるということになる。リニアが通れば日本や地方の経済が活性化するという話がある。俄かには信じ難い話だが、もしかりにそうなるとしても、その犠牲になるのは人間であり私たちであることだけは忘れてはなるまい。

　いま私たちにとって必要なことは、速くなることでも便利になることでも、経済が活性化することでもない。私たちにとって必要な事は、浮動する二本の足をしっかりと大地に着けて、私たちにとって幸福とは何かということをじっくりと考えてみることである。

　銀河鉄道の旅から戻ったジョバンニは、こう言う。「さあもうきっと僕は、僕のために僕のおっかさんのために、カンパネルラのために、みんなのために、ほんとうのほんとうの幸福をさがすぞ」と。そして宮沢賢治は、「農民芸術概論綱要」の中で、「世界がぜんたい幸福にならないうちは、個人の幸福はあり得ない」とも言っている。宮沢賢治流に言えば、自殺者が毎年三万人を越える国に、個人の幸福はあり得ないということになる。

私たちは近代化の中で、とりわけ高度経済成長を目指した戦後史の中で、私たちにとって最も重要な「幸福とは何か」という議論を置き去りにしてきたのである。速くなればいい、便利になればいい、儲かればいいが至上命題であったと言えよう。しかしそれで幸福になったのかと言えば、とてもそれをそうだと断言できるとは思えない。私たちは幸福を脇に置いたまま、スピードや便利や金を求めてきたことを、冷静に評価する時を迎えているのではなかろうか。

三　幸福って何?

それでは幸福とは何か。それを考えるためには、いま私たちを支配している価値観とはまったく別の価値観を掘り起こし対峙させてみる必要があろう。それは遅い人間、遅い社会に象徴される。

昔、ものくさ太郎という人がいた。実在したかどうかは分からない。だがものくさという思想や社会を体現した人という意味では、実在したと言うことができよう。

いまの長野県の片田舎の道端に、雨よけの屋根を乗せただけの小屋を作り、いつもそこで寝そべっていた。人からもらったお握りを大事に残しながら食べていたが、最後の一つが道中に転がっていったのを、面倒臭いのでそのままにしておいたところ、通りがかった地頭に拾ってもらったのが縁で、のちに太郎は京に出て幸福を掴んだ、というのが話のエッセンスである。

さて多田道太郎は『物くさ太郎の空想力』（角川文庫、一九八〇）において、次のような落語の小咄を引いている。

いい若い者が昼間からゴロゴロ寝ている。
としよりがそれを叱って、
としより「いい若い者がなんだ、起きて働いたらどうだ」
若者「働くとどうなるんですか」
としより「働けばお金がもらえるじゃないか」
若者「お金がもらえるとどうなるんですか」
としより「金持ちになれるじゃないか」
若者「金持ちになるとどうなるんですか」
としより「金持ちになれば、寝て暮らせるじゃないか」
若者「はあ、もう寝て暮らしてます」

そしてこれとまったく同じ話が、発展途上国の人の実話として引かれている。

人間は安楽に暮らしたいのだと多田は言う。右の会話は、いわば前近代型の思想だと言っていいだろう。ところが近代に入ると、安楽に暮らすという目的のための手段が無限に煩雑化していって、かえってその目的から遠ざかっていく、或いは手段が目的化してしまっていることを、多田は指摘している。

金持ちになれば寝て暮らせるという話は、ビル・ゲイツや孫正義を見ているとどうも眉唾のようにも思われるが、それはともかくとして、ものくさ太郎の話は、ぐうたらに生活していると幸福になれるという筋である。私たちは「そんなバカな」と誰もが思うにちがいないが、かつての日本人はそう考えていた。いやそう考えていたというよりも、そういう考え方に彼らの生き方が映し出されていた。

というのも、実は話はものくさ太郎にとどまらないのである。たとえば全国各地に伝わる「三年寝太郎」という昔話がある。寝てばかりいるぐうたら息子が、神のお告げによって幸福な人生を手に入れるという話である。或いは「果報は寝て待て」という諺がある。よい知らせは気長に待てということだが、気長に待つということを「寝て待て」というのである。こういう例からすると、かつて日本人は「寝る」ということと幸福との間に、何か深い関係を考えていたと見てよいだろう。

外国に目を転じてみてもほぼ同じである。インド最北部のスピティという地域の取材を続けた謝孝浩は、そこに住む少年が放牧の生活を好きだという理由として、放牧してしまえばボーッとしていられるからだと述べていることや、スピティの男たちがわけもなくそこらへんに寝転ぶ習慣があることを書きとめている（『スピティの谷へ』新潮社、二〇〇一）。これは物くさ太郎や三年寝太郎の世界に重なるものだ。つまり前近代社会においては、寝転んで暮らすことは、幸福につながる望ましいライフスタイルだという考え方があったと言っていいだろう。少なくとも仕事、仕事と日常を仕事に追いまくられるようなスピード社会は拒否するに値するものだったと思われる。一二世紀に成立した歌謡集である『梁塵秘抄』の中にだって、「遊びをせんとや生まれけむ、戯れせんとや生まれけむ、遊ぶ子どもの声聞けば、我が身さへこそ揺るがるれ」と、遊んで暮らす日常への憧れが歌われている。

しかし近代以降、資本主義の発達とともに賃労働が一般化していく。時間単位で金を稼がねばならない社会では、勤勉が正義となり、美徳となっていく。エンデの『モモ』の世界である。逆に物くさ太郎をはじめとする人々のぐうたらで怠惰で遊興の生活は、悪徳と見做されていくようになる。そういう人間は、社会にとって不要で無駄であるばかりか、有害であるとさえ見做されるようになる。

現代社会で言えば、その好例がニートであろう。ニートに対する社会の眼は厳しい。だがニートの支援を続ける二神能基は、ニートは人間と環境を壊してきたファーストワークに対して、マイペースのスローワークを求めていると指摘する（『毎日新聞』二〇〇四年一二月六日付）。ファーストワークに堪えてぎりぎりまで追いつめられ、うつ病になって自殺に至る人が少なくない社会において、ニートの主張は人間の本来の生き方を代弁しているのかもしれない。しかしファーストな社会は、ニートをただの無能者と見做す。ニートを許容しない。一方でスローな社会は、物くさ太郎を許容する。いやその生き方を理想とすら考える。だから人々はお握りを与えて物くさ太郎を支えたのである。

大事なことは、遅い方がよいか、それとも速い方がよいかということではない。どちらが幸福かということである。もう少し正確に言えば、どちらにどの程度傾いた方が幸福度が増すかということである。幕末から明治にかけての社会や人間を、日本を訪れた外国人たちの日記や紀行文だけを材料として描き出そうとした、渡辺京二『逝きし世の面影』（葦書房、一九九八）は、それまでの江戸時代や前近代に対する私たちの考えを根底から覆す名著と言っていいだろうが、その第二章「陽気な人びと」の冒頭は次のような文章で起筆されている。

一九世紀中葉、日本の地を初めて踏んだ欧米人が最初に抱いたのは、他の点はどうであろうと、この国民はたしかに満足しており幸福であるという印象だった。ときには辛辣に日本を批判したオールコックさえ「日本人はいろいろな欠点をもっているとはいえ、幸福で気さくな、不満のない国民であるように思われる」と書いている。ペリーは第二回遠征のさい下田に立ち寄り「人びとは幸福で満足そう」だと感じた。ペリーの四年後に下田を訪れたオズボーンには、町を壊滅させた大津波のあとにもかかわらず、再建された下田の住民の「誰もがいかなる人びとがそうありうるよりも、幸せで煩《わずら》いから解放されているように見えた」。

この短い文章の中に、何度「幸福」や「幸せ」が登場していることだろう。私たちは前近代社会の中で、たとえ大津波のような大災害に遭遇しても、人々が実に幸福に暮らしていた状況をここに具《つぶ》さに見て取ることができる。そしてそれは、逆に言えば、幸福とは文明とかお金とかスピードや利便性とかと、まったく無関係に存在し、またそれらなしでも手に入れることができるものであることを示している。新幹線を経てリニアに到達しようとしている今、私たちは幸福論を起点に議論を始めねばならないと考えるのだが、皆さんはどうお考えだろうか。

四　文明の落し穴（一）

「リニアができれば、親の死に目に会える」と言った人がいる。リニアのメリットを数え上げるうちに思い付いた発言なのだろうが、何と愚かしく軽い発言であることだろうか。そもそもその人は、リニアがなければ親の死に目に会えないような社会がおかしい、とは考えないのだろうか。

しかし、この「親の死に目問題」は、一方で近代化の歴史を象徴しているようにも思われる。冒頭に述べた福沢諭吉の青森の女性や長崎の男児のように、交通の発達と利便化は人間の移動を容易ならしめたが、その結果招来されたことは、福沢が指摘したような日本全国に人が散らばるという現象ではなく、都市に人口が集中する都市の肥大化という現象であった。それは言うまでもなく、資本の問題と密接に関わっているのだが、東京や大阪といった大都市のみならず、中都市、小都市も同様で、小さな地方都市などもそれぞれの地域の人間を吸い寄せつつ肥大化していった。そのあおりで、農漁山村は衰退の一途を辿ったが、そのために生まれた所を出ていった人々は離れて遠くに住めば住むほど、親の死に目には会いにくくなっていったのである。そうした社会で生き続けてきた人間が、究極の所で思い付いた言葉が「リニアができれば親の死に目に会える」という一言だったと考えられよう。

そして一方でこのことは、私たちにもっと別の重要なことを示唆しているように思われる。それは何か一つの悪い状況（ここでは親の死に目に会えないということ）が生じた場合、それを解決する何か新しい技術的手段を創り出そうとする、という考え方が当り前のようになってしまったということである。私たちはその事態に直面した時、親の死に目に会えないという不幸な状況を生み出している根本的な社会的原因は何か、という本質的議論をする能力を欠き始めているのではあるまいか。

そしてそうした能力の欠如は、新しい文明や技術によって、何らかの悪い状況を克服できるという考え方が優先されることによって起こってしまったと言うことができよう。整理して言えば、文明や技術の発達によって知のあり方や、頭脳構造そのものが改変されてしまったということである。

渋谷駅で女性がホームと電車の間に挟まって引きずられたという事件が起こった。その時女性はかなり酒に酔っていたという。このニュースを取り上げた翌朝のテレビ番組で、作家という肩書きを持つ或る人が、そういうホームと電車の間に人が挟まれたような場合、それをすぐに発見できるようなセンサーの装置の必要性を説いていたが、これも親の死に目問題と同じだと言っていい。この事件で問われるべきものは、酒を飲んだ人間の方である。それを問わずに、センサーという技術の方に頭が働いてしまうところに、文明や技術に魂を奪われてしまった現代人の弱点がさらけ出されている。私たちは本質論を徐々に議論できないように改変されつつあるのではなかろうか。

五　文明の落し穴（二）

リニアという乗り物の様々な負の要因を考え合わせ、さらにその結果としてそれが私たちに幸福をもたらすのかどうかという判断をもとに、私たちはリニアを必要としているのかという根源的な議論をしなければならないはずなのだが、それができないように、すでに私たちが構造的に改変させられていることへの危惧を私は述べてきた。ではいったいなぜ私たちはそうなってしまったのだろうか。

実はここにも文明の落し穴があると思われる。その象徴的な事物はテレビであろう。テレビは次々と画面が変る。私たちはその変化に付いていかなければならない。私たちはテレビから画面への追随を強要される。その間私たちは思考することを許されない。思考していれば画面に付いていけなくなるからだ。テレビは私たちに思考力の停止状態を要求する。かつて評論家の大宅壮一は、テレビを指して一億総白痴化時代の到来を指摘したが、事態はそれが現実になりつつあると言ってよいかもしれない。テレビによって私たちは、事物の背景にあるものや本質を考え見抜く力を失いつつあるのではないか。

テレビの弊害について鋭い指摘を下したのは、序章でも触れたが、林秀彦『おテレビ様と日本人』（成甲書房、二〇〇九）である。かつてのＮＨＫの朝の連ドラの名作『鳩子の海』のシナリオを書いた林は、原発に対する擁護・賛同の姿勢をドラマに取り入れることを要求されたと言うが、そこにはＮＨＫの国営放送的側面があったと言ってよいであろう。何と言っても原発は国策だったのだから、この憶測におそらく誤りはない。

そしてこの問題を民放レベルに移して言えば、それは資本の問題に繋がっていく。テレビはまた資本の宣伝機関でもあるのである。林はテレビのＣＭについて、次のように言う。少し長いが引用しよう。

少しでも頭を使って考えてみればいい。金儲けをする最善の道は、その取引相手がバカであることだ。こんなことは誰にだってわかる。あらゆる「勧誘」は「だまし」のテクニックだ。ただこれまでは、相手を完全にバカにする方法がこれほどうまく見つからなかっただけだ。子供のときからテレビに汚染させて育てるという方法である。

その目的とは何か?

考える力と、感じる力を殺すのだ。

考えることと感じることとを過度に強制・強要することによって、それを麻痺させる。つまりCM（洗脳術の基本）の効果である。「あなたがどうしてもこの商品を手に入れなければならない理由」。しかし最後にその商品に金を払っている瞬間、誰も何も考えもせず、感じてもいない。購買欲のロボット化であり、欲望の非人間化である。

私たちはこの林の発言から、いくつもの事例を思い起こすことができる。たとえば原発の問題を引き合いに出してみよう。私たちは東京電力が何人ものタレントを使って、原子力発電は消費電力の三分の一を供給しているのだと、一日に何回となくCMで流したことを知っている。言うまでもなく多くの日本人はこれに洗脳された。ほんとうは原発などなくても、火電その他で十分な供給能力があったのに、その事実はＣＭの画面の外に放り出され、原発がなければ暮らしが成り立たないように思い込まされた。テレビという文明の利器による洗脳であり、思考力の欠如そのものである。

また或る知り合いの女性がイタリアに旅行した。陽射しが強いであろうことを慮って、日焼け止めクリームを持ち込んだ。だが行ってみると、誰一人クリームなど塗る人はいない。彼女は馬鹿らしくなってクリームの塗布をやめ、小麦色に日焼けして帰って来た。これも美白を強要し、洗脳する化粧品会社のＣＭ戦略の一環にすぎない。私が若い頃、若い女性の小麦色の肌はチャームポイントであった。ワイルドワンズだって「小麦色した　かわいい頬」（「思い出の渚」）と歌っていたのである。

東海道新幹線が延伸して山陽新幹線が開通した時、「ひかりは西へ」が宣伝され、或る時「そうだ、京都へ行こう」のキャッチフレーズに乗せられて、京都がブームになった。ＣＭにおいては鉄道だって例外ではない。リニアが通れば、またリニアに誘い込む戦略がＣＭを通じて流される。そしてそれに洗脳される人が出てくる。

ものごとの本質や深みに迫ろうとする思考方法が希薄になり、表面や現象だけで是非を判断する短慮が主力になってきたことは、きわめて憂慮すべき状態であり、一種の危険水域に入っていると言っていい。テレビのあとは、ケータイの流行である。ケータイもまた、無思考の即時的な反応や虚像の世界での思考を要求される。総白痴化の次は、何と名付けるべき時代が来るのだろう。正高信男流に言えば、『考えない人』（中央公論社、二〇〇五）化であり、『ケータイを持ったサル』（中央公論社、二〇〇三）化である。白痴化からサル化へ、と言ったらサルに失礼この上ないようにも思われるが――。

私たちはこのサル化現象の中で、リニアの戦略が進められていることを、心に銘記せねばならない。現に「リニアができれば親の死に目に会える」と言った人がいるのである。酒に酔って電車に挟まれたら、それを感知するセンサーが必要だと言った「知識人」がいるのである。

高速道路ができる。ダムができる。港湾が大型化する。そして鉄道は高速化する。すべて文明化の一つのステップだが、かりに個別の事業に反対運動が起こりその事業がストップしたとしても、全体の趨勢は変らない。全体は文明化や開発に進んでいく。なぜかと言えば、それが人間を幸福に導くのかという根源の議論がなされないからである。またそういう思考力を停止させる文明の落し穴に気付かないからでもある。そして近代化し高速化することはよいことだという、旧来の価値観に縛られたままだからである。私たちはこの単純な事実を起点にしなければならない。リニアはその落し穴のまっ只中を進んでいるのだから。

四〔講演〕文学から原発を考える ──文学の危機──

こんにちは。いま巽さんが牛場君とのバトルと言われましたが、そんなにバトルはありません。そんなに彼と意見が違っているわけではなくって、まあ、中庸のところで収まると思います。若干違うことは違うようですけど、そんなに違っているわけではありません。

この企画をはじめて聞いたとき、危機という言葉でやれと言うので、牛場君と、「じゃあ、文学は危機を迎えているか」っていうようなことでやるかと言ったら、後々聞いたところでは3・11を意識していて、3・11の危機と文学という、そういう趣旨が本来であったようなので……両方のことに答えられるような話をしましょうっていうので、用意をしたんですが、材料が主に原発と文学の話になりました。四〇分、五〇分では喋りきれないのではないかと危惧しています。後ほど、時間があれば補足していきたいと思いますが、とりあえず考えていることの骨子をお話ししたいと思います。

これをやるに先立って、巽さんから『3・11の未来』という御本がメールボックスに放り込まれていて、僕はもともとSFというのは好きじゃないし、関心もなくて、星新一も、何も読まない。

急にこんなものを貰っても困ったなって思って、しかし、貰った以上は何にも触れないわけにもいかないし、で、パラパラとめくっていたら、幸い私の立場をハッキリさせるような文言にぶつかったので、まずそこから話をはじめたいと思います。ここに居られる巽さん以外は敬称略で話します。巽さんと笠井潔の編纂した『3・11の未来』の中に鼎談があって、巽さんはこうおっしゃっているんですね。「SFはフィクション、文学作品であって、社会的責任や倫理の問題と切り離すべきだ」とおっしゃっているんですが、私は全く異なる立場をとり、社会的に存在するものはすべて分に応じて社会的責任と切り離すことはできない、および倫理と無関係ではありえないというのが私の立場です。もう一つの引用に笠井潔が福島原発や東海村の件で次のようなことを述べています。「今度の福島原発事故や被災者をも「笑う」だけの強度がある笑いだったら、僕は認める」、それから「星さんにはあの世から福島原発事故を黒い笑いで笑い飛ばしてほしいですね」とあるんですが、私はたとえ強度があろうと何色であろうと被災者を笑い飛ばすことは出来ないという立場です。そういう立場で、これからの話を進めていきたいと思います。私が先ず問題にしたいのは、現在3・11の特に原発事故が起こって以来の、あるいはそれ以前のずっと前からの、文学的状況を極めて憂慮している、その問題を掘り下げることによって、文学が抱える危機の問題を考えるヒントにしてもらいたいというのが、今日の話の主旨です。

まず川村湊の『福島原発人災記』ですけれども、これは原発事故が起きてすぐに出された本です。

しかし、この『福島原発人災記』の序文の中に、かなり私が文学的状況を読み取るヒントになるような文言が語られている。事故後すぐに彼は広瀬隆の講演会をユーチューブで見るわけで、そのくだりに私はちょっとムカッとしたのですが、原発を論じた広瀬隆の講演会を見た川村が、「広瀬隆の『東京に原発を！』を読んで共感し同調したことがあったけれど、反原発の後ユダヤ系のロスチャイルドの陰謀といったような本を出して（読んでいない、印象だけ）、少し信頼性を失った」、というのですが、私はロスチャイルドの話（広瀬隆『資本主義崩壊の首謀者たち』集英社など）を読んでそれなりに納得して、リーマンショックの世界的な経済状況の原因の一つにこういうことは考えられるのではないかと思っていたのです。読んではいない、印象だけで少し信頼性を失ったと川村はいう。大体物書きが本を読まないで印象だけで信憑性を失うなんて書いちゃいけないと思うんですが、それはそれとして、「逆説的とは言え、東京に原発を持って来いというのはあまりに現実的でなく空想的だと思った。私もやはりタカを括っていたのだ」というところで、ようやく私は落ち着いたわけです。ああ、やっぱり川村湊は反省と後悔の中で今の現実の、自分の文学の問題として捉えなければならないという態度で臨んでいるのだなと思いました。それで、彼は二時間ほど広瀬隆の講演を聞いて、その危険性を再認識し、それが想定外のことではなくて、想定通りの厄災であったということを初めて彼なりに納得するということになります。最後に、「私は今まで原発ということをほとんど考えてみなかった。武谷三男、高木仁三郎、田中三彦、石橋克彦などの著書も、書店の本棚にあるのに横目で通り過ぎていたが今回福島原発震災に被災して、それではならないことを痛感したのである」、つまり大したことではなかった、それくらい大したことではないから、本を読むということすらしないですませてきたという、安易な原発観を彼はここで語るわけです。それでせめて出来ることと言ったら原発震災に際して現状を書くということではないかと言って、彼は『福島原発人災記』を書くに至りました。川村湊はそのあと、数か月して『原発と原爆』という本を出しました。彼は集中的に原発を勉強したということを書いています。そして「日本の原子力行政、ビジネス、産業の実態のいかに汚れ、腐れ切っていることか今更ながら唖然とし〝怒り〟は収まるどころか、むしろ火に油を注ぐようなものだった」と書いて、川村湊は彼なりに、ようやく現実と真実に目を開いて、以下に述べる川上弘美よりはるかにレベルが高いと思いますけれども、原発に対する批判的言辞を貫くようになります。こうした形で、安易な形で原発を見ていたということが、ある程度、今の物書きの人達には共通しているらしくて、次に挙げた川上弘美は『群像』の六月号の『神様』のあとがきのなかで「私は何も知らず、また、知ろうとしないで来てしまったのだな」ということを吐露するのです。それでにわか勉強をして、『神様』あとがきの中で、「さて、ウランです」と言ってウランの講釈を始めるという構成になっています。こんなところで、にわか勉強の原発の問題を話しても、ほとんど意味はないと思いますが…。贖罪のためなら別の形を考えるべきです。

それから、次は柄谷行人です。東京での六月一一日のデモに彼は参加する。それで、次の朝日新聞の記事ですけど、六〇年安保以来五〇年ぶりにデモに参加したという柄谷行人はこう言うんです。「原発が危険なことは、わかっていたのに何もしてこなかった。その責任の意識から歩きました。」つまり、僕がここで非常に違和感を覚えるのは、「原発が危険なことはわかっていた」と彼は言うんです、しかし何もしない。原発が危険なことがわかっている、一方原発の危険なことがわからないでいる、どちらも何もしてこなかったとしたら、その違いは一体どこにあるのか。つまり、危険であることを知っていたことの意味が柄谷行人の中でどういう風に意味づけられていたのか、それをわかっていたという風に言っていいのかどうか。私は非常に疑問に思う。原発が危険なことがわかっていたのに何もしてこなかった人と、原発のことがわからなかった、だから何もしてこなかった人との、その違いは一体どういう風に説明されるのだろうかということも、考えざるを得ない。「わかっていたこと」は、何ら贖罪にはならない。もちろん彼もそう思っているだろうけど。

次に大江健三郎なんですが、ご存知のとおり大江健三郎は少なからず、原発のある種の危険性は察知していた。もちろん、『ヒロシマノート』という原爆に関わる著作もあるわけですけれども、その大江健三郎においてすら、「福島原発事故から一月もたって、毎日、幾度もテレビの前に座るいまほど、日々の生活が危機感に満たされていたのではなかった」（「ナンボナンデモ」『図書』、岩波書店　二〇一一・六）と心情を吐露する。原発事故が起こってから全く異なった空間の中に自分たちは生きている。年を取った自分たちはいいが、あたらしい世代のことを考えるとき、「政府と原発にいくらなんでもという声を発せずにはいられない」と言って、原発に反対する知識人の会などに加わってデモなどを企画する。このような形で、原発に対して事故が起こるまで甘い認識を持ち続けてきたのがおおよその現状だろうと言っていいと思う。

次に斎藤美奈子は朝日新聞の二〇一一年四月二七日付の「文芸時評」の中で、「原子力村と文学村」という時評を書きます。朝日新聞に小林信彦の『極東セレナーデ』という小説が一九八六年から八七年にかけて連載された。これはチェルノブイリの時ですね。

朝倉利奈ちゃんというアイドルがいて、原発のCMに出るか出ないかをめぐって、本人は「アイドルとしてこんなものには出たくない」と言う。プロデューサーもその方がいいだろうと言って、出ないことになる。その結果、プロデューサーは会社を辞めざるを得なくなる。いわば原発に批判的な振舞をすると、それに対して、民間企業、資本等から圧力がかかる構造を『極東セレナーデ』は、一部として構成の中にもち込んでいる本です。それを巡って、斎藤は九〇年代以降でもこの小説の新聞連載は可能であったろうか、そもそもこの国の多くのメディアは原発を推進する側だったのではないか、しかも東京電力は巨大、強大なスポンサーであったのではないかと指摘する。そして原発と文学というものを考えるとき、文学者にも戦争責任と同様に原発責任もあるのではないかということに斎藤美奈子は論及していく。先ほどの川村湊の『原発人災記』に言及して、この本はほとんど文学的でないけれども、非常にスピーディーに対処するということと、その非文学性を私は支持すると書いていています。文学の使徒は、文学性だけを追求していればいいんだというのは、文学村の内部の言語という点において、原子力村と同質ではないか。文学というものの社会的責任に論点を絞っていく、そういう時評を斎藤は四月に書くんですね。

これに対して『文学界』七月号のコラムで、相馬悠々というペンネームの人が、斎藤美奈子のこの時評にかみついている。これはナイーブな発言だと。しかし、「だってそうでしょう。ソ連のチェルノブイリがあり、原発の危険性は広く知られており、安全神話なんてどこにもなかった。」と至極当然なことを言う相馬悠々にしても、続いて「科学大国日本に住む自分が生きているうちにこんな大事故が起きるとは思わなかった」と、極めて自己矛盾したものの言い方をしている。安全神話なんてないと言いながら、一方でこの日本でそんなことが起きるなんて思っていなかったと言うわけです。ここのところに、原発に対する甘い見通しを持ち続けてきた文学に携わる側の問題が語られていると思います。たくさん原発の危険性を訴えてきた本があるにもかかわらず、「多くの人は楽観視してスルーしたのだ」と。そのことを自らの問題として考えないのは誠実でないという言い方をして、斎藤美奈子を批判します。それに対して再び斎藤が朝日の六月二九日付「続編の可能性」という時評の中で「なるほど、それは誠実ではないね」と語る。そして「自らの責任を問うことこそ誠実とする相馬悠々の意見は敗戦の責任は国民に等しくあるとした一億総懺悔を思い出させる。それも〈いつか来た道〉じゃないか」という批判をする。こういう具合に原発に対して極めて突っ込んだところでも、文学をする人達のあいだでの言い合いみたいなことが続いていくわけです。

それで次にペンクラブなのですけれども、本多勝一が『週刊金曜日』の二〇一一年一〇月一四日号で、「赤川次郎氏と日本ペンクラブの正論」というタイトルで児玉哲秀という朝日出版局から舘野淳『廃炉時代が始まった』を出版した編集者との対談で、ペンクラブが浅田次郎の会長名で声明を出した、それは以前の日本ペンよりかなり調子が強くなっていることを評価します。そして最後のところで、「日本ペンはかつてより目覚めているかにみえる」という風に、一応日本ペンの声明を評価するのです。日本ペンの声明というのは、当初、五月一八日に最初の声明があります。この時の声明に私は、極めて落胆いたしました。一体何をペンは言っているのだと。一部を引けば「あらためて惨事の真因を探り、長く警鐘を鳴らし続けること、それが責務であると痛感している」と述べ、「とりわけ惨事を拡大した原子力発電については確かな安全性を求めてこの存在を注視し、真実を世論に訴えていきたいと襟を正しております」というこの声明はいわば、それまで原発について何も考えてこなかったことを吐露し証明しているに過ぎないようなものであると言わざるを得ない。本多勝一がよくなったと言っているのはその後の方です。前のは、阿刀田高名ですが、後の方は七月一五日に浅田次郎名で、政府と東電および原発運転再開をめぐるメール問題等を材料にして政府や電力会社からもたらされる情報が恣意的であいまいである。そういう問題があって、自由な民意の表出などおぼつかないのだ。そこで情報の公開を求めるということを言っている。しかしこれは実は当たり前のことで、原発問題に少しでも関わっている人であれば、東電や政府が正確な情報を流すなんてことをもともと信じている方がおかしい。

それがようやく分かったわけなのですね、数か月経って。そういうことを書いているわけですね。確かに前から見ればある程度よくはなっている。ペンはようやく何が大事なのかわかってきた。しかしこの事故が起こったことについての自らの責任、斎藤と相馬悠々が議論しているような、そういう自らの責任問題についてはいっさい触れていないと言っていいと思います。つまりこの時点で、日本の文壇というのは言ってみれば、原発事故とは無関係であったという態度です。原発事故が起こったということについては無関係であったという態度を表明している風に僕には読めるわけです。

原発をめぐる文学については、いくつかの文学がこれまで発表されていて、先ほどの小林信彦の『極東セレナーデ』のほかにも高村薫の『神の火』があります。小説としては私の肌に合わないように思いますが、テロによって、多分高浜あたりの原発を爆破するという構想の小説で、冒険小説の一種と言っていいと思うのですが、その『神の火』の中で、高村薫は極めて鋭い点を指摘していると思われるのは、原発を核兵器だという風に認識している件りが小説の中に表れるところです。「でも、日本海の向こうからミサイル一発飛んできて、格納容器に命中したら、間違いなく壊れます。容器はただのコンクリートの塊だから」ということを言う。「世界の原子力プラントは、戦争や破壊活動を想定して造られてはいない。平和が永久に続くという架空の条件なしには決して造ることの出来なかったものだった。一トンぐらいの弾頭を持つ普通のミサイル一発で、格納容器はおろか圧力容器も破壊される」。この原発が核兵器に変わるというのは、原発の問題に関わっている人ならば誰でも分かっている問題ですね。こういうことについて、高村薫は明確に言及しているという点で、評価してもいいのではないかという気がするのです。

ところでそういう原発文学の中で、私が最も高く評価しているのがたつみや章の『夜の神話』というファンタジーです。たつみや章は生態系をテーマとした『水の伝説』というファンタジーを他にも書いていますが、『夜の神話』で原子力を取り上げるのですね。何が優れているかと言うと、今まで取り上げてきたものの多くは、原発というものは事故が起こらなければいいのだ、安全に運転してエネルギーを生んでいる限りは問題がないのだということでした。日本ペンクラブの声明なんて完全にそうですね。安全に運転していれば問題がない。事故が起きた時に情報が出てこないのがおかしいという風な議論の立て方をするのですが、実は原発というものは事故が起こらなくても駄目なんだという視点を語っているという点で、非常に注目される作品だと思います。作品の内容を見ていきます。マサミチという少年が主人公なのですが、その主人公のお父さんが勤めるのが電力会社で、スイッチョさんというあだ名の部下がいる。スイッチョさんは事故が起きても避難計画など出来ちゃいないだろう、「こちらは事故は起きない」で通してきたのだからと言う。ところが事故が起こりそうになるあたりのところで、パパが言う。「つまりは、おれたちがなんとかしなきゃならないってことだ」と。しかしその瞬間、爆発をする。原発事故が炉内で起こってしまう。という状況設定のもとに様々な原発が持つ問題が語られていく。なぜ原発がこのように社会の中で必要とされたのかということについて、人間っていうのは「よいことも考えだしたが、わるいこともおぼえた。考え出す力を利用して、過去よりもらくをして生きようという欲が、それだ」。これは、後ほど時間があれば漱石に触れますが、漱石の文明の問題を考えるときにもこれが共通した思想としてある（第三章の一参照）。過去よりも楽をして生きようとする欲ですね。そして欲というものは生まれ出るや、人間にとりついて人間を奴隷にしてゆく。電気がほしいという欲。電気によって楽をしたいという欲。それによって欲の奴隷に人間がなってゆく。ここに一つの人間というものと電気、電力というものとの最も根源的な関係が据えられているわけです。その次に、「あの火（原子炉の火）は、まだ人たちがつかうにはむずかしいもののようですねぇ。かといって、いちどつかいはじめたものをやめるのも、またむずかしいことのようです。なにしろいちど燃えはじめてしまったあの青い火は、何百年、何万年という『時』にまかせるほかには消す手だてがないらしいですから」、そして、「あの青い火は、その何百倍もつかい方がむずかしいようだ。人の知恵がいずれは安全に使いこなすのかもしれませんけど、それまでいったいどれくらいのスイッチョさんが……

あの青い火の犠牲になる人が出るものやら」というようなことを言うわけですね。ここのところではつまり、消す手だてがない、何百年、何万年、時に任せるほかはない、いわば核廃棄物の問題を取り上げているわけです。原発には核廃棄物という、越えなければならない、あるいは越えられない問題が横たわっているということをここにちりばめます。

それから次にですね。スイッチョさんが〈マサミッちゃんみたいな子供がほしかった。だけどそれが出来ない〉と言うんですね。なぜかと言えば、昔彼女がいたんだけれども、自分が電力会社に就職して原発に勤務すると聞いて、彼女が結婚しないと言い出すわけです。こう書かれています。「ずいぶんがんばったんだけどさ、けっきょくおれ、ふられたんだ」、「彼女はね、原子炉をこわがってたんだ。（省略）結婚したかったら、原子力発電所で働くのはやめてくれって、その一点張りでさ」と。自分は原子力というのは夢のエネルギーだと思っていた、「安全に使いこなせる技術もできあがってるんだから、原子力っていうだけでこわがる彼女の考え方は、おかしいと思った」。でも彼女はそうは考えていないわけですね。「放射能に被曝するかもしれない男の奥さんになるのは、いやだ」という風に言われるわけですね。ここのところにはいわば、結婚という問題を介在させて放射能による差別の問題が語られていると言っていいと思います。つまり、結婚という、本来相思相愛の間柄であればそこに至ることができるであろうはずの事象に対して、原発というものがそこに差別を設けてしまっている。

そして続いて、もう一つの差別が語られる。友枝さんという人です。発電所で働いている作業員、つまり、下請けの人です。スイッチョさんやお父さんは正社員なのですが、スイッチョさんはこの発電所に来ていた下請けの友枝さんという人と仲良くなる。そして、ぱったりと会わなくなる。ぱったり会わなくなったと思ったら、はがきが来る。白血病で入院していると。大学病院の先生が、発電所の作業中に放射能を浴びたのが原因だろうと。あんたも気を付けろと書いてあったというわけですね。そして二週間もたたないうちに友枝さんは死ぬ。それで、友枝さんっていったいどんな仕事をしていたのだろうと調べるわけです。正社員はいわば安全な所にいる。しかし友枝さんたちは放射能の危険な区域に入って作業をしなければならない。つまり、原発に関わる人間の中に、安全域で仕事をする人と危険域で仕事をする人がいる。それが正社員と下請けという形で被曝量の相違による差別があるという問題をここで語るわけです。結婚の差別、被曝労働の差別、そういうものを原発は内在的に抱えているのだということを、たつみや章は語るのです。

この作者は女性です。名前から推して僕は男性だと思っていた。あぁ、女性なんだと分かった時に非常に納得しました。さすがにこのあたりは、母性を持っている、子供を産むという性の観点から、こういう点が注目されたのだと思って、なるほどと納得したのを覚えています。結局、作業員さんたちの被曝の問題が語られる。そして安全性を考えると、引き換えにするものがものすごく大きい犠牲と代償の技術として原子力がある、と語るのです。最後にスイッチョさんは「夢の薪・木炭発電システム」という自然エネルギーに研究の分野を移そうと考える。そして末尾で、電力会社本社の発表によると、事故は起こったけれども周辺への放射能漏れはありませんという、相変わらずの報道。原発に関わる報道姿勢、何事もなかったかのように済ませてしまう、従来の原発及び電力会社との馴れ合い型報道機関のありようというものを描いて終わるんです。つまりこのファンタジーは大長編ではないながらも、そして子供向けながらも、原発のかかえる非常に多くの諸問題を巧みにちりばめて構成されていると言っていいと思います。

さて、たつみや章が提出する問題をもう少し具体的に数字で話すとですね、広瀬隆、藤田祐幸の『原子力発電で本当に私たちが知りたい一二〇の基礎知識』から引いた、廃棄物、高レベル性の放射性廃棄物が一本のガラス固化体になった時にどれくらいの年限をかけて放射能が減衰してゆくか、ということを示したグラフがあります。それを見ると、一万年後のところでもまだ放射能は消えないんですね。この線をずっとおろしていけばわかりますように、一〇万年後になっても消えない。フィンランドの映画で、『一〇〇〇〇〇年後の安全』という映画がありましたけれども、一〇万年たっても、核廃棄物の放射能は消えない。そのことを、たつみや章は、何万年あとでもという言葉で言っているわけですね。それから次に別のグラフ、これは現在の日本の核廃棄物の処理状況ですが、一九九九年の段階で、日本では合計一万七〇〇〇本の核廃棄物のキャニスターがある。これをどう処理するかというと、ほとんど処理できないわけですけれども、六ヶ所村の第一貯蔵庫は一万七〇〇〇本に対して一四四〇本の容量しかないわけです。どうやって処理するのか、この問題などは全く議論されていない。しかも、この状態で増えてゆけば二〇二七年に合計四万本になる。二〇二七年に四万本になった時に六ヶ所村の第一貯蔵庫は相変わらず一四四〇本しか納まらないのです。どうするのだ、この廃棄物を。たつみや章はそれを言っているわけですね。残るものをどうするのだ。日本ではすでにもんじゅが破綻しているわけです。もんじゅが破綻してしまっている以上、核処理サイクルは不可能ですね。不可能であれば溜り続けるしかない。だからプルサーマルにこだわるのですね。一〇万年たってもまだ放射能が残っているようなものをですね、何万本も未来の人たちが受け継いでゆくのか。それについての議論は、文学者はおろか政治家の中でも言われていない。それから、次に、被曝労働者の問題です。グラフの黒色が、正社員の被曝量であり、薄い色のところが下請け労働者の被曝量を示しています。ぜんぜん違う。場合によっては一〇倍を超えている。この問題を、たつみや章は、「友枝さん」という人物を使って描いている。こういうふうに、原発自体が抱える問題がたくさんあるにもかかわらず、事故が起こるまでは、原発については一切、川上弘美も川村湊も、不問に付していたという事実がある。いかに原子力というものが、わたしたちの日常から遠い問題であったかということを、彼らの言葉は証明していると言っていい。

こうしたなかで、原発の問題に早くから着目しその実状に迫ろうとしたのが、堀江邦夫の『原発ジプシー』というノンフィクションです。七九年に出版されたものですが、二〇一一年つまり今年になって現代書館から再版されました。堀江邦夫は自ら志願して、原発の下請け労働に従事しました。なぜ原発で働いてみようと思ったかというと、彼は「いらだち」を持っていたと書いています。「原発の〈素顔〉が霞んで見えることへのいらだち」、つまりよく見えないことというらだち。それを原発で働きながら、自分で確認したい、というのです。いったい原発の何が彼をこういらだたせたのかというと、原発に関する情報・報道です。これは日本ペンクラブが遅まきながらおかしいと言っていることを、堀江は七九年に指摘している。この情報というものによって覆い隠されてしまう原発、それは自分で行かない限り分からないんだと彼は決意して、原発へ飛び込んで行った。それが冒頭の「原発へ」という章のエッセンスです。それから、彼は美浜から始めて、そこから福島第一、そして敦賀の三か所へ行ったわけですが、敦賀について語っている「原子炉の真下で」という章のなかで、原子炉の真下で作業を行なっているときの様子が語られます。

作業中に電気が消えて真っ暗になった不安のなかで、高い放射線が自分の身に襲いかかってきているという実感。わずか三、四分のことであるのにずいぶん長く感じる。そして作業を再開してみるとまた頭痛と吐き気がぶり返してきて、不快感を催す。こういう挿話を、『原発ジプシー』はたくさん載せているわけですが、あるとき正社員にならないかという誘いがあるが、それを断る。なぜ断るのかというと、近代科学技術の最先端を行くと評されている原発だけれども、そうは言っても、実際に原発を動かしているのは人間なのだ、ということです。科学技術を利用してエネルギーを生み出す工場ではなく、原発というのは根源的には人間の問題として考えなければならないということを彼は語るわけです。「スイッチを押す電力会社社員は、そのほんの一部であって……下請け労働者のほうが圧倒的に多い。つまり……下請け労働者の存在があってはじめて原発」というものは動くことができる。つまり「放射能にまみれて働くことを強いられている労働者たちの姿を無視して原発を語ることはできない」と言う。このことを、これまでわたしが紹介してきた作家たちはたつみや以外は触れていない。つまり、この差別のうえにしか原発というものは稼働しないはずなのに、そこのところは見ない。

池澤夏樹は、わたしは比較的、原発に対しての理解のある作家であるし、わたしの考え方に近い人だと思います。しかし、わたしは真底好きにはなれない。その彼の『楽しい終末』という九三年に出した本のなかで、チェルノブイリに関する章で、チェルノブイリ事故からいろいろ教訓を得たと言っています。人はそれほど賢くはない、と。そして火力発電の場合、たとえ事故を起こして人々が犠牲となったとしても、結局は回復する力を人間の社会は持っているが、しかし原子力の場合は、そうした力が「普通サイズの社会にはないのだ」と言います。そのとおりだと思います。「東海村なり福島なりで炉心溶解などの事故が起こったら、日本の社会はあまりに重大な損傷を被る」と。ところが彼は東海村で、日本で最初に稼働した原子炉は、「外からみるかぎり東京のどこにでもある普通の工場と何ら変わるところはなかった。それは建物だけでなくそこで働く人々みんなについても言えることだ」と語って、本当の意味での原発労働者たちは視野に入っていないのです。見えていないんです。これが池澤夏樹の限界だと思います。ここで終わるわけです。僕が池澤夏樹はいいとは思うけど真底好きになれない理由は、ここにあります。

結局問題は、堀江邦夫が『原発ジプシー』のなかで、次のように語っていることに行き着くんです。「実際にその労働者となって原発内作業に従事することで、はたして私は何をそこから得ることができたのだろうか。〈痛み〉――その場に立たされた労働者でなくては絶対に知ることのできない〈痛み〉を、私は自らの肉体で体験することができた。ここでいう〈痛み〉とはどのようなものなのか。……管理区域内に一歩踏み込んだら最後、大小便はもちろん、水を飲むことや食事・喫煙さらには汗を手でぬぐうことも、疲れたからといって床に座りこんだり壁に寄りかかることさえ〝禁止〟されている。つまり労働者は、自分が生命体であることの証である「生理」すらも捨て去ることが強制されているのだった。「生理」を疎外された人間が、コンクリート壁やパイプなどの無機物だけで構築されている原発内に入った時に生じる肉体と無機物との激しいせめぎあい――この軋轢こそが肉体のあげる叫びであり、私のいう〈痛み〉なのだ。」というここのところが、原発の一番の問題なのです。人間を疎外し、人間の生理までをも奪っていくような装置として原発があるという事実に目を背けたままでいて、何が原発だ、何が事故が起って大変だ、と僕は思うわけです。

今回、原発文学のなかでもう一人注目したい人がいます。若松丈太郎という南相馬市に住んでいる詩人です。『福島原発難民』という本を出したんですが、爆発後のチェルノブイリの原発を見に行ったときの印象が語られています。ここでの原発のとらえ方には、僕は非常に共感できるところが多くあって、「歴史的に国境であったこの地の、これまた新しいフロンティアであるとしたら、それはいったい何に対峙するためのものなのだろうか。原発も怪物だが、巨大なエネルギーを食う人間はそれに輪をかけた怪物である」という、原発を起点として人間の問題に踏み込んでいくわけです。それからそのあとに続く、「青藍茫洋の沖を見やると、波がしらがとらえた秋の日ざしの光の渦が美しかった」という、これも原発の問題と対比しながら自然の問題に回帰していく。原子力の問題を人間や自然の観点から考えるという態度が、原発が反人間的で反自然的であるがゆえにたぶん原発の本質を突いているのだろうと思うのです。そしてそのことを、若松丈太郎の『福島原発難民』は突き付けているのです。

そのチェルノブイリでの見学体験をもとに書かれた「神隠しされた街」という詩があります。この詩は、今度の原発事故を機に注目を浴び遅まきながら再評価が始まっています。原発事故でプリピャチ市の市民が、近隣の村の人と合せて四万九〇〇〇人が一挙に街から消え、音のない廃墟になったことを、具体的な事象、子供たちの歓声や郵便配達の自転車のベルの音などを挙げながら、叙述する。そしてその四万九〇〇〇人が自分の住む福島県原町市の人口と同じであることに思い至り、同時に危険地帯の範囲を距離で示して、福島の原発にあてはめていく。事故八年後にチェルノブイリに入った若松は、事故六年後に避難命令が出た村さえあったのを知り、原発事故の持つ多義性に気づく。若松はチェルノブイリから福島を想像する。彼はプリピャチの街を、「四万五千の人びとがかくれんぼしている都市／鬼の私は捜しまわる」と謳い、廃墟となった街のさまを細密に写しとる。そして鬼の私は街の中を捜しまわりながら、最後に、「私たちの神隠しはきょうかもしれない」と不安を抱く。若松がこの詩を書いたのは、一九九四年のことです。そしてその一七年後、若松の不安は的中し現実となった。当時その現実を自分たちは許容できるのかどうか、ということを想像力をもって考えねばならぬと言い、次のように指摘する。「誤解されることを恐れずに言えば、最悪の事態とは、自分をいま死に至らしめつつあるものの意味を理解する時間さえ与えられず、一瞬のうちに死なねばならないということでは、おそらくないはずである。あるいは、被曝による障害に苦しみつつ、自分を死に近づけているものの意味を反芻しながら、残された生涯を病院で生きつづけなければならないということでも、おそらくないような気がする。いや、もちろん、これらも最悪と言うべき事態であるには違いはない」と言います。

しかし、最悪の事態とは、「父祖たちが何代にもわたって暮らしつづけ、自分もまた生まれてこのかたなじんできた風土、習俗、共同体、家、所有する土地、所有するあらゆるものを、村ぐるみ、町ぐるみで置き去りにすることを強制され、そのために失職し、たとえば、十年間、あるいは二十年間、あるいは特定できないそれ以上の長期間にわたって、自分のものでありながらそこで生活することはもとより、立ち入ることさえ許されず、強制移住させられた他郷で、収入のみちがないまま不如意をかこち、場合によっては一家離散のうきめを味わうはめになる」と。これがまさに今日本で、福島で起こっていることです。この若松丈太郎が持っている原発に対する気分、原発に対する姿勢は、私たちが反芻して噛みしめねばならないものです。原発をいかにリアリズムの中で捉えるかということがひとつの大きなテーマとしてあるはずなのです。

この若松の著書の中に、福島県内で活動する詩人や歌人たちの作品を批評した章があります。その中から、東海正史（浪江町在住）の歌を引いた部分を見てみます。

原発疎む歌詠み継ぎて三十余年募る恐怖の捨て所無し
欠陥原子炉壊して了へと罵れる吾を濡らして降る寒の雨

これらの歌につき、若松は「漏洩する放射能や放射能をふくむ雨によって直接的に得た表現であると同時に、浴びせられた誹謗・中傷による恐怖感も併せた表現なのだ」と述べています。さきの若松の発言や詩も、またこれらの東海の短歌も、すべて原発という存在の本質がふくみ持つものを抉り出そうとしています。しかし冒頭に述べた、ペンクラブの声明を初め、川上弘美は論外ですが、川村湊にも、大江健三郎にも、池澤夏樹にも、こうした視点は欠けているのであり、こうしたことへの想像力を全く持っていなかったということは言えるでしょう。ここには、原発そのものが持つ中央と地方の構図が、そのまま等身大の形で文学にも見て取れると言っていいと思います。つまり文学も中央集権的なのです。

そこで、たつみや章ですが、若松と同様に彼女も、原発に対峙するかたちで、たとえば「夏はみじかい命はみじかいみじかいよー」というセミの歌のように自然というものを対置させてくる。あるいは魂というもの。人間が自然に回帰していくことによって、原発の本質をとらえていくという視線が重要だと僕は思うのです。このたつみや章の本の一番最後のところに、原発被曝労働者救済センターの平井憲夫という人から話を聞いたことが書かれています。この平井憲夫という人は僕も、彼が晩年全身ガンに冒されながら講演旅行をしているとき、一度だけ講演を聞いたことがあります。彼はもともと原発を造る建設現場にいた人ですけれども、その工事の杜撰さから、体験的に原発というものは一様に危険なものである、脆いものである、いつ事故が起こるか分からないものであるということを話し、事故の可能性を予見していた人です。したがって彼の話のなかには、廃棄物の問題も出てくるわけです。同時にこの平井憲夫の話のなかには、若狭の女性が出てくるエピソードがあります。若狭出身の女性が、東京へ出てきて恋に落ちて結婚をすることになる。しかし、相手の男性の親が、彼女は原発銀座の若狭の生まれであるということで結婚に反対する。そのために結局結婚できなかった。そのことを涙の跡が見えるような手紙にしたためて平井憲夫に送ってくる。これは差別ですね。そういう話を彼女は知っているのです、たつみや章は。だから、スイッチョさんの結婚話が出てくるんです。そういう現場の問題と繋がれば、すぐに感覚的に分かるようなことが、たつみやの文学において非常に大きな要素になっていく。今わたしたちが、なるほどそうなのかと思うことは、主に堀江やたつみやや若松のように現場に取材した文学の中に見出せる。

それからもうひとつは、文学が、時代や社会の本質を正確につかまえているかという問題だと思うんです。今社会を見渡してみて、社会は、科学の暴走と経済の暴走とによって成り立っていると言えるでしょう。しかしこの科学や経済の暴走に対して、その歯止めとして文学や哲学や歴史学という人文学があるんだろうと思うんです。人文学というものは、人間の生きる意味であるとか、人間の生の基盤である自然と人間の関係であるとか、そういうものを考えていくものです。科学や経済の暴走に対して、文学というものがその歯止めとして発言していく余地がある。それどころか発言していかなければならない。

そういう視点から文学というものを捉えた場合、範とすべきものとして、私がすぐさま思い浮かべるのは漱石と石牟礼道子です。ご存知のように漱石は講演「現代日本の開化」を初めとする一連の作品の中で、科学が人間や社会にもたらす負の要因を、主にスピード化、利便化によって激しくなる競争という観点から提示し、また『野分』や『吾輩は猫である』において、資本家への嫌悪感を示しながら、資本主義の矛盾を書こうとしています。一方石牟礼道子は『苦海浄土』に代表される一連の作品の中で水俣病を発生せしめたチッソを近代科学の一つのシンボルとして捉え、それと自然やアニミズムを対比させながら、近代文明ないし近代そのものが抱えている宿痾を抉り出そうとしています。同時にチッソという企業に象徴される資本主義の論理が招来せしめる罪禍にも言及しようとしているわけです。そういう文学的経験を私たちは併せ持っているのですから、当然のことながら原子力について言えば、その負の部分を早くに解剖していく文学的試みをすべきだったはずなのです。しかしほとんどの文学に携わる人々がそれをなさなかったと言えるでしょう。つまりその点で言うと、今日の文学的状況はきわめて弱い。ほとんど発言権を持っていないし、持とうとしなかったという風に言っていいだろうと思う。だから僕は、文学は危機を迎えていると言おうとしているのです。

さて最後に、そういう文学的状況の中で、私たちのような文学の研究に携わる立場の人間は、どういうふうに身を処したらよいのかという問題について考えてみたいと思います。その材料として、上野誠「国文学は瑣末な学問である」という文章に即して考えを明らかにしようと思います。上野はある考古学者から「ひら坂」という語の解釈をめぐって質問を受けます。難義語なのでしどろもどろながら説明をし終えた時、その考古学者は「国文学者って、どうしてそんなに瑣末なことに関心があるのか」と尋ねられるのです。上野は内心不快になりながらも、考えてみるとたしかに瑣末なことだと認め、それを前置きとして、思いっきり瑣末なはなしをしようと言って、倭大后の歌の解釈を論じ始めます。その部分は省略しましょう。その論述を終えたあと、上野はこの文章の末尾を次のような文章で閉じるのです。すなわち、「でも私は、この国文学の瑣末さが大好きだ。限りなく」と言うわけです。上野が国文学の瑣末さが大好きであるということを、私は非難しようというわけではありません。誰でも自分の仕事が好きであることは、それを仕事とする上で大事な条件なのですから。しかし研究とは何かという問題に立ち返って言えば、それで終ったのでは研究の普遍的な意味が説明できない。好きであるかどうかは別問題として、或いはその問題以上に、なぜこの瑣末さが重要なのか、それが学問上、ひいては社会上どのような意味があるのかを、誰もが納得できる論理を組み立てながら説明しないといけない。それが学問や研究の普遍性ということです。そしてそれによってはじめてその学問は社会的に存立し得るのです。それを上野は、単なる自分の好悪の問題として片付けてしまった、或いは開き直ってしまったと言っていい。そして実はここに、現在の文学研究というものの弱点がさらけ出されていると思うのです。文学作品のあるいは作家の、何をどのように研究するかということは、そういう意味では、社会的な普遍性の中でその重要性や意味性が受け手に還元されていくために、その手助けをするということでなければならないはずなのに、その根源的な部分の議論を抜きにして、研究者の嗜好や研究者個人との関係性の中でのみ、それが論じられてきたわけです。おそらくこうした形で研究の方向が是とされてきたこと、またその限界を越えようとしなくても研究の継続が許されてきたこと、そのことが文学研究や文学そのものの社会的地位を下げて、その持っている力を弱めてしまったのだと思います。人文学が科学や経済の暴走を許してしまったことも、そのあたりに起因しているのではないでしょうか。従ってこういう点から見ても、文学は危機を迎えていると言えるでしょう。文学や文学研究が社会的に存在する意味をくり返し自問するところから、もう一度始めるべきではないかと思うのです。

付記　本稿は藝文学会での講演内容に、話し足りなかった部分を加筆したものである。また脱稿後、原発での下請け労働者の実態を取り込んで描いたものに、水上勉『金槌の話』があることを知った。水上が大飯原発をはじめとする原発銀座の若狭で生れ育ったことに起因するが、一九八二年という早い時点で書かれたことは注意してよい。

五〔講演〕リンゴ村から――近代都鄙《とひ》史の一断面――

「都市と地方」というものが、日本の歴史の中で常に問題になってきました。その中で今日は主に流行歌に依りながら戦後の話をします。

流行歌研究では、見田宗介をはじめ何人もの人が、昭和三〇年から四〇年を中心とする流行歌の中の、都市と農村・地方との問題を明らかにしてきた研究史があります。それらを踏まえてお話ししてみたいと思います。

一「出世と恋と希望の地」というイメージとしての東京

戦前から戦後にかけての（戦中を除く）東京を歌った流行歌の一つの特徴として、銀座という地名が東京を代表しながら歌われ、併せてその中に横文字がたくさん出てくることが指摘できます。たとえばいち早く昭和四年の『東京行進曲』は「昔恋しい銀座の柳」で始まり、「ジャズで踊ってリキュルで更けて」と歌われています。そしてそれは戦後いっそう顕著になり、たくさんの「東京もの」が歌われるようになった（『東京の花売娘』『東京の屋根の下』『東京キッド』など）。そこでの東京は、横文字で表される音楽や酒に裏付けられた歓楽の地であり、さらに恋が語られる場所である、ということが非常に大きな特徴です。つまり、東京は横文字にあふれる街というか、欧米風の文化がある。数年前まで「鬼畜米英」と言っておきながら、数年経つとその鬼畜米英の国は、あこがれの国に変身している、という大転換がこのあたりに見られます。そういう、欧米、特にアメリカに対するあこがれの一つの具体的な表れが、「東京」の歌と、「夢の光よシャンデリア」（『銀座九丁目は水の上』（昭和三二）という歌い出しを典型とする「銀座」の多くの歌に見える横文字の問題につながっていくのだろうと思います。東京はそういう文化のもとで、歓楽と恋にあふれた楽しいところだ、というイメージが流行歌によって作られていく。同時に一方で、そのような歓楽は決定的に田舎において欠落している、というイメージが作り上げられていく、と整理していいのではないかと思います。

フランク永井の『有楽町で逢いましょう』（昭和三三）は、有楽町で男と女が恋を語る。恋人たちが会う場所は「ビルの谷間のティールーム」であり、デートをするのは「ロードショウ」である、という世界です。こういう都会に、地方の青年たちがあこがれを持っていく。たとえば昭和二九年、真木不二夫の『東京へ行こうよ』というきわめて直接的なタイトルを持った歌が出た。それから守屋浩の『僕は泣いちっち』（昭和三四）では、「僕の恋人東京へ行っちっち」と自分の恋人が東京へ行ってしまって、恋人の後を追って青年が東京に向かう。藤島桓夫の『凧タコ上がれ』（昭和三四）は、「俺も男さ一旗上げずにおくものか」と田舎から出て行って立身出世を夢見る。つまり東京には恋があり、希望があるというイメージを流行歌が作り上げていく、と言っていいだろうと思います。

しかし、東京に行っただけで恋が成就したり、立身出世ができるわけではない。当然のことですが、東京で夢が壊れるという歌も歌われました。だいぶ後の歌ですが、たとえば春日八郎が歌った『夜行列車』（昭和五四）では、「もう一度はじめからやりなおす　待ってなよ　おふくろよ　その日まで」と、一度東京で失敗して戻ってきた男が、もう一回再起をかけて東京で一旗あげたいと思いブルートレインで上京する、という歌です。三橋美智也の『東京の鳩』という歌があります。これは、「赤い灯のつく東京も　甘えりゃ冷たい石の街」と、東京で挫折しながら、「裸で一からとんでみよ」とやはり再起をかける青年の歌です。なかには、そういう東京に絶望して東京を出て行くという歌も出てきます。早くに昭和二二年、灰田勝彦が歌った『東京よさようなら』は、恋に破れた男性が東京を去って行く歌の先例ですが、それが昭和三〇～四〇年頃にいくつも歌われる。たとえば昭和三九年の一『東京の灯よいつまでも』という新川二郎の歌も、「君はどうしているだろか、ああ東京の灯よいつまでも」と、恋の東京をよその場所から思い起こすという内容になっている。

それから、東京に出てきた子どもたちが親を東京に迎える、という歌がたとえば島倉千代子の

『東京だよおっ母さん』（昭和三二）です。また三橋美智也の『東京見物』（昭和三一）も非常によく似ている歌です。「二重橋」が両方の歌に出てきます。戦前の天皇制軍国主義の中で育った世代にとっての一番象徴的な場所として、母を二重橋に連れて行く。『東京見物』には「靖国神社だあの鳥居」と靖国神社が出てきます。『東京だよおっ母さん』には「あれが、あれが九段坂　逢ったら泣くでしょ兄さんが」と、九段坂という形で靖国神社が出てきます。お父さん、お兄さんたちが戦争で死んだという体験、記憶を引きずりながら、東京に出てきた子どもたちがお母さんに代表される家族を東京に呼び寄せる、という歌です。こういう形で東京に住む人間と、地方に住む人間とが、徐々に区分けされていくわけです。

二　土俗的世界としての「地方」

見田宗介は、ふるさとを捨てたのではない、ふるさとの駅を送られて来たのだ、と言うんですが、本当に当事者は捨てないで送られてきたと思っていたかというと、ちょっと疑問のところがあって、前述の『東京へ行こうよ』（昭和二九）には「未練心も　故郷も　捨てていこうよ」とある。『凧タコ上がれ』（昭和三四）にも「俺らはふるさと　すてるのさ」とあるんです。つまり、長男が家を継いで、継ぐ家もないし、余った田畑もない。だから都会に出ていくしかない、東京には働き口がある、という形で、意識の中ではやはり「捨てる」というのがあったのではないか、と思うんです。その、捨てられていくふるさとがどのように歌われたか、あるいは、ふるさとという所はどのような場だったのか、という問題を考えてみます。

昭和三〇年の春日八郎『別れの一本杉』、三二年の三橋美智也『お下げと花と地蔵さんと』と、非常に近接した時点できわめてよく似た歌が歌われます。どちらも田舎を捨てて都会に出て行く青年の、ふるさととの別れの場面を歌った歌です。これらの歌には共通点が一つあります。前者には「石の地蔵さんのよ、村はずれ」とあり、後者はタイトルどおりにお地蔵さんを歌っているんです。つまり、地方は地蔵に象徴されるような土俗的な世界としてとらえられているんです。当時、田舎・ふるさと・地方というものは、お地蔵さんが体現するような世界であった、と考えていいのではないか。その証拠に、曾根史郎が歌った昭和三一年の『夕焼け地蔵さん』、三四年に島倉千代子が歌った『さよなら地蔵さん』という歌など、この頃お地蔵さんの歌が次々に作られていきます。いずれも東京との対比の中で、地方を土俗的に作り上げていく装置としてお地蔵さんが使われています。

それは横文字文化で象徴されるハイカラな東京の文化に対して、きわめて土俗的な世界として提示されていると言っていいのではないかと思います。

三　郷愁をかき立てるものとしての「ふるさと」

もう一つ、お地蔵さんと並んでふるさとの歌に出てくるものにリンゴがあります。『リンゴの歌』（昭和二一）は、リンゴが敗戦直後においては高級果物で、戦後の日本を明るくしたといわれている歌ですが、この歌とはまったく違う世界がそれ以後次々に歌われていく。美空ひばりの『リンゴ園の少女』（昭和二七）は、リンゴ園で働くけなげな少女を歌いますが、同じひばりが『リンゴ追分』（昭和二七）という非常によく知られた歌の中で、「東京さで死んだお母ちゃんのことを思い出す」と、東京での母の死を台詞で語る。出稼ぎなりなんなりの中で、哀切なイメージを持ったものとしてリンゴが歌われてきます。藤島桓夫の『お月さん今晩わ』（昭和三二）も、「リンゴ畑のお月さん今晩わ」と、恋人が東京に行ってしまった農村の青年がリンゴ畑に佇んで月を見ている。そして、このリンゴを最もよく歌ったのが三橋美智也で、昭和二七年『リンゴの花は咲いたけど』、三一年『リンゴ村から』、三二年『リンゴ花咲く故郷へ』があります。

リンゴがなぜ地方、ふるさとの象徴になっていくのか。これはおそらく、東北という地域からの出稼ぎや集団就職の状況が絡んでいる。当時の東京中心の労働市場は、東北地方との関係で作られていました。そのため、東北地方の青森、岩手、福島などの代表的な農産物であるリンゴがクローズアップされて、戦後の歌謡曲の中にリンゴの歌が非常に増え、リンゴがふるさとを思い起こす一つのシンボルになっていったということだろうと思います。このように歌われてきたふるさとは、美化され、郷愁をかきたてるものとしてあったと言っていいでしょう。青木光一の『柿の木坂の家』(昭和三二)の「思い出すなァ」「懐かしいなァ」「逢ってみたいなァ」はその点で象徴的ですが、彼の『ふるさと列車』(昭三三)、『早く帰ってコ』(昭和三一)という一連の歌は、都会と故郷の両方から、いわばまだ回帰するに値する、あるいはできれば回帰したいふるさとが歌われている。こういう歌が昭和三〇年前後、高度経済成長期の始まりとともに歌われていって、都会に出て行きふるさとを捨てた青年が、心の拠り所としてふるさとを思い続ける、というパターンができあがっていきます。井沢八郎の『ああ上野駅』(昭和三九)は、石川啄木のように上野駅を通してその向こうにふるさとを思うわけですが、そうした歌の象徴的存在でしょう。

ところがある程度、経済成長が達成された段階では、このふるさとが荒廃に向かっていきます。加賀城みゆきの『おさらば故郷さん』は昭和四一年で、三橋美智也たちより十年ほど後、かなり高度経済成長が達成された時代です。ここで歌われるふるさとは、「いまじゃ甘えるああ親もない」と、もう親がいない。荒廃してしまって、「風吹く村よ」と風が吹いている蕭条《しょうじょう》とした村の風景が歌われている。我々が今抱えている過疎化の問題が昭和四〇年ごろにすでに一部で起こり始めている。温かく迎えてくれるとは限らないふるさとが徐々に出始めている、と言っていいだろうと思います。

四 優位な「東京」が「地方」を支配する構図

こういう形で結ばれてきた都市と地方の関係、特に人間の関係を、どのように構造化すればいいのか。たとえば島倉千代子の『逢いたいなアあの人に』（昭和三二）は東京に出て行ってしまった恋人を、段々畑や石ころ小道や裏山を舞台とする田舎から思いやる。前出の藤島桓夫『お月さん今晩わ』（昭和三二）のリンゴ畑も同じです。つまり、ふるさとに残された人間は一方的に恋人を失い破恋するわけです。あるいは島倉千代子の『東京の人よさようなら』（昭和三一）は伊豆大島を現場として、東京から行きずりの男性がやってきて、その人に恋をしてしまうアンコ、つまり島娘がいる。そこでも「風も吹かぬに泣いて散る　東京の人よさようなら」と、必然的に別れがやってきて、田舎の女性は取り残される、という形で、都市の方にいる人間が優位性を保つ。このような歌は、東京と地方の関係を象徴しているのではないかと思います。昭和三二年にコロムビアローズが歌った『東京のバスガール』は、いろんな困難に遭遇しながらも、明るく東京のバスに乗って仕事に励む女性が歌われる。「発車オーライ　明るく明るく走るのよ」は象徴的フレーズです。これに対して『田舎のバス』（昭和三〇）にも同じようなバス乗務の女性が出てくるんですけれども、「田舎のバス

は　おんぼろ車」で始まるのです。「タイヤはパンク　エンジン動か」ぬバスなのです。ここにつまり、流行の先端を行く東京と、二流品の地方のバスが対比的に描かれている。あるいは藤島桓夫の『村の駐在所』は、村にやってきた都育ちの若いお巡りさんに村娘のハナちゃんが惚れるのですが、実は都会から花嫁がやって来て村のハナちゃんは失恋するというストーリーです。明らかに東京と地方との「差別化」が行われているわけです。

東京は常に優位にあり、地方は常に東京から見下される、その到達点が、吉幾三の『俺ら東京さ行ぐだ』（昭和五〇）だろうと思います。「テレビもねェ　ラジオもねェ　クルマもそれほど走ってねェ」と歌い出されるこの歌はそういう意味では非常に象徴的です。音楽とか歓楽あるいは車にオーソライズされる東京の文化・文明がないところとして地方が描かれている。こういう図式が東京と地方の関係において、成立したのだと言えます。

この関係はまさに、支配・被支配という関係において、あるいは優位・下位という関係において、アメリカと日本の関係を日本の中に移し変えたにすぎないのではないかと思うんです。その意味で、冒頭に述べた東京の歌の横文字の問題は示唆的ですが、つまり、アメリカが常に日本に対して優位にあるように、都市は常は地方に対して優位にある。東京が優位に立ち、地方から出てきた人々にとってはかつてふるさとであったその地方を支配することによって、本当の意味で地方は捨てられた、と整理していいのだろうと思うんです。

五　東京と地方の関係を問い直す

この問題をちゃんと考えなきゃいけないなと思ったきっかけは、今度の3・11の原発事故です。元原発技術者の田中三彦の『まるで原発などないかのように』（現代書館、二〇〇八）という本の中の、「はびこりはじめた『安全余裕』という神話」という章に、次のような文章があります。

実は原発推進という国策を最も強力に後押ししているものは、大都会の人間の、意識されない無関心だ。寝ている者を目覚めさせてはならない――これが原発を推進する行政の暗黙の戦略であるだろうし、またそれは同時に、電力会社によるあの呆れたトラブル隠しやデータ捏造の背景でもあるだろうし、東京という大都会に原発が存在しないもう一つの理由でもあるだろう。寝ている者を目覚めさせてはならない――。

この文章にぶつかったときに僕は、東京・都市と地方の関係を文学の側からもきちんと考え直さなければいけないと思ったんです。つまり、都市が地方を支配し、いやなものはすべて地方に押しつける。そして知らん顔して使いたいだけ電気を使う。この東京や都市の構造自体を、文学の側から根源的なものとして問題にしない限り、この問題は片付かないだろうと思っています。

九月一九日の明治公園での脱原発六万人集会に、僕は一番真ん前で「みどり・山梨」の旗を持って座っていました。そのときに、福島からやってきた武藤類子さんの演説に、僕は最も深い感銘を受けました。福島という美しいところが、目に見えない放射能によって汚染されている惨状をどうしたらいいのか、ということを訴えて、ぜひ私たちに寄り添ってくれ、ということが骨子になっている演説だったんですが、その武藤さんの演説の中にこういう一節がありました。「もう一つ、お話したいことがあります。それは、私たち自身の生き方、暮らし方です。私たちは何気なく差し込むコンセントの向こう側の世界を想像しなければなりません。」ということを言ったんですね。つまり東京の人間がどれほど、コンセントの向こうの地方の世界を想像できるか、という問題です。地方で何が起こっているかも知らないで、湯水のように電気を使い続けるこの東京という都会。そのことをやはり我々は問題にしなければいけないのではないかと思います。

六　都市優位を国民に浸透させた流行歌の「原罪」

それと符合するかのように思い出したのですが、同じことを、富山和子が『水と緑と土』（一九七四）という中公新書の中で書いていました。これは僕が環境問題に本気で首を突っ込みたい、と思うきっかけを与えてくれた本です。この『水と緑と土』の中で、富山さんは、ダムの話をしています。東京、都市は水を収奪する。「ダムこそは都市のための水の生産工場であり、無限の水の宝庫でさえあった。都市にとって水は、金を払い蛇口をひねりさえすれば必ず用意されているべきもの」だと指摘します。つまり蛇口の向こうに森林や、川は想像しないんです。ダムなんか想像しないんです。ここに、都市と地方の大きな落差がある。これを社会学者は、都市と地方の構造の問題だと言うかもしれない。けれども僕はそれは正確ではないと思うんです。そうじゃなくて、都市に住んでいる人間の意識の構造の問題だと思うんです。都市に住んでいる人間が無関心であると田中三彦が断じたように、その無関心さが、ダムの問題も、原発の問題も引き起こした。そういう、都市と地方を差別していく歴史の中に、流行歌があったと思うんです。東京はいいところだ、地方は遅れたところだ。その大前提を、音楽というものに乗せて、国民の中に浸透させた。そういう側面から流行歌というものを考えてみると、流行歌は原罪を持っているだろうと僕は思う。人文学をやる人間として、これから僕は、無責任な都市民の批判をやってみたい。同時に地方のふるさとの中の文学や文化、それを掘り下げる仕事もやってみたい、と思っています。

第四章

エッセイ雑纂

近代社会のひずみは、さまざまなところに表われている。その一つにねじ曲げられた公共事業のあり方が挙げられる。道路もダムも人々の生活のいとなみも、何か別の力によって行われているように思われる。地域それぞれに根ざしたお金の使われ方がされているようには思えない。戦争も人々の記憶と生活の中から消え始めている。とりわけ戦争責任のけじめを付けなかった日本人の罪は重い。戦争とは〈人殺し〉であるという基本的な事が忘れ去られようとしている。そしてひずみが社会のすみずみに見られても、修復の兆しはいっこうにない。

一　なまよみの甲斐の大雪

甲府に大雪が降った。二月一四日から一五日にかけて、片時も休まず、ずんずんと降り積もっていった。初めは雪を掻いたが、途中から諦めて降るに任せた．県内の道路は、高速道路から生活道路まですべて雪に埋もれ、立ち往生する車、孤立する集落があちこちに表れ始めた。道路を造る理由の一つに、災害時への対処がよく挙げられるが、それは造られた神話にすぎないことが実証された。むしろ道路が多い方が、被害が拡大する可能性すらあることを証明したとも言える。

孤立集落の発生という問題も、道路の建設ということと深く関わっている。どんな山間僻地でも、いつでも車でモノを手に入れることができる日常の虚を突かれたと見てよい。物資の簡便な入手は、生活の中に備蓄という考えを希薄にさせていった。

青森県の下北半島北部のむつ市大畑町は、住民の有志が、行き過ぎた文明社会を反省し、縄文の思想を取り込んで、持続可能な社会の実現を目指しているが、その理念を示す「大畑原則」には、屋敷林や街路樹にクルミやグミなどの実のなる木を植えることが謳われている。それは食料危機に見舞われた際の非常食となるからであり、将来にわたるサバイバル・コミュニティを保証しているからだと説明されているが、備蓄とは本来こうした自給自足の思想から生まれたものでなければならない。

もちろん対応の遅れた行政上の問題も無視できないが、車に代表される文明の進歩と利便性が、徐々に人間の知恵を奪い去り、人間の眼を暗ましてきたと私には思われる。路上での車の立ち往生などという事態も、車という文明への過度の信頼と安心が生んだものであって、これも人間における危機感の欠如という側面を否定できない。そもそも行政などというものに、過大な信頼を寄せること自体に見誤りがあるのであろう。もちろんあらゆる事件に対処してくれる行政が存在したら、それはそれでよいとも思えるが、そんな行政は存在し得るはずはないし、もし存在したとしてもそれによって人間自身がますます退化していくようにも思われる。

さて、この大雪に際しての私の最大の発見は、日常生活の静けさというものであった。すべてが雪で塞がれ、人も車も世界から消え、音が絶えて静かな時間が流れ続けた。世界が沈黙し、それまでの日常とまったく趣きを変えた生活が二日にわたって続いた。そしてかつての日本人の、あるいは人間の生活というものは、こういう時間の中で送られていたのではないかという想像が、私の中で拡がった。

静けさとか閑けさというものの価値を見出し、それを尊んで好んだ人に吉田兼好がいる。兼好は

『徒然草』の中で、静けさや閑けさに関する至言を次々に吐いている。いくつかを口語訳して示してみよう。

静かに思いをめぐらすと、すべて過ぎ去ったことが恋しく思い出され、どうにもならない。人が寝静まった後の長い夜の慰めに、どうということもない道具類を片付け、残しておくまいと思う古手紙などを破り棄てる中に、今は亡き人の手習や絵などを描いて心慰めにしたものを見つけたりすると、ただもうその時分の気持になってしまう。

ここには、兼好の静かな夜の日常の一齣がスケッチされている。兼好はこんな日々を送っていたのだ。あるいは次を見てみよう。

名誉や利益の使いばしりになって、静かな時も持たず一生苦しむのは愚かなことだ。財産が多ければ、我身を守ることも難しい。

名利という名誉や利益への執着の愚かさを断じるこの章段では、それらと対抗する価値として、静かな時間を提示する。兼好にとって、静かな時間は何物にも変え難い価値を持っていたのである。

あるいは、次の文章はどうだろうか。

人間というものは、やむを得ず手に入れねばならないものがある。第一に食物、第二に衣服、第三に住居である。飢えず、寒くなく、風雨を凌いで暮らせるなら、あとは静かに生活を送ることを楽しみとする。

ここには衣食住に次ぐ価値として、静かに過ごすことが挙げられている。もちろんこれらの静けさは、単に音がないというだけではなくて、精神的な落ち着きをも言っているのだが、それも騒音かまびすしい中に存在するはずがない。

兼好に限らない。俳聖芭蕉も静けさを好み、それを作品化した。有名な句では、山寺での、

閑かさや岩にしみ入る蟬の声

がある。蟬の声が岩にしみ入るように鳴きわたっているが、それは閑けさの中でしか獲得されるはずのない声なのである。閑けさの中でこそ、蟬の声が声として力を発揮するのである。

あるいはまた、

古池や蛙飛び込む水の音

もそうだろう。蛙が水に飛び込む音にしても、句中に「静か」の語はないが、静けさ抜きには耳に響いてこない。むしろ水の音によって静けさを詠んでいるとも言える。

こうした静けさへの心の傾きは、兼好や芭蕉のような有名な作家だけに限られるものではない。近代に入っても、事情は同じである．唱歌「里の秋」は、

しずかな　しずかな　里の秋

と歌い出され、歌謡曲「湖畔の宿」には、

ああ、あの山の姿も湖水の水も、静かに静かにたそがれていく…。この静けさ、このさびしさを抱きしめて私はひとり旅をゆく。

という台詞が入る。つまりつい最前まで、静かな日常や環境は、人間にとって当たり前の、また好ましい情態であったのである。それが現代、おそらく高度経済成長期あたりを境目として、日常の世界から姿を消していった。

もう一度、『徒然草』に眼を転じよう。こんな兼好の指摘が見られる。

大晦日の夜はひどく暗い中で、人々が松明《たいまつ》などを灯して、夜半すぎまで家の門を叩いたり、

走りまわったりして、何があるのか、大仰な声を出してあわてふためいているが、暁方頃からやはり声もなくなってしまうのが、本当に一年の名残りも心細く思われる。（中略）こうして明けていく空の様子は、昨日と打って変わったわけではないのに、まったく違ってめずらしい気持がする。

ここには大晦日のざわめきから一夜明けて、静かに迎えられる元日の好ましさが語られている。文中に「静か」の語はないが、行文の間には静けさが満ちあふれており、兼好はそれを愛しているのである。

翻って昨今の元日を見てみよう。いまこうした元日を見出すのは難しい。それと言うのも、電車や車で初詣客が社寺に殺到するからである。高度成長期以後に発達した交通の利便性、鉄道、道路、車がそれを可能にしたのだ。初詣なら、歩いて行ける近くの社寺に詣でればよいものを。そして元日を静かに過ごすという風情は、こうして徐々に消えていった。

思えば静けさというものは、近代社会の中で否定されるべきものであったのかもしれない。一九二六年、アドリア海の島に拡声器という文明が持ち込まれたことによって、静けさが島のコモンズではなくなり、静けさは拡声器がそれを奪い合う対象としての資源になったとイリイチが言っている。静かよりも賑やかをよしとする価値観、静かは遅れていることの表れとする風潮、こうした思想が、戦後の日本人の中に沁み渡っていったように思われる。

だが、そうした静けさへの侵犯は、人間の生き方の本来や本質に適っているものなのだろうか。人間は、かくも騒々しく賑やかに暮らさねばならないのだろうか。私たちはどこかで道を踏み誤ったように思われるのだが、皆さんはどうお考えだろうか。

そしてはたして、金やモノや文明の中にどっぷり漬かってしまった日本人が、それに気付くことができるだろうか。私には絶望的に思われるのだが——。時折大雪が降って、人間にもっと根源的なものを考えさせる時を与えてくれるなら、大雪も悪いものではない。

二　過疎と景観　生業軸に再生へ

過疎化が進む地方の景観を都会の人はどう見ているのだろうか。郷愁、安らぎ、それとも食料供給地？　一〇月一五、一六日、日本景観学会が笛吹市芦川町で「過疎と景観」をテーマに、講演会・シンポジウムを開いた。現地調査と討議の中で、芦川町が東京近圏域にありながら、美しい景観と静穏な暮らしを共存させている点で高い評価を受けた。だが同時に、日本の山村地域が抱える過疎と景観の深刻な問題も鮮明にされた。

それにしても、抱える問題の根は深い。芦川町の景観は、主に養蚕用の家屋である兜《かぶと》造りと、山地の斜面の開発に伴う石垣によって形づくられている。だが、その特徴的な景観が今なお現存するのは、それを保存しようという強い意志があったからではない。むしろ過疎化によって放置された結果、残存したという偶発的な事情の方が大きい。従って、今後五年か一〇年で兜造りの家屋も石垣も荒廃に向かう危険性が高いという。それを守ろうとする行政やＮＰＯの努力には頭が下がるが、はたして景観は過疎化を止める力を持つのだろうか。

その点につき、大きな示唆を与えてくれたのは、高橋寛治・高野山大学客員教授の講演であった。

二つの重要な指摘を挙げよう。まず過疎に景観は有効だが、一つのファクターにしかすぎず、観光や交流に依存することは危険であること、次に東京と地方は等価であり、地方は東京との対立軸を明らかにする必要があること―であった。

地方には地方の歴史があり、その歴史の積み重ねの上に今の暮らしがある。暮らしとは生業の上に成り立つものであり、その生業のありようが景観をつくっていく。今、私たちが考えねばならないことは、地方が流動する観光客やグリーンツーリズムを求めることではなく、そこに定住化し、地域の生業に根ざして生きようとする人々を求めることではないだろうか。そしてそのことこそが、地域独自の景観を育んでいくことにつながるのだろう。

近年芦川町にも、そのたたずまいにひかれて移住した人々が現れ始めた。シンポジウムでは、日本各地におけるそうした事例が、いくつも紹介された。その中にはNPOが中心になって、都市から「来てもらう」のではなく、「来させてあげる」、つまり本当に来たい人を選別するという矜持《きょうじ》をもって活動している所さえあることが報告された。

また地域の再生が成功している所は、しっかりと自らの地域の特性を把握し、自前の資源をうまく使いこなしている所だという意見もあった。これらはつまり、地方は都市と等価であるということが、それぞれの形で表現されているということだろう。

生業の営みの中で、信頼できる人間関係が築かれていく。そしてそうしたライフスタイルに魅力を感じ、そこに住みたいという意志を持つ人々が定住化していく。これまでのような、単に父祖伝来の家や土地を引き継ぐといった伝統的なサイクルではない、新たな農山村のスタイルが胎動し始めている。都市が地方人の流入によって拡張したように、これからは農山村が都市人の流入によって再生していくように思われる。

そしてそこでは、歴史や伝統を見つめ、知恵や工夫を培い、同じ志を持った人々の温かな絆の中で、新たな共同体が立ち上がっていくことだろう。自然に基づく生業を尊び、都市とは等価で異なった価値観を誇る、そうした地域の営みの中に、新たな美しい景観が立ち現れてくる。

三　金に喰われた国

かつて日本には、「清貧」という思想があった。清貧に生きた人々は、世界のそこかしこにたくさんいただろうが、それが思想として文字に残り豊かな知的財産としていまに伝えられていることは、珍しいことかもしれない。

たとえば茶人として知られる本阿弥光悦の母妙秀は、「身が貧しいことは難儀なことではない。金持ちはケチで欲深く、はたして徳ある人になれるか心もとない」と言っている。彼女は金銭に対して、徳という倫理を対抗価値として置いているのだが、そうした思想が生きる上の指標になっていたことは、注目に値する。そして茶人光悦がこの母から生まれたことにも、納得がいく。

しかし明治時代以降、資本主義経済のもとで金の価値は無限に膨らんでいった。とりわけ敗戦直後の極度の貧困状態から立ち直ろうとした日本人は、金の価値をひたすら肥大化させ、それは高度経済成長からバブルへと、輪をかけて拡大の一途を辿った。金が人を幸福にすると信じたのである。そしていつしか金が正義になり、金にまさるものはなくなっていった。清貧などという言葉はすでに死語となり、人々の頭の中から消え去っていった。

金が正義であるから、何でも金を基準にものを考える。物を買う時、安いことが絶対的な価値基準になる。そこではすでに物を作る人たちの苦労や努力は、埒外に置かれる。物の材料となる資源としての自然も、度外視されていく。すべてが金で判断される。

なりゆきとしてこういう考え方が、行政の行う公共事業においても重要な尺度となる。一つの事業を行うか行わないか、作るか作らないかは、費用対効果によって決まる。だがそもそも費用対効果などというものは、放り込まれる数字如何で、高くもなり低くもなるいい加減なものである。その事業がほんとうに必要なものかどうか見究められなくても、費用対効果の数字さえ捻り出せば、それは必要な事業へと変身する。目くらましの手品に等しい。しかもそれが数字で表されれば、それで納得するように日本人の頭脳が作り変えられてしまっている。

たとえば八ッ場ダムの事業を継続するかどうかという議論の中で、ダムを造った方が代替案より安いという計算結果が示されたことがあった。もとよりこれもいい加減な帳尻合わせにすぎないが、それでもその数字が或る程度の説得力を持つのは、金を中心にものを考える現代の日本人の価値観に釣り合ったからである。日本という国とこの国に住む人間は、すでにとことん金に喰い尽くされてしまっている。

そんな中で、八ッ場ダム予定地に遺跡という新たな問題が起った。縄文から江戸に至るきわめて長期の、しかもすぐれて保存状態のよい、そして個別的ではなく多くの遺跡が有機的な全体性を保持している、というさまざまな点で実に貴重なものだ。

たとえば、この遺跡群をダムの湖底に沈めないで、遺跡を中心としたフィールドミュージアムにしようという考え方がある。それは遺跡という文化を金に匹敵させるか、或いはそれより上位に置くという思想が基本に据えられなければ、実現しない。そしてこの思想転換の変わり目は、冒頭に述べた妙秀の、徳が金の対抗価値たり得るかという点にある。八ツ場の遺跡問題は、はたしていまの日本で徳が金にまさるのか、一つの試金石でもあるのだが、同時に私たちが文化を後ろ盾として、金に群がる政官財の我利我利亡者たちを圧倒できるのかが問われてもいると言えよう。

四　戦車と月見草

富士山が世界自然遺産への登録がかなわなかったことの理由としては、もちろんいくつかの事由が挙げられようが、その大きな一つとして富士山のオーバーユース（過剰利用）が指摘されている。そして、そのオーバーユースの結果として発生した屎尿やゴミの問題があり、それに対して粘り強い対策もとられ続けている。とくに子供たちのゴミ処理に関わる活動には、胸を打たれるものがあろう。

さて、そうしたゴミや屎尿の発生の原因には、五合目まで車で登るという、富士山におけるモータリゼーションという問題が考えられるであろう。このモータリゼーションは、結果的に毎年約三〇〇〇万人という驚くべき数の登山者・観光客を呼び込み、残念ながら結局富士山を満身創痍の山としてしまうことになった。すなわち静岡県側のスカイラインと山梨県側のスバルラインは、富士山の美しい山肌に明瞭な引っ掻き傷を刻み込み、五合目は山中なのか繁華街なのか区別もつかないような不格好な場を造り上げてしまったのである。しかも広大な駐車場付きという形で、だ。これだけでも、信仰の山として富士山が世界遺産に登録されるのは困難かもしれない、とも思うのだが、他にもう一つ指摘しておかなければならない問題がある。

それは富士山の裾野のオーバーユースの問題である。裾野のオーバーユースと言えば、レジャーランドやゴルフ場といった施設が思い浮かぶが、事はそれだけにとどまらない。私がここで指摘したいのは、山梨県側に四六〇〇ヘクタールの北富士演習場、静岡県側に八八〇〇ヘクタールの東富士演習場という、広大な二つの自衛隊の演習場を抱えているという事実である。かつて吉田口登山道から馬返のあたりまで歩いたことがあるが、遠くから砲弾を撃つ音が響いてくる。そこでは戦車が走り廻り、砲弾を撃つことが日常的な風景として成り立っているのである。それは、もう少しリアリティを持たせて言えば、目的はどうあれ日々人間を殺傷する練習をしているということだ。はたしてそれが、信仰を事由とする世界遺産にかなうのだろうか。

かつて富士山の世界自然遺産登録の時、ユネスコの世界遺産検討委員の責任者ビング・ルーカス氏は、「多くの人の目には、自衛隊が活動する場所も富士山の一部として映っている」と述べている（『週刊金曜日』三七〇号、二〇〇一・七・六。田辺欽也「世界遺産になれないホントの理由」）。自然から信仰へと世界遺産の登録理由を変えたことによって、富士山が自衛隊の演習場を抱えていることは、いっそうの負の重みと意味合いを持つようになったと言えるのではあるまいか。なぜなら信仰とは、魂の平安と生命の安全を祈るものであるはずだからだ。

世界遺産登録の業務を所管するユネスコは、その憲法とも言うべきユネスコ憲章の前文に、「政府の政治的及び経済的取極のみに基づく平和は、世界の諸人民の、一致した、しかも永続する誠実な支持を確保できる平和ではない。よって、平和は、失われないためには、人類の知的及び精神的連帯の上に築かれなければならない」と謳い、またその第一条（目的及び任務）の冒頭で、ユネスコの目的として、「諸国民の間の協力を促進することによって、平和及び安全に貢献すること」と定めている。ユネスコのこの平和宣言と自衛隊の演習とは、背馳しないのであろうか。

富士山の裾野を走り廻る戦車は、富士山の平和的景観を著しく壊していると私には思われるのだが、その本質的な問題が議論されないのはなぜなのだろうか。もしそれが議論の対象にもならない当たり前の風景になってしまっているのだとしたら、そう受け止めてしまう我々の側が大いなる問題を抱えているということを示しているのではあるまいか。

太宰治ではないが、富士には月見草は似合っても、戦車は似合わない、と思うのは私だけではなかろう。

五　「敗北」は抱きしめられたのか

戦争責任と言えば、誰もが天皇や軍部の問題としてそれを思い浮べるであろう。だが敗戦直後、それを国民の問題として提起し、深い反省を迫った人がいた。映画監督の伊丹万作である。彼は雑誌『映画春秋』（一九四六・八）に、「戦争責任者の問題」というエッセイを執筆し、だまされたとばかり言ってだましたとは決して言わない国民の無自覚を鋭く衝いたのである。誰しもが町会、隣組、警防団、婦人会などに入って、自発的にだます側に協力していた事実を、はやくも記憶の外に放り出し、「だまされたことの責任」を問おうとしない国民にむかって彼はこう言うのである。

「「だまされていた」といって平気でいられる国民なら、おそらく今後も何度でもだまされるだろう。いや、現在でもすでに別のうそによってだまされ始めているにちがいない。」かくして戦後の日本の歴史は、日本人全体が戦争の責任を他人にのみ押しつけ、決して自らには問わない、無責任性を起点として出発したのである。

作家山田風太郎は、彼の戦後の日記の中で注目に値する日本人論を述べている。

昭和二九年、基地問題などでアメリカへの反発を強める中、三月一一日の日記に、戦争を開始し、敗戦に至ったのはまだよかったとの旨を述べた上で、その後がいけないと言い、こう書き記している。「日本人は占領当時メチヤメチヤにアメリカ人に媚びへつらい、今に至って悪口を言っている。日本人の特性はと言われたら、いろいろあるが最大にして最も簡明を得ているものは、軽薄である。」

続いて昭和三〇年代に入り、ロカビリーのような大衆文化やフラフープ、デパートの行列といった日本人の熱狂ぶりを見て、「日本人の熱しやすきは少し異常なり。民族的に危険を感ず。」とも書いている。そして昭和三五年七月、池田勇人首相が国民所得倍増計画を言明して、安保闘争を中心とする政治の季節から経済の季節へ移行していく日本人の姿を見て、無責任と断じ、「日本人の国民性の一つに「無責任」ということがありはしないか」と述べて、開戦時の状況を振り返るのである。

思えば昭和三七年、植木等が演じる「ニッポン無責任時代」という映画が大好評を以て迎えられたのも、戦後の日本人の精神の歩みと符合する点があるのかもしれない。

ジョン・ダワーの著書名『敗北を抱きしめて』が示すように、ほんとうに日本人は心底「敗北」を抱きしめたのだろうか。或いは白井聡の著書名『永続敗戦論』が示すように、はたして日本人はその意識の中に敗戦を潜ませて生き続けたのだろうか。

伊丹万作は、前記の「おそらく今後何度でもだまされるだろう」の一文に続けて「一度だまされたら二度とだまされまいとする真剣な自己反省と努力がなければ人間が進歩するわけはない。」とも言っている。私はこれらの文章に接する時、福島の原発事故が思い起されてならない。事故が起った時、日本人は誰しも「だまされた」と思ったであろう。しかし日本人の多くは事故が起るまで、政府や東電が言う安全を信じ込み、安全を吹聴していたのではなかったか。それはだます側にいたということだ。

六　夢か破局か　リニア新幹線のゆくえ

一　分からぬ新幹線建設の理由

何とも愚かしい事業が始められたものだ。東京~名古屋間を時速五〇〇キロメートルのリニア新幹線で結び、四〇分で行けるようにしたいというのである。何のために?　と言えば、東海道新幹線が老朽化し、地震などの危険があるからだという。あるいは東海道新幹線の輸送力が限界で、さらに大幅な時間短縮をしたいからだともいう。嘘をまことしやかについてはいけない。

東海道新幹線は、平均すれば座席の四割は空席である。輸送力などあり余っているのだ。地震だって?。東海大地震が来たら、東海道新幹線だけではない、リニア新幹線だってやられるのだ。とくにリニアは、中央構造線と糸静構造線という日本の二大断層帯を突っ切っていく。恐いことに、熊本地震が起こって、中央構造線が動き始めたこの時期に、工事を始めるというのだ。

リニアの説明会で、リニアは大地震がきても大丈夫なのかと尋ねると、リニアは地上から一〇センチ浮上して空中を行くから安全だという答えが返ってくる。バカな回答をするな！。リニアを浮上させる周りの構造物が壊れたら、安全どころの騒ぎではない。五〇〇キロメートルのスピードで、コンクリートの塊にぶつかるのである。乗客はおそらく跡形もなく消えているだろう。

時間短縮だって？。何のために？。通信技術の発達によって、仕事やプライベートで人が移動する必要が減ってきた。旅をするなら、余りにも早い旅は旅の味わいを奪っていく。名古屋が東京の通勤圏になると力説する。それなら名古屋が名古屋でなくなってしまうではないか。何から何まで、リニア新幹線を建設する理由が分からない。

一九九七年に山梨で実験線の走行が始まった時、誰しもリニアが実現するとは思っていなかった。実験線を走る〈夢のおもちゃ〉で終ると思っていた。何にしても、国には金がない。おまけに九州、北陸、北海道と、造らねばならない新幹線が目白押しだ。しかも中央新幹線は東海道新幹線と同じ地点を結ぶダブル路線だ。山梨県選出の故金丸信衆議院議員が、建設業界の仕事を創り出すために、山梨に引っ張ってきたようなシロモノである。どこをとっても実現するはずのないものだった。

二　アリバイ作りの環境影響評価

ところが二〇〇七年四月、ＪＲ東海がリニア新幹線を自社の費用で建設したいと言い出した。国費の建設は難しいと思っていた国にとっては、渡りに舟のような話で、計画はとんとん拍子に進められていった。二〇一四年一〇月の実施計画の認可に至るまでの進み具合を見ていると、「建設ありき」の阿吽の呼吸のもと、議論はお粗末、調査は不十分が当たり前のような進め方だった。国交省の審議会での議論は、「異論は不要」が大前提であり、住民説明会では短い時間設定の中で再質問は受け付けないという、傲慢この上ないやり方だった。今でも住民の中には、不満や怒りがくすぶっている。

環境アセスにしても、二八六キロメートルにも及ぶ広範囲の環境影響評価をわずか三年で片づけた。実地調査を行う時間の余裕がないから、勢い文献調査ですませる。稀少種の鳥について住民から指摘を受け、慌てて調査項目に加えるというお粗末さである。

こうした議論や説明、アセスの経過を見ていると、つまりはそれらが単にアリバイ作りであったとしか考えられない。何を議論し、何を説明し、何を調査したかが問題ではなく、議論し、説明し、調査した、というその事実を残すことが重要だったのである。この大事業の計画が認可されるまでに要した議論と調査の時間は、わずか七年余、あまりにも短いと思うが、なぜそんなに短い時間で行われたかといえば、東京~名古屋間の二〇二七年開業という目標が設定されていたからである。すべての手続きは、それに間に合わせなければならない。何があろうと、決められたタイムスケジュールに沿って事が進められたというだけのことだ。だからすべてがいい加減になるのである。

三　混迷の中を突き進むリニア中止を

さてそんな事業がうまくいくだろうか。うまくいくはずがない。ほころびはお金の話から起った。考えてみるといい。東京〜名古屋間を二本の新幹線が走るのである。リニアの乗客の大半は、東海道新幹線の利用客である。JR東海は、自社の乗客の食い合いを始めることになる。まるで蛸の足食い状態である。利益が出るとすれば、航空機、バス、乗用車の利用客の乗り換えを、過剰に見積もることによって初めて生じてくる。現にJR東海の試算には、その数字の無理が如実に表れている。おまけに今後、まちがいなく日本の人口は減っていく。利用客が増えるはずがない。

そんな中で、二〇一三年九月、JR東海の山田佳臣社長（当時）から、「リニアは絶対ペイしない」という発言が飛び出した。当のJR東海からそんな発言が出るとは思っていなかったが、山田氏は正直な気持を言ったにすぎなかったのであろう。そんな山田氏は、リニア推進の張本人葛西敬之名誉会長の不興を買ったのか、まもなく社長職を解任された。

ところで今年の五月になって、不思議な話が飛び出した。JR東海が自社の費用で造ると言い続けてきたリニアに、財政投融資を使って三兆円の公金を融資するというのだ。事の発端は、関西の財界から大阪までの開業を早めてほしいという要請のようだ。時代が変わっても高度成長やバブルを夢見る、欲の皮の突っ張った人たちの言いそうなことだ。しかし真相は、ＪＲ東海の財政問題と絡んでいるのかもしれない。工事期間が伸びそうな状況の中で、二〇二七年の開業が難しくなっているのではなかろうか。そこで公金でテコ入れとなった?。とすれば安倍首相の指南役、葛西敬之名誉会長の面目躍如である。報道によれば、この財投問題は二人の間で決ったと伝えられている。

一方、ほころびはお金だけではない。とてつもない環境への悪影響が予想されているのだ。前に述べたように、事はまことにお粗末なアセスのもとで進められている。まず最初にたちはだかるのはトンネルを掘った残土の問題である。全長二八六キロの八六パーセントがトンネルというリニアの工事からは、東京ドーム五一杯分の残土が出る。しかしその残土の捨て場が、ほとんど決っていないのである。その捨て場が決らない以上、リニアの工事は進まない。また下手に沢や谷を埋めれば二次的自然破壊を起す。さらに残土の車両運搬は、周辺住民への迷惑行為である。残土問題は当局にとって頭の痛い話だ。

また二八六キロのトンネルは、地下水脈を断ち切り、水の枯渇と異常出水をひき起こす。それはすでにもう、山梨の実験線の数ケ所で実証ずみだ。沢水がなくなる一方、とんでもない所から大量の水が噴き出している。これから巨大な水がめとも言うべき南アルプスに、二五キロのトンネルを開けるのだから、何が起るか分からない。動植物の生態系や住民の生活に大きな影響と変化を与えかねない。またＪＲ東海は、大井川の水が毎秒二トン減るという。二トンですむのかどうか、その根拠も不明だ。くわえて在来新幹線の三〜四倍の消費電力、とてつもなく高い電磁波（子どもは乗せない方がいい）、あらゆる問題が未解決のまま、リニアは混迷の中を突き進む。

終章　文学が描く未来社会

私たちの未来に、希望がまったくないわけではない。だがそのためには、行き過ぎた文明の中に、どっぷりと漬かってしまったいまの状況から、人間の本来の姿を取り戻す必要がある。その処方箋は、おそらくもう一度、自ら食べるものを生産し、文明や金の呪縛から自らを解き放つことであろう。それはすでに江戸時代から模索されてきたことだが、衰弱し、か細くなっていく人間の吐息を、未来に向けて生々としたものに回復していかねばならない。人間の楽園が築かれる可能性は、まだ残されている。

三つのユートピア ──安藤昌益の夢──

一　昌益が問いかけるもの

　一七〇三年（元禄一六）、出羽国の大館盆地南部に位置する二井田村（現秋田県大館市）に生まれた安藤昌益《あんどうしょうえき》は、医師をその生業としたが、日本思想史においては徹底した農本主義者としてその名を知られ、きわめて特異な位置を占めている。彼は社会を形成する上で、農業を基礎とする生産活動が社会の基軸に据えられねばならないとし、それによって様々な社会的矛盾、たとえば貧富、階級、戦争などが解消されていくと考えた。それは確かに理想的な社会として、私達にユートピアを幻想させるに足る論理と説得力を持っているのだが、それと同時に現在の世界が抱える環境問題や貧富の格差の広がりなどに私達が目を向ける時、彼が描く世界は、それらの現代的課題の解決を考える上でも、何らかのヒントを与えてくれる可能性があると思われる。

　そこでまず、彼が理想とした「自然世」について考えてみよう。

二　昌益の「自然世」

人間と自然の一体化

昌益の「自然世」が最も簡潔に述べられているのは、『稿本　自然真営道』に収める「私制字書、巻一」（『安藤昌益全集』二／農山漁村文化協会、一九八四）の「自然ノ世ノ論」である。以下にその概要を辿りつつ、「自然世」とは何かを述べてみよう。

まず自然世とは、人間が天地自然の運行とともに生産活動を行いながら暮らすことを基本原則とする。天地のことを、昌益は「転定《てんち》」という独自の表記によって示すが、それは天地の表記が天尊地卑という『易』の思想に繫るからであり、天地に上下はないという昌益の思想に反するからだと言われている。

春夏秋冬の四時の運行は、春の生気から冬の休眠に至るリズムを持っており、人間はそのリズムに会わせて生産活動を行わなければならないのであって、それは永遠の循環運動として存在する。

真ニ転定ノ万物生ノ耕道ト、人倫直耕ノ十穀生ズルト与ニ行ハレテ、無始無終ニ転定・人倫一和ナリ。

とある如く、天地自然と人間は一体なのだという思想が、その基本に据えられているのである。また平野、山里、海浜とそれぞれ人の住む地域が異なれば、当然産出されるものも穀類、薪材、魚と異なるのであるから、お互いにそれらを交換し合って、過不足のないような生活を営むことができる。

こうした生活を基本とする社会では、富む者と貧しい者、支配者と被支配者という形での階級構造は生じない。ただ、平等を理想としながらも、家父長制を基本に考えたことによる様々な対立と差別を内包していたことや、アイヌ民族を自然世として尊重しつつも、その野蛮性について論じるなど、いささかの矛盾を孕んでいた点は認めなくてはならない。

差別や貧富を生まない皆農社会

ともかくそこでは、支配・被支配の関係がないから、労働の搾取や権力への追従もないし、争いも生じなければ泥棒も生まれない。きわめて平安な社会が維持されるというわけである。

ところで昌益の思想の中で、際立って特徴的なのは、生産活動に従事しない人間は徹底的に社会から排除されるという点にある。昌益が聖人と呼ぶ王などの支配者、仏者や神主などの宗教者、これらは生産活動に従事する人々に寄食する者として捉えられる。支配者への批判は当然でもあろうが、仏者を地獄、極楽をでっち上げてお布施を騙し取る人と言い、神主を祈祷などというもので人々を誑す輩と決めつけて、宗教者もその厳しい批難の対象となっている。おそらくそこには、人間も自然の摂理に従うものであって、穀物が実り枯れるように人も生きて死ぬものだという生命観や哲理に根ざす思想が投影しているのであろう。昌益は、

生ジテ人、死シテ転定、生マレテ転定、死シテ男女ハ一真・自然ノ進退スル常行ナリ

と述べている。彼は末尾で少し触れるだけでここでは表立って指弾しないが、儒者や老荘家をふくめて学者も不耕盗食の者と断罪し、学問などというものは道を盗むためのたくらみで、百害あって一利もないものだと批判している。

次に昌益は、この社会においては貨幣が流通しないことを一つの特徴としている。前に記したように、ここでは物々交換を流通の手立てとするから、貨幣は不要なのであるが、そのために富貴、栄華を望む者も、落ちぶれて貧困に苦しむ者もいない社会が実現されるということになる。

なお貨幣について、一言補足しておこう。昌益は貨幣のもととなる金や銀の鉱物の利用について、かなり抑制的な考え方を示している。昌益は『統道真伝』（一／全集八所収）の「糺聖失」の中で、聖人（支配者）がその通用を始めた貨幣は、土中にある金銀を掘り出して鋳造されたもので、再び

土に返ることがない。そのため土中の金気の固めが弱くなり、気のバランスが崩れて異常な事象が発生し、それは人の病気の発症にも通じるのだと言って、土中の鉱物の発掘を戒しめている。こうした考え方は、昌益が故郷の二井田で、大葛渓谷での金山開発を経験として知っており、その開発には森林伐採、飯場への多量の供出、奇病の発生といった災害が伴うことを熟知していたからだとも考えられている。昌益は鉱山開発を自然破壊や環境破壊の観点から捉え、それが人間と自然が一体となって生きていく自然世においては、逆行するものだと考えていたと見てよいだろう。これは紛れもなく、現代におけるエコロジズムに通じる思想である。

ともかくこのように、社会の弊害の一因を貨幣に求めている点は、現代のような極端なまでの消費社会を築き上げてしまった私たちに対して、厳しく警鐘を鳴らすとともに有益な示唆を与えている。

「直耕」を重んじる社会

さてこうした差別や貧富のない世界では、いわゆる贅沢品等は不要のものとなる。たとえば着飾るための手工業は必要ないし、それを流通させて利益を上げようとする商人もいない。また過度な色欲、飲食欲に溺れることがない上に、農作業で身体堅固となるので、様々な病気にかかることもない。健やかに天寿を全うすることができるのである。

以上のように述べた上で、昌益は再び冒頭と同様な趣旨を記して総括に入る。

転定モ人倫モ別ツコト無ク、転定生ズレバ人倫耕シ、此ノ外一点ノ私事無シ。是レ自然ノ世ノ有様ナリ。

すなわち、天地自然も人間も別々のものではなく一体なのであって、天地が万物を生じるから人は耕すのであり、それ以外に何の私欲もないのである。それが自然世というものだ——というわけだ。そして最後に、そこでは文字や学問などというものも必要ではなかったのであり、時の経過とともに異相の者が現れ、文字や学問をこしらえ始めたのだというのである。

昌益はここで、異相ノ者という人に論及している。この異相ノ者は、前記の儒仏道家つまり孔子や釈迦を言うのだが、こうした異相ノ者に対して、自然ノ世に住む人間を昌益は正人と呼んでいる。たとえば『自然真営造』（「真道哲論」／全集一）の中で

正人ハ備道ヲ行ヒテ、私法ノ書学ヲ欲セズ。耕真ノ道ヲ貴ビテ、上食ヲ犯サズ。

と述べている。つまり正人とは、生来人間に備わった道を生き、私欲の学問などを学ぼうとしない

で、ひたすら生産労働の道を尊んで、人の上に立って寄食などをしない人のことを指しているのだ。そしてこの昌益の発言を受けて、門弟静可がその議論を展開させ分り易く解説する。

備道ハ人ニ備ハル耕道ナリ。私法ノ書学ハ不新ニシテ、真耕ノ転道ヲ盗ム。正人ノ為サザル所ナリ。故ニ耕真道ヲ貴ブ。上食ハ上ニ立チテ不耕貪食ナリ。故ニ正人ハ之レヲ犯サズ。

もはや説明の要はないであろう。ここに正人は耕真道を貴ぶとの一文が見える。耕真道すなわち土を耕す真の道だが、昌益はこれを「直耕《ちょっこう》」と言い、これこそが昌益の思想の根本を為している。直耕はおそらく昌益の造語と思われるが、まさに農本主義の土台となる理念を的確に言い表していよう。

直耕という労働によって穀類を主とするもろもろが生産され、それによって人間の生活が営まれる。「穀ヲ耕シ麻ヲ織り、生生絶ユルコトナシ。是レ活真・男女ノ直耕ナリ」（『自然真常道』「真道哲論」／全集一）からすれば、直耕は大地を耕すのみでなく、織布もその中に入っていたと考えてよいだろう。それは見事なまでに、天地の運行の中で自然と一体化した人間本来の生き方だったはずであり、昌益はそこにこそ人が等しく生きる喜びを見出したということでもあろう。

昌益は自然世の議論の中で次のように述べている。

各々耕シテ子ヲ育テ、子壮ンニナリ能ク耕シテ親ヲ養ヒ子ヲ育テ……

すなわち誰もが耕して子を養育し、養育された子は長ずるに及んで耕して親を養い、子を育てる、この連続こそが人間の歴史だというのである。近代は余りにも、この繰り返しの歴史を軽視しているのではあるまいか。そこでは昌益の忌避し批難する欲望や搾取があまりにも突出し、いまを生きる人々の権欲があまりにも拡大されているように思われる。子が壮年になって「能ク耕」そうと思っても、その耕す所が残されていないというような事態が、いずれ発生するのではあるまいか。いや、状況を厳しく観察すれば、すでに発生していると言ってよいのかもしれない。

アメリカの先住民族であるイロコイ族は、あらゆる議論を始める前に、「人間を取り巻く森羅万象への感謝を捧げ、七世代後の福利まで配慮した決定を誓う」というが（星川淳『魂の民主主義』築地書館、二〇〇五）、自然に対する認識と、未来世代への配慮という点で昌益の思想に通じるものがあろう。昌益のユートピアは、このイロコイ族やアイヌ民族のような先住民族社会の中で永々と生き続けていたのかもしれない。

三　「新しき村」のユートピア性

「新しき村」の労働の理念

武者小路実篤の「新しき村」は、理論のレベルにとどまらず、理想社会すなわちユートピアを現実化しようとした試みとして検討に値する。トルストイに心酔し、人道主義や個人主義を重んじ、そして生命の尊重に最大価値を置いた実篤の理念は、それを共有する人々との協同において、実現化される試みが大正時代半ばから始められた。

その理想的な共同社会が実現されるためには、それにふさわしい土地がなければならない。実篤らの仕事はまず土地探しから始まったのだが、そのあたりの仔細は、小説『土地』〈一九二〇〈大正九〉〉にその一部始終が描かれている。実篤らの努力は、最終的に絞られた宮崎県内のいくつかの候補地の中で、地主、価格、地形といった様々な条件が適合する場所として、宮崎県児湯《こゆ》郡木城《きじょう》村石河内字城《じょう》の地に実を結んだ。実篤は『土地』の中で、その城の地を見下ろしてこう書いている。

峠から見おろすと、真正面に三段の高低が出来て川に三方にかこまれ、後ろは高い山につづき、崖には青々と木のしげっているのが城だ。自分達は峠の上から見おろした。喜んだ。あすこが我等の仕事の第一の根をはる所だ。幸あれ！

川が流れて、農業上利水の便がはかれる。背後の山は風を防いでくれるだろう。恰好の地を手に入れて、実篤は「幸あれ！」と、前途を祝福せずにはおれなかったのである。

では実篤は、いったいどのような社会の実現を目指していたのだろうか。『新しき村についての感想』（一九一八）において、実篤の言う理想社会論に耳を傾けてみよう。

まず実篤は、人が生きていく上で最低限必要なものについて述べる。第一に食の問題だ。

自分は人類は農業本位でやってゆく時代は通りこしたように思う。しかしとにかく農業が基礎である。主食物が農業で解決がつく以上、農業を我等は顧慮しないわけにはゆかない。

ここに窺えるように、昌益のような徹底した農本主義は脱皮しつつも、やはり農業を重視しそれに基礎を置く社会が、実篤の理想の根幹を為している。そしてそこでは原始的な農法ではなく、器械や動物の利用方法や、大農式と小農式の二つの農法など、土地や人間に最も適合したやり方が科学的に検討され、それを学ぶための農学校の必要性が説かれている。また食の問題とともに、衣と住も重要な生活分野であって、これについても能率よく仕事がなされるべく、人々の労働が分配されるよう配慮されねばならないとする。そして農であれ、衣であれ、住であれ、それらにかかる労働時間は一日六時間以内が理想とされている。

ではなぜ六時間以内が目指されるのであろうか。そのわけは次のような文章に、端的に示されている。

我等が長生きしたいのも、我等が生きたいためであって、食うためではない。だから生活に必要なものをつくる時間はなるべく短くして、自由に生きる時間をなるべく多くするのが理想的社会においては必要である。

すなわち、できるだけ自由な時間を確保し、個々人の自由意志に基づく生活時間の獲得が目指されたのである。そしてそのためには、各人が義務労働を確実にこなさなければならないのであり、その義務労働は決して命令ではなく、各人の自発的意志に拠らねばならないと説かれている。

理想的社会においてはすべての人が労働のわけまえを果たすことによって、すべての人が自由な時間を少しでも多く獲得することが必要である。

いわば One for All, All for One という考え方だと言ってよい。

そしてこうした義務労働の他に、賞励労働とか名誉労働などと呼ばれる労働を設定する。それは人間の生活程度を高めるための労働、人間の文明生活に必要な労働であり、それに従事する人は義務労働からは解放されるとする。それは昌益から見れば、搾取階級ということになるであろうが、実篤はそうした労働――たとえば芸術活動など――の必要性を、人間社会においては明確に認めているのである。

村の変遷と立ちはだかる壁

他人の意志や生命を尊敬し、内的発動によって働く、それを基本テーゼとして共同体が形成されていくことを、実篤は強く望んだ。そこには、自由主義や個人主義を重視しながら、一方で平等を原則とするという、きわめて困難な理想が掲げられていたと言ってよいであろう。それは昌益が唱えた徹底した全員の生産労働主義という単純な図式を、一歩脱け出たところに待ち構えていた困難であったと言えるかもしれない。そしてその問題は、「新しき村」を現実に運営していく上で、様々な局面において表面化していくことになる。

ともかくも一九一八年（大正七）、「新しき村」の出発に際して、人々はあふれるばかりの喜びと希望に満ちていた。入村者の一人である後藤真太郎は、その時の率直な気持を次のように書いている。

私はこうして毎日兄弟たちと仕事に喜びを感じて働いて行けることを心から歓んでいます。恵まれている気がします。或る幸福を感じています。感激と歓喜で一杯になって働いています。根気と真面目さの点には自信がもてます。しっかりやって行きます。村の精神を十分生かしたいと思っています。

（『新しき村』大正八年一月号）

ここには「新しき村」の理念のもとに労働に従事することの喜びが満ちあふれている。翌二年目の入村者は三二名であったが、当初から入村した武者小路実篤も、家屋建設のための材木の運搬などに力を注ぎ、その働きぶりには周囲の者達の目を見張らせるものがあった。

そして一九二二年（大正一一）、入村者は四四名を数え、大水路も完成して本格的な農業に取り組む体制ができ上がりつつあったが、それに応ずるかのように志賀直哉らが『三十三人集』を出版し、その印税を村に寄付するといった資金援助の手もさし延べられて、まずは順風満帆に近い船出をすることができたのである。

しかしまもなく「新しき村」は、財政的な困難に直面せざるを得なくなった。村の財政が余りにも実篤個人に頼りすぎていたのである。実篤は一九二六年に離村、奈良から東京へと移って、会員の拡充や資金の確保に努めた。一九二九年（昭和四）の『東京新しき村通信』（第五九号附録）には、全員に向けて資金援助を懇望する実篤の呼びかけ文が掲げられている。

そのような状況の中で、小丸川に県営ダムが計画され、その工事のために村の一部が沈められることとなった。僅かな賠償金でほぼ強制的に土地が没収され、村は立ちいかなくなった。そのためこれに代る新天地が求められ、結局一九三九年（昭和一四）八月、埼玉県入間郡山根村大字葛貫字下中尾に、「東の村」が誕生、ここを新たな「新しき村」として再出発することとなった。「日向・新しき村」には杉山家族が残り、以後この村を守っていくことになる。

一九五八年（昭和三三）、ようやく村は自立状態に入った。入村者は一四名であったが、養鶏を中心とした農業収入で村の財政が黒字に転化、入村者の増加の可能性をも見通せるようになった。しかしこの時点においてもなお、村は様々な困難を抱えていた。渡辺貫二は『新しき村』（昭和三三年一〇月号）にその問題点を次のようにまとめている。

○精神主義から生れる経済問題の軽視。
○独立と協力の調和の不十分。
○芸術への強い愛や要求に比べ、科学的知識や行動の欠如。

○「自己を生かす」「自由」という言葉の浅薄な理解による身勝手さと無責任。

などなど。

武者小路実篤は一九七六年（昭和五一）にこの世を去ったが、入間郡毛呂山町の「新しき村」は現在なお約三〇名の村内生活者を抱え、水田二ヘクタールに加えて、養鶏、椎茸、果樹、茶、野菜、石窯焼パンなどによる収入で自活を可能ならしめている。ピアノ、絵画などの文化教室、雑誌『新しき村』の発刊といった文化事業も継続され、実篤が目指した六時間労働も今なお目標として掲げられている。

「新しき村」から学ぶもの

一方また「日向・新しき村」も、杉山家族のあとを継ぐ形で、現在三名がここに暮らしている。『朝日新聞』（二〇〇四年三月一〇日付朝刊）は、その中の一人松田省吾さんの次のような言葉を伝えている。

食う米があり、住む家がある。それで十分だという価値観は、時代に流されるものではないと思う。

ここには昌益の夢がくり返されていると言ってよいのではなかろうか。時代に流されることのない確固とした人生観が、ここには息づいている。ユートピアは、おそらくそうした確信の中から生まれ、実現への道を辿るものかもしれない。

農民作家犬田卯の『村に闘う』（一九二九）に、次のような話が見える。沼を払い下げてもらい、それを開墾して新田を開くという夢を持つ老人に向って、主人公水野作二は日向の新しき村をそれに類するものとして説明する。その説明を聞いて老人は、実篤を指して「うむ、宜しい、宜しい、その華族の舎弟坊なか〳〵偉えわい」と言い、賞讃するのだが、それに対して作二はこう言うのであった。

「いくら新しい村こしらえたって、この社会全体が新しくならなけりゃ駄目だってことなんだよ。新しい……」

実篤は「新しい村」の成功が、たとえば有島武郎の北海道の狩太農場の解放といった行為に見られるように、それに共感する者を新たに獲得し、社会全体が変わっていくと考えていた。一方作二は社会全体を変えることから考えなければ、「新しき村」は単なる自己満足にすぎないというのであろう。小さな共同体と大きな社会、ユートピアはそのどちらかに求められるのではなく、その双方向が目指されねばならないことを、これらの議論は物語っていると言える。

四　CFP複合社会の提案――二一世紀のユートピア

「家族」を中心に置く社会

安藤昌益と武者小路実篤という、江戸時代と近代における二人の人間が理想とし、実現を夢見た社会について触れてきたが、では私たちは二一世紀のユートピアをどのように描いたらよいのだろうか。そして環境問題をはじめとする多くの困難を抱えている私たちが、今世紀に目指すべき社会はどのようなものがあり得るのだろうか。そうした問題と向い合う時、小貫雅男／伊藤恵子『21世紀の未来社会論／森と海を結ぶ菜園家族』（人文書院、二〇〇四）は、きわめて示唆的な提案を述べる点で一考に値する。ここでしばらく、この二人のモンゴル研究者によって語られる未来社会について、耳を傾けてみたい。そこでの問題は生産労働に従事しながら、自由や平等や友愛に満ちた人類始原の世――それこそ昌益が夢見た世であったわけだが――、それをどのように回復したらよいのか、或いはどのように資本主義社会の中に組み込めるのか、という点がキイになろう。以下に私見を交えながら、その議論の概要を摘記する。

まずそのことを考えるためには、生活や社会の基本単位である家族とは何かということを明らかにしておかなければならないとする。家族とは本来〝いのち〟と〝もの〟を再生産しつつ、〝もの〟を生産し消費し、〝いのち〟を育む場であったと言ってよい。およそ三世代がそのために協同し、また大地の恵みを受けながら、人間の諸能力（炊事、医療、技術、芸能などなど）や知恵を促し発達させるための、学校であったと言ってもよいだろう。

ところが科学技術が発達し文明が進んでくると、言い換えれば前近代社会が近代社会に脱皮していくと、それが進めば進むほど激化してゆく市場主義のために、人間は忙しくなり家族はその犠牲になっていくことが明らかになってきている。そこでそうした危機的状況から脱出し、家族を再生させるために、そして人間の尊厳を回復させるために、〝週休五日制による三世代「菜園家族」〟が構想されるのである。この構想は、一週間のうち二日間だけ従来型の仕事（民間企業、公的機関など）に携わり、残りの五日間は菜園や手工業や商業などを家族的経営において行うというものである。中でも菜園（農業）が暮らしの大切な基盤となり、自らが食べるものを生産しながら、教育や文化活動に携わるゆとりが生じるような生活が設計されている。食料が確保され、なにがしかの現金収入も入手できることによって生まれる安心感が、際限のない競争を生まなくてすむという考え方である。それを社会構造の面から分析すれば、資本主義セクターC（Capitalism）と家族小経営セクターF（Family）と公共的セクターP（Public）が、民主主義国家のもとで新たに形成されるCFP

複合社会と言えるものである。宇根豊（『天地有情の農学』コモンズ、二〇〇七）が、平均年齢七二歳の百姓に、いつが一番楽しかったかと尋ねたところ、圧倒的に多くの百姓が昭和三〇年代の前半が一番充実していたと答えたというが、そのわけは「家族全員で仕事ができたから」だそうだ。私たちはこの事実に、家族というものと農業との関係を考える重要なヒントがあることに気付かねばなるまい。

ＣＦＰ複合社会の可能性

このＣＦＰ複合社会という考え方は安藤昌益のような徹底した農本主義的原始社会でもなく、また武者小路のような一定の地域に同一の思想を共有した人々が独立社会を作ろうとするのでもなく、いわば現代の資本主義社会や国家の中に、農本主義や生産労働を組み込ませようとするものと言ってよいであろう。

そしてこのＣＦＰ複合社会の揺籃期は、今日のこの段階においてすでに始まっていると考えられるという。それは都会から農村に回帰してゆく新規就農者や、週末の市民農園に精出すサラリーマン、或いはまた農ある暮らしを体験し始めている大学生たちに認めることができるからだ。そこでは体験的に、植物を育てる楽しみ、大地の恵みへの感謝、地域の人々との交流などが実感され、人が生きる根源的な意味が問い直されていく。そのような点において、ＣＦＰ複合社会への試みはすでに始まっていると言えるのである。

さらにこうした社会では、林業農家がきわめて重要な意味を持つことにも論及する。それは森の菜園家族とも言えるが、一般的農業が行われる平野の環境と対極に位置するものとして捉えられねばならない。すなわち田畑の作物が半年程度で結果を生むのに対し、樹木の成長は少なくとも四、五〇年の時間を必要とするのであり、また生態系、土地の形状、気候など、きわめて多様性を呈している点が考慮されねばならないのである。そして木材や食物など、森が生み出すすべてのものを上手に活用することの重要性を指摘する。その点は、森があらゆる生命――水も穀物も魚もすべて――の源であり、生産の基盤であることを顧慮すれば、十分に首肯されるところであろう。

さて、小貫らが提示する以上のような社会を一言で表すとすれば、それは循環型社会だと言ってよい。それは現代のような大量に廃棄されたごみをどのように資源化するか、といった工業的循環型社会ではなく、自然の回復力に委ねる自然的循環型社会である。そしてその自然の回復力を損なわない程度の、工業や商業やサービス業を組み込んだ小資本主義社会ということになるだろう。それは昌益や武者小路らが唱えた社会よりも、現代という時代に適合していると言え、ある程度生活の不便を解消しながら、しかし決して生命の生存基盤を壊さず、しかも人間的な尊厳が犯されない社会だと言ってよいであろう。その意味では多くの人々の共感を得ながら、実現に向けて踏み出すことが可能なユートピアだと言えるのではあるまいか。

武者小路実篤は、自分たちの試みが理解されれば何万人、何百万人の人々の共感が得られ、大きな社会に成長していくと予想したが、しかし「新しき村」が誕生した一九一八年から数えて一世紀近く経過しても、それは成長することなく誕生の時とほぼ同じ規模にとどまっている。実篤が描いたユートピアの夢はなぜ実現し難かったのかと言えば、それは余りにも農業のみに頼る形で現代社会から独立しようとしすぎた、という点に求められるであろう。そしてその意味で言えば「菜園家族」構想は、農業を基幹としながらも現代社会と結ばれる回路を保持しており、前に述べた実篤と作二の〈小さな共同体と大きな社会〉が抱える問題を乗り越える可能性を持っていよう。また週休五日制によって、現代の資本主義社会での稼働時間が少なくなるに従い、人間的な尊厳やゆとりの回復や、環境への負荷の軽減という利点が目に見えてくることを考慮すれば、実現への期待感は大きいと言ってよいであろう。私たちは近代化に対する反省をかみしめながら、いま理想社会への大きな一歩を踏み出し得る地点に立っているのかもしれないのだ。

五　農業が意味するもの――農業とユートピア

以上、江戸時代から二一世紀にわたって、人々が描き続けてきたユートピアについて述べてきた。概して言えば、それは実にゆっくりとだが、実現の可能性を獲得しつつあると言うことができよう。

それは安藤昌益のような極端な形のものが、徐々に時代への適応性を探りながら修正を加えてきた歴史でもあったように思われる。

ところでそうした歴史を振り返る時、私たちは一つの重要な事実に気付かされる。それはいずれのユートピアにせよ、すべて農業が社会の基盤に据えられているということだ。昌益は徹底的なまでの農業本位の社会を描き、「新しき村」は農業に芸術・文化活動を加えた形の人間性回復の社会を夢見た。そして「菜園家族」構想は、現状の資本主義社会を一部に組み込みながら農業を基盤とする社会を理想としている。

ではいったいなぜユートピアでは農業が重視されるのだろうか。おそらくそれは、第一に食料を自ら確保することによって生まれる安心感が人に心の平安をもたらすからであろう。そして生産される穀物や野菜が、商品経済の中で市場に出荷され、経済的価値によって左右されるような競争社会に供出されるものでない限り、すなわちそれらが自分の家族やせいぜい隣人の口に入るものであるという範囲にとどまるのであれば、太陽の光を浴び降る雨に感謝しながら大地を耕すことは、実に楽しい仕事であるからであろう。それは金を右から左へ動かすだけで多くの利益をあげる仕事とは異なって、まさに生きている実感を全身で感じ取ることができる労働だと言える。そこにはほんものの労働の喜びがあるのだ。

さて以上のような論理を辿ってユートピアに思いをめぐらせた時、私たちは逆の真実を別に予想しなければならない。それは農業が基軸に据えられない社会には、ユートピアは生まれないということだ。たとえば極度に工業化し商業化した、東京や大阪のような都市を思い描いてみよう。そこは消費だけが重んじられる社会であるために、消費のためのすなわち金のための過度な競争がくり広げられることになる。心の平安は犯され、身体の健やかさは阻害されていく。それが二一世紀初頭の今日の日本の典型的な風景であろう。そのような過度な競争社会に、ユートピアが生まれようはずもない。科学技術の進歩がもたらした工業化社会や消費中心社会に、私たちはもはや夢を描くことはできないのではなかろうか。その意味で言えば、二一世紀の日本の進路を決める上で、私たちはいま重大な岐路に立っているのだ。〈科学技術立国〉なるものがもたらすものについて、私たちは本質的な議論を始めねばなるまい。

文献案内

本文中に指摘しなかった参考文献は左のとおりである。記して学恩に謝したい。

西村俊一著『日本エコロジズムの系譜　安藤昌益から江渡狄嶺まで』（農山漁村文化協会、一九九二）
三宅正彦編『安藤昌益の思想史的研究』（岩田書院、二〇〇一）
永見七郎編『新しき村五十年』（財団法人　新しき村、一九六八）

初出一覧

序章　見え始めた終末

書下し。日本景観学会鹿児島大会（於鹿児島県労働者福祉会館、二〇一五、一一、二二）での講演「まほろばの終焉～文明論の視点から」（『ＫＥＩＫＡＮ』日本景観学会、ＶＯＬ一七、No一、二〇一六）をもとに、大幅に加筆。

第一章

「自然」と生きる　『甲斐』（山梨郷土研究会、一二九号、二〇一三、二）

焼畑のうた（原題「和歌から〈焼畑〉を考える」）、『藝文研究』（慶応義塾大学藝文学会、九一号、二〇〇六、一二）

西行と芭蕉（原題『芭蕉と西行』）、『ガッサイ』（山と渓谷社、二〇〇六、四）

第二章

破壊される「歌枕」（原題「古今集・歌枕の現在―破壊される現場」）、『文学』（岩波書店、二〇〇五、五・六）

景観の力とは何か　『失われた日本の景観』（浅見和彦、川村晃生著、緑風出版、二〇一五、三）

蝕まれる水辺　『ＫＥＩＫＡＮ』（日本景観学会、ＶＯＬ一五、No一、二〇一四、三）

第三章

科学から来る不安　『みんなの森』（第四号／第五号、ほんの木、二〇〇三、五／二〇〇三、七）
祝島から仙崎へ　『藝文研究』（慶応義塾大学藝文学会、九五号、二〇〇八、一二）
スピードの原罪　『危ないリニア新幹線』（リニア・市民ネット、緑風出版、二〇一三）
文学から原発を考える（原題「文学の危機―文学から原発を考える」）、『藝文研究』（慶応義塾大学藝文学会、一〇二号、二〇一二、六）
リンゴ村から　『汽水域』（新潟県高等学校教職員組合教研、第四号、二〇一二、三）

第四章

なまよみの甲斐の大雪　「高尾山の自然をまもる市民の会」（No三〇九、二〇一四、四）
過疎と景観　生業軸に再生へ「山梨日日新聞」（二〇一一、一一、二〇）
金に喰われた国　『Ｔｏｍｏｒｒｏｗ』（八ッ場あしたの会、ＶＯＬ一七、二〇一三、二）
戦車と月見草　『ＫＥＩＫＡＮ』（日本景観学会、ＶＯＬ一一、二〇一一、一一）
「敗北」は抱きしめられたのか「平和の港」（山梨平和ミュージアム、二三号、二〇一四、九）
夢か破局か　リニア新幹線のゆくえ　「奔流」（千曲川・信濃川復権の会、一九号、二〇一六、七）

終章　三つのユートピア　（原題「安藤昌益の夢―三つのユートピア」）『ユートピア文学の世界』（柴田陽弘編著、慶応義塾大学出版会、二〇〇八、六）

あとがき

ともかくも生活しにくい時代になったものだと、つくづく思う。何をするにも、片手にスマホを持たないと生きづらいことこの上ないように仕組まれている。携帯電話すら使わない私は、緊急に公衆電話を探す時の苦労ははかり知れない。インターネットを使わない私は、情報弱者にどんどん追い詰められていく。

しかしそういうふうに社会が進んできたために、人間が瞬時の対応ばかりを求められ、落ち着いてモノを考え想像力を働かせることができなくなったのではないかとも思う。そしてそれは知の劣化を招き、倫理の衰退を招いているとも思うのである。

一国の政治リーダーが、「未曾有」を「ミゾウユウ」と言い、「云々」を「デンデン」と読む、それこそ未曾有とも言うべき事態が起っても、本人は恥しげもなく知らん顔をし、国民もそれを国の恥とも思わないようである。国民の水準に見合ったリーダーということだろうか。まさに詩人茨木のり子の言う「そんなに情報集めてどうするの　そんなに急いで何をするの　頭はからっぽのまま」（本書第三章、一参照）状態である。

しかも困ったことに、この状況を回復させる手立てが見つからない。逆に事態は悪化の一途を辿るのではないかと思えてならないのである。ともかくいま「文明盲信」の状況にあることだけには警鐘を鳴らしておきたい、という思いで本書をまとめ上げた。こんな一書をまとめたからと言って、何が変るわけでもないかもしれないが、ひょっとして本書に大駁論でも起って侃侃諤諤の議論でも始まったら、筆者の立場から言えばまさにしめたものである。それも科学技術に携わる人たちから起されたら、大成功なのだが――。

本書に収められた文章のうち、最も古いものは、二〇〇三年に書かれたものである。今から一四年も前のことだ。まさに牛の歩みの如きスピードであるが、一方で「そんなに急いで何をするの」とも思う。一つ一つの文章を書いていた頃のことを、それぞれに思い出しながら本書をまとめた。

出版に際しては、私が大学に勤務し始めた頃の処女出版と、博士論文の出版を引き受けてくれた、縁の深い三弥井書店にお願いした。出版を了解していただき、本書の編集の労をとっていただいた吉田智恵さんに謝意を表したい。

二〇一七年二月一日

著者略歴

川村晃生（かわむら・てるお）

1946年、山梨県生。市民活動家。慶応義塾大学名誉教授。日本文学の研究をベースに、環境問題に関心を持って以来、人文学から環境へのアプローチを模索。環境人文学を構想中。市民活動として、道路、原発、リニア、安保法制などの運動に関わっている。「ストップ・リニア！訴訟」原告団長。

編著書に『摂関期和歌史の研究』（1991、三弥井書店）、『環境学事始め』（編著、1999、慶応義塾大学出版会）、『日本文学から「自然」を読む』（2004、勉誠出版）、『壊れゆく景観—消えてゆく日本の名所』（共著、2006、慶応義塾大学出版会）、『失われた日本の景観—「まほろばの国」の終焉』（共著、2015、緑風出版）など。

見え始めた終末—「文明盲信」のゆくえ

平成29年 4 月20日　初版発行

定価はカバーに表示してあります。

発行者　吉 田 栄 治

発行所　株式会社 三 弥 井 書 店

〒108－0073東京都港区三田3－2－39

電話 03－3452－8069

振替00190－8－21125

ISBN978-4-8382-3316-8 C0036　印刷 ㈱エーヴィスシステムズ